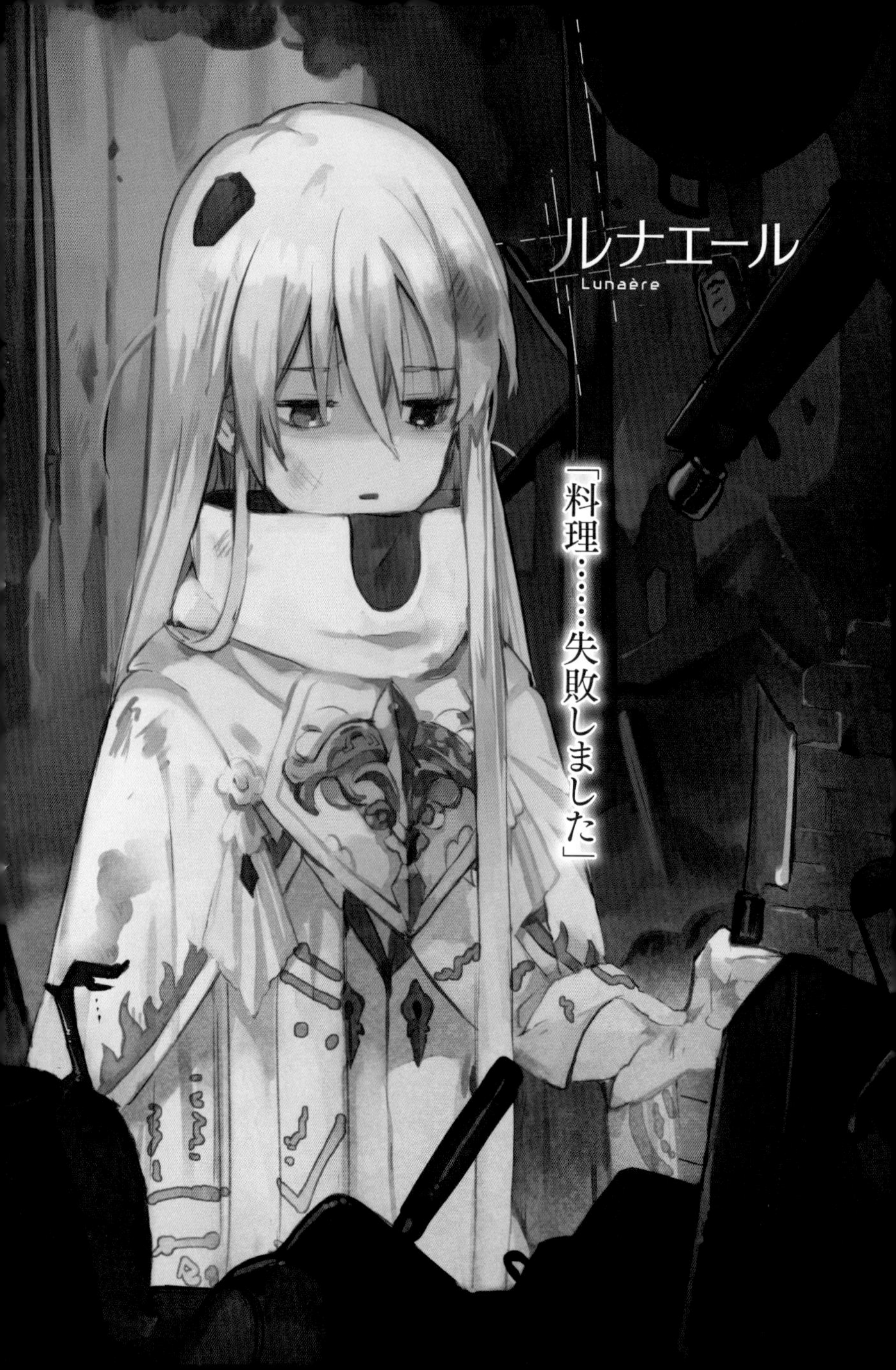
ルナエール
Lunaère
「料理……失敗しました」

カナタ
Kanata
「え……？」
「……燥《ハシャ》イデ、余計ナ見栄、張ルカラ」
ノーブルミミック
Noble Mimic

ポメラ
Pomera
「その子供は……どうしたんですか？」
「どうしたっていうか……どうしよう……」
「遊ぼ！　遊ぼ！」
フィリア
Philia

不死者の弟子 1

邪神の不興を買って奈落に落とされた俺の英雄譚

Nekoko
著 猫子
Hihara Yoh
画 緋原ヨウ

The Disciple of Lich

This is Heroic Tale of Mine That I Incurred Evil God's Displeasure and Dropped to the Abyss

The Disciple of Lich

This is Heroic Tale of Mine That I Incurred Evil God's Displeasure and Dropped to the Abyss

CONTENTS

003 第一話■不死者の弟子

148 第二話■白魔法使いポメラ

261 第三話■邪神官ノーツ

第一話■不死者の弟子

1

「カンバラ……カンバラ・カナタ、だねぇ。うん」

中性的な、妙な訛《なま》りのある声が俺の名前を呼んだ。俺はそれに応えて目を開いた。

俺は、白い空間に浮かんでいた。そうとしか形容できなかった。周囲には黒い渦のようなものが浮かんでいるが、手で触っても通り抜けていく。

えっと……これは、夢か？

俺を呼んだ声の主らしき人物は目前に立っていた。派手な緑色の癖毛の人物で、黒い礼服を纏《まと》っていた。男物の恰好《かっこう》だが、性別は……どちらとも区別がつかなかった。顔の造りは西洋人らしい。鼻が高く、蒼《あお》い瞳をしていた。

「自己紹介といこうか。僕は、神だよ。正確には、上位神の奴隷として創られた、下位神だけれどねぇ。僕の名前は……正式名称ではニンゲンにとってはあまりに長すぎるし、ニンゲン程度の用いる言語に置き換えることもできないのだけれど……それでも便宜上とりあえずの名前を名乗っておくと、ナイアロトプという」

か、神……？

「あなたは、何を……！　むぐっ！」

　突然、口が開かなくなった。

「ギャーギャーと喚《わめ》かれるのは嫌だから、君の口はチャックさせてもらったよ。僕はねぇ、煩わしいありふれた質問が大嫌いなんだ。必要最低限の情報だけ伝えて、とっとと進めさせてもらいたいんだよね。口は、後で開かせてあげるけれど……そのときにくだらない質問をしたら、死ぬより辛《つら》い目に遭うと思ってくれたまえよ」

　緑髪の人物……ナイアロトプは、飄々《ひょうひょう》としたふうにそう言った。何を馬鹿げたことを……という言葉が頭を過《よ》ぎったが、周囲の異常な空間と、実際に口が開かなかったという事実、そしてナイアロトプから伝わってくる得体の知れない感覚から、どうやら彼の言葉が全て真実であるらしいということを俺は感じ取っていた。

「おめでとう。君は、僕のショーに選ばれたのさ。僕の役目は、上位神達《たち》にエンターテインメントを提供することなんだよねぇ」

　エンター、テインメント……？

「カンバラ・カナタ、二十歳、フリーター……趣味なし、特技なし、将来の夢なし、友人なし、恋人なし、親しい親族なし……」

　ナイアロトプが、淡々と俺についての情報を口にしていく。

　……さびしいプロフィールだが……ナイアロトプの言う通りだ。俺は特に親しい友人もなく、特に趣味や夢もなく生きていた。両親も、高校時代に事故で死んでいる。

「定期的に元の世界に未練のなさそうな、君のようなクズを僕はプロデュースしてあげているのさ。

異世界転移小説は知っているかな？　知っているよね、君達の文化なのだから！　いや、アレはいいよね。僕も大好きだ、心が躍る」

俺は小さく頷《うなず》いた。確かにそういった小説群があることは知っているし、数シリーズほど読んだこともある。神様の都合で異世界に飛ばされた主人公が、そこの世界で神様から得た特権や元の世界の知識を活《い》かして活躍していくファンタジー小説だ。しかし、プロデュースとは一体……。

「実は上位神達も、アレを大層お気に召されていてね。でも上位神の方々は、ニンゲンよりもちょっとばかり目が肥えていて贅沢《ぜいたく》なんだよ。そこで僕は他の上位神の力を借りて、世界を一つ創り上げたのさ。ニンゲンを送り込むのに適した、ゲーム風中世ファンタジーって奴《やつ》をね。異世界ロークロア……君達のいた世界とはちょっとばかり違う法則に支配された、おとぎの世界だよ。どうだい？　心が躍るだろう？」

せ、世界を一つ、創り上げた……!?

「創ったのは君達の世界でその手の小説が流行してからなんだけれど、上位神にとっては時間なんてどうにでもなるものだからね。既にロークロアは創世歴一万年の世界だよ」

規模が大きすぎて、頭で理解しきれなくなってきた……。

俺が頭を抱えていると、ナイアロトプが不機嫌そうに眉間に皺《しわ》を寄せていた。い、いけない……とりあえず、呑《の》み込めた振りだけしておこう。後でゆっくり考えた方がよさそうだ。

彼か彼女かはわからないが、ナイアロトプはありふれた邪魔臭い反応が嫌いだと口にしていた。ナイアロトプの機嫌を損ねるのは危険だ。

「そう、それでいい。利口な子は嫌いじゃないよ。さて、こうしている間も……君は高位神様達の見世物になっているわけだよ」

ナイアロトプが指を鳴らす。空間が歪《ゆが》み……周囲に様々な顔が浮かんだ。仮面のようなものや、時計を模したようなものもある。目玉だけが浮かんでいるものもあった。どれもとにかく不気味な代物で……見られていると思うと、背筋に冷たいものが走った。

「フフフフ……神様達は、君達地球のニンゲンが、チートスキルを手にしてロークロアで好き放題に暴れることをご所望なのさ！　勇者になるも、魔王になるも……それとも力を隠してひっそりと甘い汁を啜《すす》るのも、全ては君次第というわけだ。どうだい？　これまでの君のクソみたいな人生とは比べ物にならないだろう？　ああ、君は本当に幸せ者だねぇ！」

ナイアロトプが口を押さえて笑う。

「さぁ、ご趣味のよろしい高位神の皆様方！　このナイアロトプが、また一人ロークロアへと《主人公》を送り込ませていただきます！　しかし、魔法と剣、そして魔物の支配するロークロアの世界では、軟弱な地球産のゴミなど即日ミンチとなることは必定！　固定スキルの《ロークロア言語》、《ステータスチェック》に加えて、今回は彼に何を差し上げましょうか？　そして、今回送り込むのはどの地がよろしいでしょうか！」

ナイアロトプが両腕を広げながらその場で回り始めた。高位神達にアピールしているらしい。高位神達の目玉がぎょろぎょろと蠢《うごめ》き、口がカクカクと動いた。

そして聞いたことのない奇妙な言語が忙《せわ》しなく響き渡る。

とにかく……それは異様な光景だった。俺は気圧《けお》され、ただ茫然《ぼうぜん》としていた。

「むむ……そうですねぇ！　ええ、ええ、カナタ君にも、要望を伺ってみましょうか！」

そのとき、俺の口を縛っていた力が解放されるのを感じた。どうやら俺の口が解禁されたらしい。

「さぁ、さぁ、要望をどうぞ！　もっとも……あまりヌルゲーになってもつまらないので、制限は掛けさせてもらいますがねぇ！」

ナイアロトプが期待した目で俺を見る。

俺は少し考える。怒らせるだろうか……いや、しかし、言わないわけにはいかない。

「あの……戻してもらっていいですか？」

俺が言うと、騒々しかった高位神達が静まり返った。ナイアロトプの表情が大きく歪んだ。

「はい？　なぜです？　あなたは、何の未練もないニンゲンと、既にリサーチ済みです。怖くなったのですか？　大丈夫ですよ……堅実に生きていけば、あなたは僕の授けたチート能力で、何ら困ることなく裕福な生涯を……」

「猫を飼っているんです。ナイアロトプ様は俺を孤独の身だと言いましたが、俺にとっては猫のクロマルが家族なんです。両親を事故で失ってやさぐれていた俺を立ち直らせてくれた、大事な相棒ですから」

クロマルは雑種の猫で……ある日突然、家の前に捨てられていたのだ。最初は見捨てるのに気が引けて、引き取り手が見つかるまで家に置いておくだけのつもりだった。しかし、いつの間にか大切な家族になっていた。

あいつは俺がいなくても上手《うま》く野良としてやっていけるかもしれないが……だからといって、別れの挨拶もなく、唐突に別世界に旅立つような真似《まね》はできない。置いていかれる悲しみは俺が一番よくわかっている。

ナイアロトプの顔が更に歪んでいた。目や鼻、口が螺旋状《らせんじょう》に歪み、顔に奇妙な皺が刻まれている。髪と顔の一部が奇妙に一体化していた。俺は唾を呑んだ。ナイアロトプも、恐らく元々は人間の姿ではないのだ。何か恐ろしい正体が表に出そうになっている。

「こっちはさぁ……そういう嫌々な態度を見せられると、萎えるんだよ。ニンゲンが欲望や身勝手な価値観で、好き放題に暴れるところが見たいんだ。わかれよ、空気読めよ。だから、わざわざ君みたいなクズを捜して選んでやったんだよ。新しい転移者だって高位神様方が期待していたのに、この僕に恥を掻《か》かせてくれやがって。君の召喚やらだって、どれだけ手間が掛かると思っている？ニンゲンが都合で神に駄々を捏《こ》ねるなよ。それも猫だって？　馬鹿にしているのか？」

そもそも一方的に呼びつけて、俺が転移したがっているに違いないと思い込んでいたのはナイアロトプの方の落ち度なのだが……とにかく、機嫌を損ねてしまったようだった。

ナイアロトプの顔がどんどん渦巻いていき……肌色と髪の緑、衣服の黒が合わさっていく。奇妙な捩《ね》じれた、緑の植物の根のような化け物の姿へと変わっていった。

ナイアロトプの、奇妙な緑色の大きな腕が俺へと伸びる。

「ひっ！」

俺は逃げようとするが、身体《からだ》が動かない。すぐに胴体を大きな手に摑《つか》まれてしまった。歪《いびつ》な爪が、俺の背に突き立てられた。こ、殺される。恐怖で声も出ない。

「しかし……そうだね。ゴミを殺すのは簡単だけど、せっかく高位神様方にもご覧になっていただいているんだ。こんなしょうもない殺し方はできない……そうだ、チャンスを上げよう」

チャ、チャンス……？　助かる、のか……？

「君に特別な技能を上げるつもりだったけれど、それはナシだ。言語能力と、それからせいぜいステータスチェックを活かすといい。そして……君の転移先だが、ロークロアの《地獄の穴》《コキュートス》に決定した。喜ぶといい。君にもわかりやすく言うと、ゲームでいう裏ダンジョンって奴さ。世界最高級のアイテムの数々と、世界最悪クラスの魔物達が君を待っているよ」

俺を中心に……何か、奇妙な言語で綴《つづ》られた計算式の輪のようなものが浮かび上がっていく。

「君には馴染《なじ》みがないだろうね、魔法陣って奴さ」

ナイアロトプが俺に顔を近づける。人間の顔面はほとんど崩れており、螺旋状に渦巻いた中央の空虚な穴が、至近距離から俺を睨《にら》んでいた。

「さぁ、高位神様の方々……こちらの手違いで、興醒《きょうざ》めするニンゲンを連れてきてしまい、申し訳ございませんでした。ではカナタ君がどれだけ生き延びることができるか、どんな死に様を迎えるのか、お楽しみに！」

ナイアロトプが声を張り上げて叫びながら、高位神達に見せつけるように俺を高く持ち上げる。

「それじゃあね、出来損ない君。《地獄の穴》《コキュートス》へといってらっしゃい。もう二度と、僕達は会うことはないだろう。時空魔法第二十八階位《次元間転移》《アナザーゲート》」

俺の周囲に浮かんでいた、魔法陣とやらが輝きを帯び始める。光に包まれて、周囲の景色が歪み始める。気が付くと俺は……見知らぬ建物の中にいた。

石造りの厳かな内装をしていて、まるで神殿跡のようだった。壁に悪魔の顔が等間隔に彫られており、口の中に炎が灯《とも》されている。

並ぶ石柱には、そのどれもに人間を模した彫り物が施されている。ただ……不気味なことに、その石の全ては赤黒い血で汚れていた。

「な、なんだよ、これ……」

思わず呟《つぶや》いたが、頭では理解していた。俺はどうやら……ナイアロトプの奴の魔法とやらによって、異世界ロークロアとやらの最悪のダンジョン、《地獄の穴《コキュートス》》へと飛ばされたようだった。

2

俺は血で汚れた迷宮の中で、壁を背に床に座り込んでいた。なぜこんなことになったのか、まだ俺は受け入れきれないでいた。

あの神の奴隷を自称していた化け物によれば、ここは異世界ロークロアの最悪のダンジョン、《地獄の穴《コキュートス》》であるはずだった。俺を殺す代わりに悪趣味な残虐ショーとして（もっとも人の人生を娯楽にしている時点で悪趣味なのだが）ここへ俺を送り込んだようであった。

「……立ち止まっている場合じゃない。とにかく、ここをどうにか抜けないと……」

ナイアロトプは、ここは恐ろしい化け物がいると言っていた。長居は無用である。逃げられる術《すべ》があるのかどうかはわからないが、こんな訳の分からないところで殺されるのはごめんだ。

ナイアロトプは、結局俺には何か特別な力はくれていないようだった。しかし……固定技能と奴が称していた、異世界転移者にまず渡すらしい《ロークロア言語》、《ステータスチェック》とやらは渡していると言っていた。これが役に立つかもしれない。

《ロークロア言語》は恐らく、この世界において一般的な言語なのだろう。ナイアロトプは地球の人間をこの世界に送り込んでショーにしている、と言っていた。現地人と接触しやすいように言語能力を与えようとしていたとしてもおかしくはない。

それに、奴がモチーフにしていると明言していた異世界転移小説においても、言語能力の付加は別段珍しい設定ではない。《ステータスチェック》は……恐らく、俺や他者の情報を確認することのできる力だろう。こちらもその手の小説で読んだことがある。

「……《ステータスチェック》」

まずは自分に使うよう、試みてみた。俺は自分のステータスを確認するよう、念じながら呟いてみる。頭の中に引っ掛かるものがあった。手足を動かすときのように、こうすれば自身の情報を確認できる、という感覚があったのだ。頭の中に、ゲーム画面のようなものが浮かび上がる。

カナタ・カンバラ
種族：ニンゲン
Lv　：1
HP　：3／3　MP　：2／2
攻撃力：1　防御力：1
魔法力：1　素早さ：1
スキル：
《ロークロア言語〔Lv：一〕》《ステータスチェック〔Lv：一〕》

ほ、本当に出て来た。比較対象がないので詳しいことはわからないが……まぁ、初期状態らしい、ということはわかる。

ナイアロトプもレベルと口にしていたが、本当にそんなものがあるんだな。この世界独自の法則がある、という話だった。魔物を倒せばレベルが上がるのだろうか。

俺は呼吸を整え、頭を落ち着かせる。とんでもないことばかりだが、順応しなければ生き残ることはできないだろう。何か、活路はあるはずだ。きっと恐ろしい化け物がいるはずだが、ナイアロトプはこうも口にしていた。

『君にもわかりやすく言うと、ゲームでいう裏ダンジョンって奴さ。世界最高級のアイテムの数々と、世界最悪クラスの魔物達が君を待っているよ』

そう……ここには恐らく、強力なアイテムとやらがある。魔物に接触する前にそれを手に入れることができれば、とりあえずの危機を凌《しの》ぐことはできるかもしれない。それからゆっくりとここを出る方法を模索し、この世界についての情報を集めて行こう。

「よし……行くか」

俺は壁に耳を当てて、足音を立てないようにすり足で進む。一度の魔物との接触で詰みかねない。

俺はダンジョン探索《ローグライク》と呼ばれるジャンルのゲームをやったことがある。ランダム生成される迷宮を突き進み、敵を倒しながら装備を整えていくのが基本的な流れとなっている。

喩《たと》えるならこれは、ダンジョン探索《ローグライク》において初期状態でダンジョン最奥地に放り込まれたようなものだ。無策で魔物に見つかれば、逃げる術もなく一撃で仕留められてしまうのはわかりきっている。

「意外と頭回っているな俺、案外どうにかなるかも……」

こんな状況に、少しわくわくし始めている自分がいることに気が付いた。楽観的なのは俺の数少ない美徳の一つだともいえる。

「ん……？」

しばらく歩いていると、通路の行き止まりに当たった。黒く朽ち果てた骸骨が、壁に凭《もた》れ掛かるように倒れていた。腐臭を放っている。気味が悪かったが……そこまでグロテスクというほどではない。惨死体ならともかく、骨ならば葬儀で見たことがある。

それに幸運だと思った。骨は、黄金色に輝く剣を握りしめていた。間違いなくレアアイテムという奴だ。これがあれば……魔物が出て来たときに対応できるかもしれない。

「拝借させてもらいますよ……」

俺は剣を摑んで引っ張った。その勢いで骸骨が崩れ、俺は背後に飛び退《の》いた。

……な、なんだか、申し訳ないことをした気持ちになる。

黄金剣に《ステータスチェック》を使ってみようとしたが……感覚的に無理だろうな、ということがわかった。スキルを持っていると、扱い方が直感的に理解できるようだった。これは生物に対してしか使えないものなのだ。何か、別のスキルかアイテムがあればわかるのかもしれないが……。

軽く振ってみようとしたところ……突然、黄金剣が姿を消した。

「えっ」

遅れて、腕に激痛が走る。黄金剣だけではない。俺の右手の肘から先がなくなっていたのだ。

「ゴ、ゴゴ、ゴチリマス……」

目の前の行き止まりの壁に、大きな口ができていた。口はくちゃくちゃと動き、ぺっと黒ずんだ腕の骨と黄金剣を吐き出した。――俺の腕だ。

種族：グラトニーミミック
Lv　：1381
HP　：9027／9027
MP　：5919／5919

俺は《ステータスチェック》で、咄嗟《とっさ》にそいつを確認していた。思っていたよりも数値の桁が全然違った。

「あ、あああ、あああああああああああっ！」

俺は食い千切られた腕を押さえ、叫びながら逆方向へと駆け出した。

「ゴチッ、ナリマシタ……」

無機質なグラトニーミミックの声が響く。

曲がり角を曲がったところで、俺はその場に倒れた。もっと逃げなければと考えていたが、膝がガクガクと震えて動かないのだ。それに腕から血が溢《あふ》れる度に、自分の命が損なわれていくのを感じていた。動悸《どうき》がする。心臓が口から出てしまいそうだった。

俺は温《ぬる》く考えていた。というより、温く考えるように自分を誤魔化していた。ここはゲームを模した世界ではあるが、ゲームの世界ではない。自分を騙《だま》して、止まっても無意味だと鼓舞していたが、死ねばそこでお終《しま》いなのだ。

勝算なんて最初からなかった。これはそういう奴らのショーなのだ。今のあの化け物に、何かちょっと凄《すご》い武器があったからといってとても勝てるとは思えない。

「これっ、最初から詰んでるじゃないか。クソゲー過ぎるだろ……」

もう、何もしたくない。このまま床に伏せたまま死んでしまいたかった。

「悪い、クロマル……俺、駄目かも……」

俺が突っ伏していると……何か大きな音が近づいて来た。顔を上げる。頭のない、二メートル以上の背丈のある人間がいた。肌色は灰色で、力士を思わせるどっしりとした体格をしていた。そして腹部に、頭の代わりとでもいわんばかりに、大きな口が開いていた。

種族：プレデター
Lv　：1821
HP　：9418／9418
MP　：5081／6054

とっくにわかっていたことだが……ここには、本当にヤバイ化け物しかいないらしい。

今度こそ、終わった……。俺は、死を覚悟した。

首のない人型の魔物……プレデターが、俺へと向かって来る。俺の近くまで来たところで、そいつは立ち止まった。

「こ、殺すなら、殺せ……」

俺がそう言うと、プレデターの口が吊《つ》り上がったように見えた。プレデターは俺を軽く蹴って転がし、背に足を掛けて押さえ付けた。

「何を……」

そうして俺の足を握り、持ち上げる。俺は理解した。こいつは、俺の足を折るつもりだ。

明らかに、俺を弄んで殺そうという悪意があった。やろうと思えば、一瞬で殺せるはずだ。俺は目を瞑《つぶ》り、必死に懇願する。止《や》めてくれ、殺すならせめて一思いにやってくれ、と。

だが、その願い虚《むな》しく俺の足は膝からあり得ない方向へと曲げられた。俺は口を大きく開けて叫んだ。もがこうとするが、身体は足で押さえ付けられているため全く動かすことができない。

「助けっ、誰か、助け……！」

俺が手足を動かしていると、急にプレデターが体重を掛け始めて来た。背がミシミシと折れているのを感じる。口の奥から赤黒い何かが自然と噴き出していた。恐怖と激痛に支配され、俺は声にならない声を上げていた。

そのとき、周囲一帯を黒い光が覆った。プレデターが何かしたのかと思ったが……プレデターも俺から足を上げ、周囲をあたふたと見回していた。

「久々に目を覚ましましたが、《地獄の穴《コキュートス》》は相変わらず醜い化け物ばかりですね」

プレデターの背後に、一人の白い少女が浮かんでいた。

白い布地に金色で文字列のようなものが刻まれている、奇妙なマントを羽織っていた。

生気を感じさせない白い肌。彼女の白い髪は、毛先だけ血に濡《ぬ》れたように真っ赤な色をしていた。

冷淡な目は、右の瞳は碧《あお》く、左の瞳は真紅の色を帯びていた。大きな瞳に高い鼻、小さな口。そして何よりも陶器のような美しい肌。彼女は、この世の者とは思えない程に整った顔立ちをしていた。人間というより、彫像のような芸術的な美があった。

「時空魔法第二十四階位《存在抹消《ニール》》」

彼女がそう唱えると、黒い光に呑まれるようにプレデターの姿が掠《かす》れ始めてきた。プレデターが両腕を振って必死にもがくが、その腕は俺の身体を擦り抜けていく。やがて、プレデターと共に黒い光も消えていく。そうしてこの場から、完全に姿を消した。

彼女が俺の前へと降りて来た。オッドアイの瞳が、眉一つ動かさずに俺を見下ろす。

「あ、あが、あああ……」

助けてくれたのは間違いないはずだと思い、礼を言おうとしたのだが……上手く声を出すことができなかった。

「時空魔法第二十二階位《治癒的逆行《レトグレーデ》》」

続けて少女が唱える。白い魔法陣が展開され、俺の身体を光が包んでいく。辺りに散っていた血肉が俺へと戻って来て、俺の身体に張り付いて馴染んでいく――いや、再構築されていく。

俺は声を出す。腹部や足の痛みがなくなっている。食い千切られたはずの右腕まで元通りになっていた。こんなことが、あっていいのか……？

「あ、ああ、ああああ……」

少女が俺へ視線を投げる。目が合うと、背筋が一気に冷たくなった。彼女もまた、殺そうと思えば俺をすぐにでも殺すことができるのだ。

そして、その事実以上に……彼女には対峙《たいじ》した者を恐怖に駆らせるオーラがあった。身体の震えが止まらない。だが、命の恩人であることには間違いないのだ。

「あ、ありがとうございます……。何が何だか正直頭が追いついていませんが、助けていただいたようですね」

俺は頭を下げた。少女は相変わらず無表情に俺を睨んでいた。

「《地獄の穴《コキュートス》》へやってくるとは、愚かな人間です。ここは人間の訪れる地ではないというのに」

少女がフンと鼻を鳴らす。

「そ、そういうあなた様も人間なのでは……」

「私は人間ではありませんよ。目前に立ってなお気が付かないとは愚かしい。私はリッチ、人としての生を捨てることで永遠の時間を手に入れた存在。今更人間のような低俗な動物と同一視されるとは気分のいいことではありませんね」

「す、すいません……」

俺は再び頭を下げる。……確かに、人間ではないオーラを感じた。

グラトニーミミックやプレデターなどよりもよっぽど危険な化け物だ。とんでもない話だが、それを疑わせないだけの不気味なオーラを彼女は秘めていた。

それから少女が何かを切り出すのを待ったが……数分ほど全く何も話さなかった。

気まずい空気が流れ始める。ここは、俺から何か言えばいいのだろうか。しかし、機嫌を損ねればその瞬間に殺されかねない。

表情から探りたいが、彼女が無表情であるためそれも叶《かな》わない。どうしよう、段々と前に立っているのが辛くなってきた。なんだか彼女の威圧感で呼吸がし辛くなってきた。

「あ、あの……厚かましい頼みなのはわかっていますが、助けてもらえませんか！　このままだと俺……その、とても生きていける自信がなくて……！」

俺は覚悟を決め、彼女に大きく頭を下げた。さっきも助けてくれたのだ。誠心誠意頼み込めばチャンスがあるかもしれない。というより、俺にはそれ以外に生きていく方法がない。

「一つ勘違いをしているようなので教えてあげましょう」

「え……？」

「私がここに住んでいるのは……私を裏切った人間が大嫌いだからです」

少女の一声で、完全に俺の最後の希望が途絶えた。

「……だから、絶対に人間の到達できない《地獄の穴《コキュートス》》の地下九十階層で生活をしていたというのに」

ついでにこのダンジョンから脱出するという望みも途絶えた。

なんだ地下九十階層って？　造った奴は馬鹿なのか？　せいぜい一、二階層くらいならば頑張れば希望がないこともないかもしれないが、九十階層はさすがに無理だ。

「ともかく……私は人間が大嫌いなので、助けてあげる義理なんてないのですよ。さっきはあまり聞かない声を聞いたので、興味本位で見に来ただけです。せいぜい足掻《あが》いて、苦しんで死んでいくといいですよ。悲鳴を聞いて様子を見に来ましたが、どうでもいいことでしたね」

少女は淡々とそう言った。

「お、お願いします！　本当に、俺にできることだったらなんでもしますから！」

俺はその場に座り込み、床へと頭をつけた。

「時空魔法第八階位《異次元袋《ディメンションポケット》》」

少女が腕を伸ばす。魔法陣が展開され、少女がその中心へと腕を突き入れ、何かを引っ張り出しているようだった。真っ赤な液体の入った瓶を三つ床へと並べた。

「これは……お気に入りだったのですが……まぁ……」

それから……少し迷う素振りを見せた後、虹色に輝く奇妙な林檎《りんご》を取り出した。

「私の作ったレッドポーションと、食べてもなくならない果物です。これがあれば、ここまで来た人間ならば地上まで帰ることができ……じゃなくて、長く生にしがみついて苦しむことになるでしょうね。せいぜい足掻いて、無様に死ぬといいでしょう」

「……？　く、くれるんですか？」

……レッドポーションとやらは、回復薬になるのだろうか？

「長く苦しませるためのものなので、勘違いなさらないように」

「な、なるほど……？」

無表情なので、少女がどういうつもりでこれをくれたのかが全くわからない。

「あ、ありがとうございます……これで頑張ってみます……」

俺は頭を下げながら、薬品と林檎を抱える。……ど、どうやってこれを持ち運ぼうか。

「……あなた、まさか魔法袋を持っていないのですか？」

「え？　なんですか、それ？」

少女は頭を押さえた後、もう一度また《異次元袋《ディメンションポケット》》とやらを使い、中から小さな蒼い布袋を取り出した。

「そこに入れておきなさい」

「え、これ……」

「……見かけよりは多く入りますから、その薬品くらいは簡単に収納できますよ」

そんな馬鹿なと思ったが、あんな異空間から物を取り出すような力があるのならば、別にそういったアイテムとやらがあってもおかしくはないのかもしれない。順応していこう。

「ご、ご丁寧にどうも、ありがとうございますリッチさん……」

「……名前はルナエールです。リッチは不死者になった魔術師のことであって、私の名前というわけではありません」

「あ、ありがとうございますルナエールさん。この恩は忘れません、きっと返しに来ます」

「いえ、長く苦しませるためのものなので」

本気で言っているのかどうか、無表情のせいで全くわからない。苦しませるためだけにそこまでするとはとても思えないのだが……。

「では、せいぜいご無事……ではなく、長く苦しんで死んでいってください」

……何か、彼女の中で破れないルールみたいなものがあるのかもしれない。

「あ、ありがとうございます……」

ちぐはぐなやり取りを終えた後、ルナエールが通路を飛んでその場から去っていった。

俺は青色の袋……魔法袋とやらに、彼女からもらったレッドポーションと、虹色の妙な林檎を入れてみた。小さな布袋にも拘《かかわ》らず、あっさりと全て入ってしまった。さすが魔法袋と呼ばれるだけのことはある。

俺は小さく感銘の声を漏らしてから、布袋についていた紐《ひも》をベルトへと巻きつけた。

……しかし、状況は多少好転したものの、結局俺が死の淵《ふち》にいることに変わりはない。案外オーラに似合わず優しそうな感じはしたので、もっと泣きついてみた方がよかったかもしれない。厚かましいが、命が懸かっているのだから仕方がない。

もっともそれも、もうルナエールが行ってしまったので悔やんでも仕方のないことなのだが。

「一つ忘れていました」

「うおっ！」

背後から唐突に声が聞こえ、俺は背筋を伸ばして振り返った。ルナエールが手に剣を抱えていた。

「魔物に奪われたのか、丸腰でしたね。これを持っていくといいでしょう。もっとも、あの世への餞別《せんべつ》にしかならないでしょうがね」

ルナエールが床へと剣を放り投げる。剣身が床へと突き刺さる。古めかしい長剣だった。石でできているらしく、これも何かの文字列が刻まれていた。あまり切れ味のいい外観ではなかったのだが、容易《たやす》く床を貫いたところを見るに、とんでもない力を秘めているようだった。

「あ、ありがとうございます……」

「それではせいぜい足掻くといいでしょう」

ルナエールがまた宙を飛んで去っていく。

しかし、俺が剣なんか持ったところでどうにかなるだろうか。彼女を土下座してでも呼び止めるべきではなかろうか。

いや、怪我《けが》を治してもらい、回復アイテムに便利道具袋、おまけに武器まで恵んでもらったのだ。これ以上を強請《ねだ》っては罰が当たる。それに、機嫌を損ねたときのことを考えると怖かった。

俺は彼女の背を見届けた後、剣の柄《つか》を握りしめて引き抜こうとした。

……引き抜けなかった。三十分ほど引っ張ったり、蹴り飛ばしたり、柄の部分を撫《な》でて様子を窺《うかが》ったりしてみたが、まるでビクともしなかった。むしろなんであの人は俺がこれを引き抜けると思ったのだろう、という気持ちになってきた。剣身が大分深くまで床にめり込んでいる。

『これがあれば、ここまで来た人間ならば地上まで帰ることができ……じゃなくて、長く生にしがみついて苦しむことになるでしょうね』

俺はふとルナエールの言葉を思い出して、そこでようやく合点が行った。

「ああ、あの人、俺が自力でここまで来たと思っているのか……」

俺は剣を最後にもう一度だけ引き抜こうとして、やはりビクともしないことを確認した後、一人で大きく頷いた。

「これは諦めるか……」

俺は自身の持ち物を確認する。謎の林檎……そして、恐らくは治癒能力のあるレッドポーションとやらが三つ、そしてそれらを入れることのできる魔法袋。なんだか凄そうな剣は、残念ながら持っていけないので放置する。

そして俺に与えられていたスキル……《ロークロア言語》は、ルナエールとの対話において問題なく機能したようだった。

それから……《ステータスチェック》は自身に対して使用する際には保有技能から各パラメー

ターまで観察できるようだったが、どうやら他者に使う分にはレベルとＨＰ、ＭＰまでしか見ることができないようだった。

命の危険が近すぎてあの時は考察している余裕がなかったが、どうやらあの範囲までの情報を見るのが限界のようだ。ざっくりとした敵の強さを推し量るのが限界、ということだ。

「……これだけのアイテムがあるんだ、やってやるさ。上手く敵を凌ぎつつアイテムを捜して……俺のレベルに関係なく敵を殺傷できそうな策を探るんだ」

俺は声に出して考えを纏める。ここには色々なアイテムがあるという話だった。所有者の力量に拘らず外敵を打ち払う術も何かあるはずだ。そして一体でも倒すことができれば、レベルとやらが大幅に上がり、俺も多少は魔物に対しての抵抗ができるようになるかもしれない。命を繋《つな》ぎ、経験を積めるというのは大きなアドバンテージだ。やってやる、やるしかないんだ。

――五分後、俺は全長五メートル近いカエルの化け物に捕らえられていた。

青い半透明色の体表には、全身に目玉が浮かんでいる。足は六本、それとは別に触手がうようよと身体から生えていた。背から蒼い肌をした女の上半身が伸びている。

種族：ヘケト
Ｌｖ　：１８２１
ＨＰ　：１０６２３／１０６２３
ＭＰ　：１１００３／１１００３

俺はカエルの化け物……ヘケトの触手で、天井高くへと掲げられていた。

「恐怖を抱かせてから喰《く》らうた方が旨《うま》いのでな……楽には殺さぬぞ……。腕の端から溶かして、食してやろう……。嬉《うれ》しかろう、この我と一つになれるのだ」

女の半身が笑う。下についている目玉塗《まみ》れのカエルが、疣《いぼ》に塗れた太い青白い舌から涎《よだれ》を垂らしていた。終わった……俺は、今度こそ本当に死ぬんだ……。

手足がどろどろに溶けていく。痛い。痛いというよりも熱い。しかし、そのことを悲鳴を上げて訴えるだけの余力を、俺は持っていなかった。

「脆《もろ》い、脆いのう……だが、我が粘液は強力な酸を帯びていると共に、高位の治癒魔法と同等の力も持っていてな？　ＨＰを1未満にまで減らすことは絶対にないのでな。安心するがいい……貴様は脳髄までドロドロに溶けるそのときまで、自我を保ったまま いられるのだ。どうだ？　より恐ろしくなってきたか？」

そのとき……俺は溶けていく自身の視界の端から、さっき俺が諦めた長剣を握りしめたルナエールが飛来してくるのが見えた。

「無粋な客人だな……どれ、結界魔法第十六階位《大渦鏡水牢《カリュブディス》》」

ヘケトを中心に魔法陣が展開され、突如現れた水が半球状に辺りを覆った。

「水の流れが、この空間を隔絶させた……。少々魔力は嵩《かさ》むが、これで何人たりともこの空間へ入り込むことはできやしない。珍しい食事だからな……お前は味わって喰い殺してや……」

水流に切れ目が走ったかと思えば、爆《は》ぜて飛沫《しぶき》を上げる。《大渦鏡水牢《カリュブディス》》が崩壊したのだ。その向こう側には、剣を振った状態のルナエールが浮かんでいた。

「あくまでも我を邪魔しようというのか！　容赦せぬぞリッチの小娘……！」

ヘケトの女人の顔が鬼のような面へと変わり、ルナエールを振り返った。激昂《げきこう》するヘケトを前に、ルナエールは静かに長剣を降ろした。

「何を考えている？　我は気分を害したぞ、今更和解など……」

「もう終わっていますよ」

ルナエールのその言葉と共に、ヘケトの身体に縦の線が走った。間から粘液が漏れ出していく。

「あり得ぬ……まさか、絶対防壁の《大渦鏡水牢《カリュブディス》》ごと、我が分厚い体表を斬ったというのか？　馬鹿な、数千の時を生きた蝦蟇《がま》の女王が、ここで滅びると……！」

ヘケトの身体がぐらりと揺れ、その場に崩れ落ちた。消化液でぐだぐだになっていた俺の身体が地へと落とされる。下手したらこの衝撃で死にかねないと思ったが、ルナエールが下に移動して俺の身体を支えてくれた。

俺を助けたせいで消化液を全身に浴びたルナエールは、俺を抱えたまま無言でしばらく硬直していた。ルナエールの無表情顔が、少しだけ嫌そうに見えた。

この後、俺はまたルナエールの魔法である《治癒的逆行《レトグレーデ》》で身体を再生してもらい、どうにか一命を取りとめることができた。

「度々ありがとうございます……本当に危ないところでした」

俺は地面にへたり込んだまま頭を下げる。

「ありがとうございます、ではなくて……何をやっているのですか？　少し様子を見に……苦しんでいるところでも眺めてやろうと思って後を追い掛けてみれば、まさか剣を放り出して蝦蟇おばけに殺されかけているとは思いませんでした。獲物を弄ぶタイプの魔物でなければ、あなたは今頃死んでいましたよ？　馬鹿ですか？」

ルナエールは早口で言う。無表情だが、それでも何となく怒っているのが伝わってくる。

「あの……あれ、引き抜けなくて……」

「引き抜けない……軽く突き刺しただけなのですが」

ルナエールは自分が馬鹿力なのだと理解して欲しい。常人にはあのカエル星人を剣一振りで真っ二つにすることなどできないのだ。

「では、なぜ引き抜けそうになかった時点で呼ばなかったのですか？　丸腰でヘケトに勝てる自信があったのですか？　それにしては随分と無様なご様子でしたが……」

「引き抜こうとした時点でいなかったもので……。正直もう少し補佐してくれると助かるかな……くらいには思っていたのですが、その、あんまり下手に頼みごとをして機嫌を損ねたら食べられたりしないかなと」

「別にリッチは人間を食べたりはしません。怒りますよ」

「い、いいえ、本当にすいません！　俺、何も知らなくて！」

大分失礼なことを言ってしまったかもしれない……と考えていると、ルナエールは目を瞬かせて、自身の口許《くちもと》に指を触れていた。

「いや、でも、そういうのもいますね……」

や、やっぱり食べるんじゃないか。俺が若干身を引くと、ルナエールがぴくりと肩を震わせ、目をやや大きく開いた。

「私は違いますから」

ルナエールは表情の変化が小さいが、少しだけ拾えるようになってきたかもしれない。

「ここまで降りてくることができたのなら、武器とアイテムがあれば充分這《は》い上がって地上に出るくらいはできるでしょう。ふざけていないで、とっとと地上を目指してください」

ルナエールが俺へと長剣を渡す。俺がそれを受け取り、ルナエールが長剣を手放した瞬間……長剣の重さに負け、俺の腕が地面へと叩《たた》き落とされた。長剣が地面の上に落ちる。俺は肘が砕け、ついでに地面に叩き付けられた際に打った顎が砕けて血塗れになっていた。

地面に這いつくばる俺を、ルナエールが無表情で見下ろしていた。意識が、遠退いていく……。

「《治癒的逆行《レトグレーデ》》」

暗くなっていく視界の中、ルナエールが淡々と、三度目の身体を再生させる魔法を発動してくれた声が聞こえて来た。

身体を再生してもらってから、俺はルナエールの前で正座をしていた。

「すいません……これまで説明し損ねていたのですが、その、実は俺……この階層に直接送り込まれたみたいなんです」

「直接送り込まれた……？」

ルナエールは相変わらず無表情だったが、少し驚いているようだった。何となく微細な表情の動きが読み取れるようになってきた気がする。

「それは有り得ませんよ。この《地獄の穴《コキュートス》》は、凶悪な魔物達を封じ込めるための掃き溜《だ》めのような場所ですから。神代より凶悪な結界が施されていて、魔法で階層を跨《また》ぐようなことはできないのです」

そんな仕掛けになっていたのか……。いや、しかし、ナイアロトプは神そのものだ。神代の結界とやらを擦り抜ける魔法を扱えたとしてもおかしくはない。

「実は……俺、別の世界から送り込まれてきたみたいなんです。神を自称する化け物から……」

信じてもらえるかどうか悩んだが、俺はそう口にすることにした。邪悪なオーラや無表情、リッチだという事実や、他人嫌いを公言していたことは怖いが、しかし俺にはルナエールが悪い存在だとはとても思えなかった。

「異世界転移者、ですか。あなたが……」

ルナエールは唇に手を当てながらそう呟いた。

疑っているふうではなかった。ナイアロトプも、定期的に行っていると口にしていた。ルナエールが不死者で長く生きているのだというのならば、確かにこの話を知っていてもおかしくはない。

「確かに、その変わった恰好も、見慣れない顔つきも、魔法袋さえ知らなかったこともそれで説明がつきますね」

信じてくれそうな流れだった。

「そうなんです！　意味がわからないまま、この世界に送り飛ばされてきて……。なのでここが地下九十階層だなんて知らなかったし……ついでに言うとレベルも1なので、武器があっても魔物と戦うなんて無理なんです……」

「レベル1……？」

ルナエールから冷気が漂ってきた。相変わらず表情こそ変わらないものの、強い怒りを感じる。

何か……地雷を踏んでしまったのだろうか。

「す、すいません！　本当にすいません！　あの、でも、俺、よくわからなくて、その……！」

ルナエールが俺へと歩み寄り、ずいと顔を近づけて来た。ち、近い、本当に近い。

「……なぜ、レベル1だということを黙っていたのですか。だとしたら、多少アイテムを持っていたからといって、どうにかなるわけがないではありませんか。そもそも、あなたは何のためにこんなところへ送り飛ばされてきたのですか」

「す、すいません！　人間嫌いだと言っていたので、あまり助けを求めると逆鱗《げきりん》に触れるかなと！」

「それは……！」

ルナエールがすっと俺から離れた。

「……私の落ち度ですね。すいません」

ルナエールが申し訳なさそうに俯《うつむ》いた。やっぱりこの人、滅茶苦茶《めちゃくちゃ》いい人なのでは……？

「しかし……だとすれば、どうするべきでしょうか。今のままだと、私が何を与えてもあなたはこの階層から出ることさえできないでしょう」

ルナエールが額に手を当てる。

「ずっとここに居座られても私が迷惑なので、出口まで私が連れ添って送り届けてあげてもいいのですが……」

前後で文脈が噛《か》み合っていない。居座られて迷惑なら、放り出して俺が魔物に喰われるのを待っていればいいだけなのではなかろうか。言動の節々から良い人感が滲《にじ》み出ている。なぜルナエールがこうも人間嫌いアピールをしているのか、俺には全く理解できない。

「恐らく……道中で何かの拍子で死ぬでしょうね。あれだけあなたが魔物と接触して命を落とさなかったのは、奇跡以外の何でもありません」

……九十階層も昇る必要があるのだ。あんな魔物との激戦を何度も繰り返されていれば、きっと俺はどこかで死ぬだろう。

ルナエールが無表情のまま唇に指を当て、首を傾《かし》げて思案する。

ふと……この世界にレベルなるものがあることを思い出した。ネットゲームやらではパワーレベリングというものがある。強者が弱者を連れて狩りを行い、弱者のレベルを一気に引き上げるテクニックのようなものである。この世界でも似たようなことができるのではなかろうか。

「あ、あのう……本当に畏れ多いのですが、修行をつけてもらう……みたいなことは、できたりしないでしょうか？」

「修行……？」

ルナエールが硬直する。

「あ、や、やっぱり駄目ですよね！　い、言ってみただけなんで！」

ルナエールは沈黙したまま、じっと俺を見つめていた。

「あ、あの、本当に……！」

「あなたは、私が怖くないのですか？　ここを無事に抜けられるようになるまで修行するとなると、それなりに長い間、私と時間を共にすることになりますよ？」

「いえ、それは……正直ちょっと怖いですけど、凄く優しい人……リッチなのは伝わってくるので、全然。いや、でも、そんな手間を掛けさせるわけには……！」

ルナエールはしばらくまた沈黙した。それから彼女は探るように俺をちらちらと見ていたが、やがて何か考えを固めたらしく、咳払《せきばら》いをする仕草を挟んで切り出して来た。

「……仕方ありません。人間などと馴《な》れ合うのは心底嫌なのですが……そうですね、最低限ここから出られるように修行をつけてあげましょう。それ以外に手段もなさそうですからね」

あっさりとルナエールから許可が下りた。

「え、ほ、本当にいいんですか？」

「……嫌なのですか？」

「いえ、滅相もない！」

「では決まりましたね。ここをあなたのような人間に長居されるのは嫌なので、仕方なく修行をつけてあげましょう、仕方なく」

ルナエールが念押しするように言う。

「え、ええ、わかっています。仕方なくですよね、仕方なく。本当にありがとうございます」

……よくわからないが、合わせておこう。

「レベル100程度まで上げれば、流れ弾や事故による死はなくなるでしょう。出るときは私も付き添ってあげますから、それくらいまで上げておけば問題ありませんよ。そのくらいであれば、さほど長くもならないでしょう」

や、やっぱり優しい……。あまり言うと彼女は嫌がりそうなので突っ込みはしないが。

「名前を、一応聞いておきます。人間の名前などに興味はありませんが、なければ不便ですからね。アンデッドは名前で呪いを掛けられる者もいますから、教えるのが怖ければ仮名で結構ですよ」

「か、神原奏多《かんばらかなた》です……こっちの世界だと、カナタ・カンバラになるのかな……？　俺の世界では、家名は前だったのですが」

　ステータスで見た時も確か逆になっていた。

「仮名で大丈夫だと言いましたのに。警戒心がないと、この先どんな目に遭うのかわかりませんよ」

「ルナエール師匠は信頼していますよ」

「……だから、私はリッチで、あなたにうろつかれては迷惑なだけで……ルナエール師匠？」

　ルナエールが首を傾げる。

「駄目でしたか……えっと、ルナエールさん……様の方がいいですか？」

「……好きに呼んでください。呼び捨てでも師匠でも結構ですよ、人間からどう呼ばれようとも興味はありませんので」

「は、はい、わかりました」

「では、少しついて来てください。手頃な魔物を狩りつつ、拠点へと戻る予定ですので」

　ルナエールが俺に背を向けて歩き始める。……微妙に足取りが軽やかだった。

　この人、顔に出ないだけで結構感情豊かなのではなかろうか。師匠呼びが気に入ったのかもしれない。次からは師匠で呼んでおこう。

3

俺はルナエールの後に続いて、迷宮の中を歩いていた。

……歩き始めてからそこまで経《た》ってはいないのだが、ルナエールは既に五体の化け物を仕留めていた。今も目の前に、その内の一体が血塗れで倒れていた。

鶏の双頭を持つ、全身金色で筋肉の塊のような大男である。もっとも……今ではその特徴的な双頭はどちらも首から斬り落とされており、四肢もバラバラにされているが。どうやらラーという物々しい名前の魔物であったらしい。

ラーは信じられない程の高速で飛来してきて、双頭から炎を吐きながら向かってきた。ラーの向かってきた通路が猛炎に覆われており、俺は見た瞬間に死を覚悟していた。

なお、ラーの倍の速度で前に出たルナエールが剣を振るい、一瞬で金色の身体を八つ裂きにして始末してくれた。わかっていたことだが、この人、反則級に強すぎる。

「時空魔法第八階位《異次元袋《ディメンションポケット》》」

ルナエールは魔法陣を展開し、ラーの死体を回収していた。ルナエールは時折こうやって魔物の死体を収納している。一体、何に使うつもりなのだろうか。聞くのが怖い気もするが……まさか、薬にでもするのだろうか。

「活きのいい鶏肉《とりにく》が手に入ってよかったです」

「鶏肉!?」

「何か、問題がありますか?」

ルナエールが無表情をそのままに首を傾げる。

「ちょ、ちょっと身体が人間的過ぎると言いますか……」

「育ちすぎた鳥の範疇《はんちゅう》だと思いますが」

育ちすぎたの範囲がちょっと広大過ぎないだろうか。

「わかりました。餓死されても面倒なので、頭を食べていいですよ」

脳裏に、金ぴかぴんの巨大な鶏の頭部が二つ並んでいる図が浮かんだ。……いや、それはそれでえぐすぎる。

しかし、到底食用だと思える外見ではなかったのだが、確かにこの迷宮内でまともな食料が手に入るとも思えない。ルナエールも善意で言っているに違いない。

「……頭をいただくことにします」

その後もしばらくルナエールについていくと、迷宮内の土が敷かれている場所へと辿《たど》り着いた。他の場所よりも明るく、仄《ほの》かに暖かい。どうやら地面が土になっているわけではなく、あくまで石造りの上に分厚く土が敷かれているようであった。

土には草が生えており、綺麗《きれい》な花も並んでいた。俺は周囲を見回し、観察する。一本しかないが、木も生えていた。真っ赤で、白い斑点のある不気味な果物が実っていた。陽《ひ》の光もないのに、植物が育っている。

奥に大きな猫の像があり、口に真っ赤な水晶を咥《くわ》えていた。水晶が赤々とした輝きを放っている。

「……あの水晶、日光と同等の光を放っているのかな？」

「よくわかりましたね。《太陽の宝玉》という、外の世界では非常に価値の高いアイテムです。本物の日光よりも植物を育てるのに適しており、地上ではこれを巡って戦争が起きかねない程だそうです。ここでは、高価なアイテムが何気なく放置されていることが多いですからね」

俺が疑問をつい独り言で零《こぼ》すと、ルナエールが教えてくれた。

なるほど……そういえば、ここには高価なアイテムがいくらでもあるとナイアロトプが口にしていたが、あのことは真実であったらしい。

「欲しかったので地下九十五階層まで降りて探して、宝石好きのドラゴンを半殺しにしてもらってきました」

それはほとんど強盗なのでは……？

「話し合いのできる魔物だったので、殺さなかっただけ穏便です。向こうは殺す気で来ていましたからね」

「は、はぁ……なるほど……」

……この人、この《地獄の穴《コキュートス》》の事実上の支配者なのではなかろうか。

「あの《太陽の宝玉》を咥えている変な猫の像は最初からついていたんですか？　太陽を司《つかさど》る神様か何かなんですか？」

「……あれは、私が趣味で宝玉の土台として作ったものですが」

ル、ルナエールの趣味だった。変な、なんて言わなければよかった。ちょっとだけ目付きが厳しくなっている。少し怒っているのかもしれない。意外と可愛《かわい》いもの好きであったらしい。

花の並ぶ地面を、ルナエールを先頭に歩いていく。ルナエールは花を眺めながら歩いていた。どうやら彼女は花も好きなようだ。ここに土を敷いたのも、《太陽の宝玉》を持ってきたのも、全て花のためだったのかもしれない。

冷酷な雰囲気に似合わず優しいし、趣味も随分と可愛らしい。リッチという在り方のためか異様なオーラを放ってこそいるが、ルナエール自身は本当にいい人だ。

……人間に裏切られたと、そう口にしていたことは少し気になるが。

「その、可愛い花ですね。こういうの、自分も結構好きかもしれません」

「お世辞など結構ですよ」

そう言いながらも、ルナエールの足取りが少し軽くなっていた。顔にはあまり出ないが、意外にわかりやすい。

俺はルナエールの背を和やかに眺めていたが、突然手に冷たい液体が掛かった。

「ひゃっ！」

透明な粘液のようだ。

「……騒々しいですね、何かありましたか？」

「い、今、液体が……」

掛かってきた方向へと目を向けると、花の中央に大きな口が開き、そこから涎が垂れているのが見えた。ぞっとした。まさか、ここの花のほとんどはこういう類なのではなかろうか。

「な、なんでもありません……」

俺は花を褒められた時のルナエールの嬉し気な足取りを思い出し、黙っておくことにした。一度褒めたものを貶《けな》すような真似はしたくない。

「無駄に騒がないでください。でも気になったことがあれば、何でも口にしてください。その……

黙っていられて後で文句を言われれば、そっちの方が腹立たしいですから」

……口調は厳しいが、言っている内容は割と優しい。しかし、だからこそ、そんなルナエールを悲しませたくはない。黙っておくことにしよう。

「あそこが私の拠点ですよ」

ルナエールの言葉を聞いて目線を追えば、白い大きな布張りの小屋があった。遊牧民が使っていそうな印象の、丸屋根の骨組みに白布を被《かぶ》せたような建物であった。テントに近いが、それなりの大きさがある。

……そしてその横に、畑らしきものがしっかりとあった。

い、意外に文明的!? これ、別に鶏頭で黄金マッチョな魔物なんか食べなくても生きていけるのではないだろうか。

「人間を招き入れるのは気が進みませんが、仕方ありませんね」

ルナエールが拠点の布張り小屋を前に、腕を組んで小さく溜息《ためいき》を吐《つ》く。

「……本当にありがとうございます、師匠」

「気兼ねしなくて結構です。私からしてみれば、人間など虫けらのようなものですからね。小蝿《こばえ》が入って邪魔に思えど、ただそれだけのことです」

ルナエールはそう言いながら入り口の帳《とばり》を捲《めく》り、表情をむっとさせる。それから尻目で俺の方をちらちらと見ていたが、目が合うと顔を逸《そ》らした。

「どうしました？」

俺が尋ねると、ルナエールは俺の方を向き直り、露骨に扉を背で隠した。

「……いいですか？　少し、そこで待っていてください。絶対に動かないでくださいね」

「師匠？」

ルナエールはさっと小屋の中へと入っていった。中からはバタバタと大きな音が聞こえる。なんだ、何をやっているんだ。何か、大きな破裂音まで聞こえて来た。

「あ、あの、大丈夫ですか、師匠」

声を掛けてみたが、一向に返事がない。この化け物だらけの迷宮で心強いルナエールから離れた寂しさもあり、どうにも不安になってきた。

少しだけ、帳の合間に目を近づけてみた。……ルナエールが、牙の生えた宝箱型の化け物の中へと、せっせと部屋内に散らばっている分厚い本やら、何かの骨やらを押し込んでいた。

あの宝箱は、俺が襲われた口のある壁同様、ものに化けた魔物のようなものなのだろうか。黄金で縁取られ、飾りに宝石が用いられており、煌《きら》びやかな外観をしていた。

「モウ、モウ、食ベラレナ……」

「とっとと押し込んでください。これ以上客人を待たせるわけにはいきませんから」

泣き言を零す宝箱に、ルナエールがせっせと物を押し込んでいる。宝箱はそこまで大きくないが、どうやら見かけ以上にものが入るようだ。ルナエールの使っていた魔法、《異次元袋《ディメンションポケット》》とやらと同じ力があるのかもしれない。というか、あっちに仕舞ってあげては駄目なのだろうか。宝箱は随分と苦しそうに見える。

どうやら掃除中だったらしい。他にも首のない大柄の人間のような外観の土人形二体が、雑巾を持ってせっせと内装を磨いていた。

め、めっちゃ気を遣わせている！　人間如《ごと》き、小蝿程度にしか思わないと言っていたのに！　部屋の内装に目を移す。魔法の研究のようなものなのか、趣味なのか、骸骨を用いた装飾品のようなものが多かった。

「ど、どうしましょうか。ベッドが一つしかありません。私が床で寝るのは妙な空気になるでしょうし、あの子だけ床で寝てもらうというわけにもいきません。こういう場合、どうするのが自然なのでしょうか？」

「オレ、ソンナコト言ワレテモ……宝箱ダシ……」

「それでよく今までやって来られましたね。ミミックなら人間心理にくらい精通していてください」

「一緒ニ寝レバ？」

り、理不尽な喧嘩《けんか》をしている。

「ば、馬鹿なこと言わないでください！　叩き壊しますよ！」

ルナエールが顔を真っ赤にしながら腕を大きく振り上げたのが見えた。魔法陣が展開されていく。

「オ、落チ着イテクレ、主！」

「時空魔法第十九階位《超重力爆弾《グラビバーン》》……」

降ろされた指先が宝箱を向いていた。そのとき大きな土人形二体が、雑巾を捨ててルナエールを二人掛かりで押さえ込んだ。

「放して！　放してください！」

「ソレ飛バシタラ、オレドコロカ、コノ小屋吹ッ飛ブゾ！　落チ着イテクレ、主！」

そ、そんなにヤバイ魔法だったのか今のは。

「初メテノ来客デ舞イ上ガッテルノハワカル。主ハ不死者ダシ、変ナ期待ハシナイ方ガ……ア」

宝箱と、目が合った。正確には宝箱には目がないので、とにかくその瞬間、お互いを認識し合ったのを感じ取った。俺は小さく頭を下げ、そっと扉から離れた。

……な、何も見なかったことにしよう。

それから十分ほど経って、何事もなかったかのような無表情でルナエールが小屋から出て来た。取り繕うのが上手い。

「私の小屋には、人間には毒となる瘴気《しょうき》が漂っていました。少しそれを除去していました。あなたが死のうとも別に構いませんが、ここまでしてやって小屋の中で死なれても迷惑ですからね」

「な、なるほど、ありがとうございます……」

詰めが甘い。あの中のドタバタ音はなんだったと理由付けするつもりだったのか。何なら、覗《のぞ》き見しなくても叫び声が聞こえてきていただろう。

「では、中にどうぞ」

「ど、どうも、失礼します……」

ルナエールに続いて中に入ろうとすると、彼女は扉の前でまた固まって俺を遮った。

「あ、ちょっと待ってください、緊張が……あ、いえ、そうではなく……」

「な、なるほど。なんとなくわかったので、ちょっと待ちますね」

……初めて人間を入れるらしいので、心の準備ができていないのかもしれない。

なぜこうも、妙な取り繕い方をするのだろうか。素直に言ってくれた方が、お互い色々と楽だと思うのだが。本心から人間嫌いではないことは、ルナエールを見ていればわかることだ。

その後、中に入ると、覗き見した時よりすっかり綺麗になっていた。というか、綺麗になり過ぎている。俺が怖がると思ったのか、髑髏《どくろ》の装飾が全て撤去されているし、そもそもベッドが初めからなかったように消え去っている。

宝箱は既に限界だったようだが、あの上に更に詰め込まれたのだろうか。

どうやらあの後、最初からベッドなどなければ気まずくならないと考えて、異次元の解決策へと出たらしい。な、なるほど、そうなったのか。別に普通に使ってくれたらいいのに……。

二体のゴーレムも宝箱も、置物ですと言わんばかりに奥で静かに鎮座している。……宝箱の方は、俺としっかり目が合ったと思うんだけど……。

「殺風景で驚きましたか？　リッチになると、感性が衰えるのですよ」

「なるほど……」

花を植えたり猫の石像を作ったりしておきながら、よくそんな嘘《うそ》がさらっと出て来たものだ。というか、本当に悪い気がするので、もう普通に生活していて欲しい。

俺が宝箱をじっと見ていると、宝箱が俺にアピールするかのように僅かにニッと牙を晒《さら》した。

……ルナエールに睨まれて、そっと牙を隠していた。あ、あの宝箱、結構可愛いな……。

「どうぞ、椅子に座ってください」

ルナエールに机の前の椅子を勧められた。

しかし、椅子は一つしかない。さっきこっそり隠れ見た際の様子を思うに、こちらから変に気を遣わない方がいいような気もするのだが、さすがに宿主を放置して椅子を取る気にはなれない。

「い、いえ、自分は大丈夫ですよ」

「私はこの宝石箱に座りますので」

ルナエールは宝箱を抱え、机の前へと持ってくる。い、椅子代わりにするのか……あの宝箱、生きているみたいだったけど、ちょっと可哀想《かわいそう》なんじゃ……。

ちらりと宝箱を見ると、嬉しそうにヘラヘラと口許を緩めていた。あ、あいつ……！　そういう感じの奴だったのか！

「俺が宝箱に座ります！　座らせてください！　座ってみたいんです！」

「……？　別にそれは構いませんけど……」

ルナエールの許可を得て、俺が宝箱の方へと座ることになった。座る前に、宝箱が不満気に口許を歪めているのが見えた。俺は小さく振り返り、宝箱に対して舌を出してから座った。

ルナエールが、水の入ったコップを俺の前へと浮かべる。俺は頭を下げてから水をいただいた。

「修行をつけるという話でしたね。前にも説明した通り、レベル１００程度まで上げれば、私の付き添いがあれば安全にここを抜けることはできるはずです。そこまでも、私があなたの魔物狩りを補佐すれば、そう時間の掛かるものではないでしょう」

やはり、強者が弱者の狩りを手伝うパワーレベリングは不可能ではないのだ。上手く嵌《はま》れば、簡単にこの《地獄の穴《コキュートス》》を出ることもできるかもしれない。

「ただ、その前にある程度基礎的な能力を身につけておく必要があります。戦闘に貢献しなければ、レベルを上げることはできませんからね。軽い武器は用意しますが、扱いは覚える必要があります。魔法も、すぐに習得できそうな簡単なものだけ教えましょう」

「な、なるほど……ありがとうございます、助かります」

……ゲームや小説をベースにナイアロトプ達が創った世界だという話だったが、さすがに横で待っているだけでレベルが上がるような、そんなゲーム的な緩い仕様にはされていないか。

低レベル状態から脱するのに、かなり苦労する……いや、それで済めばいい方だ。そのまま命を落としてしまいかねない。

この《地獄の穴《コキュートス》》に、低レベルの丁度いい魔物がいるとは思えない。ナイアロトプはここを裏ダンジョンと、そう称していた。

如何《いか》に安全に、それなりに戦いのできるレベルになれるかが鍵になりそうだ。それまでルナエールが辛抱強く俺に付き合ってくれるかも疑問だ。今のルナエールは協力的な姿勢を見せてくれているが、修行はかなり長引くだろうし、彼女にとっては何のメリットもないことなのだ。

「レベルが低い間は、ここの魔物相手ではまともに貢献は入らないでしょう。私がレベル上げ用に、手頃な戦闘用ゴーレムを用意します」

「あ……ありがとうございます」

いきなり悩みの一つが解決してしまった。ルナエールの調整次第で強さを弄《いじ》ることができるのであれば、確かにこの上なくレベリング相手として丁度いいだろう。

「それから……少し、宝石箱から降りてください。前に渡した魔法袋は、しっかり持っていますね」

ルナエールが言いながら椅子から降りる。俺が言われるがままに退くと、ルナエールが宝箱を開け、中から分厚い本やら装飾品やらを幾つも取り出し始めた。

「これは？」

「この《地獄の穴》《コキュートス》で拾ったものや、ここで私が造ったものです。私には不要なので上げますよ。魔法袋に仕舞っておいてください」

なるほど、確かこの《地獄の穴》《コキュートス》には高価なアイテムがたくさん眠っているという話だった。このアイテムがあれば、俺のレベル上げにも役立つはずだ。

「そうですね……まず最初に、この魔導書を渡しておきましょう」

藍色の、古そうな分厚い本を渡された。表紙には怪しげな魔法陣が描かれている。

恐る恐る受け取り、開いて大丈夫なのかを仕草で確認する。ルナエールは小さく頷いた。

ナイアロトプよりこの世界の言語は植え付けられているはずなのだが、どこのページも全く読むことができない。パラパラ捲っていると、唯一読めるページに行き着いた。

【アカシアの記憶書】《価値：神話級》
あらゆる種族の魔物、あらゆるアイテムについて詳細に記された書物。
持つ者の知りたい情報を的確に教える力がある。

驚かされた。どうやら《アカシアの記憶書》というのは、この魔導書のことを示しているらしい。俺がこのページを開いたのも、この魔導書の力のようだ。俺がこの本について知りたいと考えながらページを捲ったのでここに行き着いたのだろう。

「いいんですか？　この魔導書、師匠にとっても役立つものなんじゃ……」

神話級の位置づけはわからないが、低くはない……というか、恐らく最上級だろう。持っている能力も、明らかにこの世界のバランスを崩しかねないものだ。この魔導書が希少ならば、これ一つ売れば生涯生活に困らないような値がつくはずだと、容易に想像がつく。

「丸腰で何もわからないままにこんなところに投げ出されてしまったあなたの方が、きっとこの魔導書が必要になるはずです」

俺はその言葉に驚いた。これまでもそういう感じはしていたが、この人は本当に、興味本位や自分の損得に関係なく、俺を助けようとしてくれているのだ。自分に大きな損にならない範囲で他人に施しをできる人は少なくないが、大事なものを他人に簡単に渡せる人は、そう多くはいない。

「べ、別に私はこんなものがなくとも、大抵の魔物やアイテムのことはわかりますから。《アカシアの記憶書》に大した価値は感じていませんがね」

ルナエールが俺の顔を見て自分の言ったことに気が付いたらしく、慌ててそう付け足して誤魔化していた。ど、どうしてこうも善意を隠したがるのだろうか……？

ルナエールの出してくれたアイテムを、一つ一つ《アカシアの記憶書》で調べてみることにした。まずは……赤い水晶の首飾りを手にしつつ、《アカシアの記憶書》を開いてみた。


【魔導王の探究】《価値：神話級》

かつて魔法により戦乱の国を統一し、大国の王となった男の魂が封じられた首飾り。魔法に全てを捧《ささ》げた魔導王の探求心は、装飾品と成り果てた今なお衰えることを知らない。

装備者の魔法の素養、理解力を深める。

俺は首飾りの水晶を見直した。何か……白い煙のようなものが中に漂っているのが見えた。

こ、これ、付けても大丈夫なんだろうか……？　意識が乗っ取られたりしないだろうか？

いや、ルナエールの出してくれたものなのだから、問題ないだろう。ルナエールは魔法を教えてくれるという話だったが、これがあれば上手くいきそうだ。

俺は《魔導王の探究》を首に掛け、次に銀色に輝く指輪を手に取った。両側に頭部のある不気味な蛇が蜷局《とぐろ》を巻いている、不気味な形状の指輪であった。なんとなく中二心を擽《くすぐ》られるデザインだ。

指で頭部を突いてから《アカシアの記憶書》を開いた。


【ウロボロスの輪】《価値：神話級》

古代に、大陸全土を黒き炎で焼き払った双頭の巨大蛇の成れの果て。不死であったため、石化と縮小化の呪いを受けて、現在の姿となった。今なお、石の内部では不死の大蛇の呪念に溢れている。装備者が息絶えた際、魔力を消耗して蘇生《そせい》する。


「ひいっ！　こ、これ、俺が持っていて大丈夫ですか!?」

俺は思わず悲鳴を上げ、助けを求めるようにルナエールの方を向いた。

「ええ、それがあれば大丈夫ですよ。消費魔力は本人のレベルに依存しますから、あなたでも命を繋ぐことができるでしょう。何度も発動するのは厳しいかもしれませんが」

そ、そういう意味ではなく、石化しているとはいえこんな化け物を俺が持っていても問題ないのかと聞きたかったのだが……。

い、いや、危ないものなら俺に渡すようなことはないはずだ。これも付けさせてもらおう。

最後に、簡素な造りの剣を恐る恐る手に取った。……よかった、重くない。俺でもちゃんと持つことができる。長くもなく、短くもない。使いやすそうだ。一般的な剣といった調子だが、柄の部分に紫の水晶が埋め込まれていた。

【愚者の魔法剣】《価値：神話級》
攻撃力：＋３００
魔法力：＋３００
かつて神より、勇者としてこの世界へ訪れた転移者へと渡された魔法剣。埋め込まれた上位世界の水晶のため、高い性能を誇るが非常に軽く、低レベルの者にも装備することができる。
一人目の所有者は、この世界に来てからたった半年で暗殺によって命を落とした。

おおっ！　初心者用のこういう性能の武器もあるんだな。しかし、《愚者の魔法剣》……説明を見るに、俺と同じ経緯でこの世界に放り込まれた人間の所有物であったらしい。

名称からなんとなく察することもある。ナイアロトプの見世物のためにこの武器を与えられ、調子づいて油断していたときに殺され、人生を神達の笑い話として消化されたのだろう。今も俺をあいつが観察しているのであれば、意図せず生き残った俺を見逃してくれるのだろうか？

「問題なく持つことができていますね」

ルナエールが安堵《あんど》したように言う。彼女も、俺が一度武器を手にして死にかけたことを危惧していたようだ。

しかしまさか、この世界の武器の性能に重量が比例しているとは思わなかった。……武器の攻撃力を際限なく上げられるゲームチックなシステムを再現するには、重量を引き上げるのが一番早いということはわかるが。

「その……装備できる武器の目安ってあるんですか?」

「自身のパラメーターが武具の補正値より高ければ、扱うこと自体はできるはずですよ」

なるほど……前に見たとき、俺のパラメーターは1ばかりだったな……。ルナエールのとっておきの剣なんて持ち歩けるわけがない。

俺は《魔導王の探究》を首に、《ウロボロスの輪》を指につけ、《愚者の魔法剣》を手に持った。

《ステータスチェック》で、自分の情報を一度確認してみることにした。

カナタ・カンバラ
種族：ニンゲン
Lv　：1
HP　：3／3　MP　：2／2
攻撃力：1＋300　防御力：1
魔法力：1＋300　素早さ：1
スキル：

《ロークロア言語［Lv：二］》《ステータスチェック［Lv：二］》

装備品の補正値は別枠で示してくれるようだ。す、凄い装備頼りのステータスになっている。

しかし、これならば格上の相手にも、当たりさえすればダメージを通すことができそうだ。

「これで準備ができましたね。本格的な修行に入っていきましょうか」

「は、はい！」

ルナエールの言葉に応じたが、彼女は何か物足りなさそうにしており、俺の次の言葉を待つようにじっと沈黙していた。

な、何か期待されている……？　い、いや、でも、俺にできることなんて……。

「よ、よろしくお願いします、師匠！」

ルナエールは満足したように頷き、小屋の外へと向かっていった。……な、なるほど、師匠呼びされたかったのか。

俺は《愚者の魔法剣》を握りしめ、ルナエールについて小屋の外へと出た。

「土魔法第六階位《土の人形《サンドピューパ》》」

ルナエールが腕を掲げる。魔法陣が浮かび上がり、周辺の土が集まって首のない大男を象《かたど》った。

「ゴ、ゴ……オゴォオォオ！」

土人形が図太い両腕を掲げ、咆哮《ほうこう》を上げた。

「これがゴーレムです」

「師匠が部屋を片付けるときに使っていた土人形と同じ奴ですね」

「見ていたのですか……？」

ルナエールがややムッとした顔で俺を睨む。俺は咄嗟に口を押さえた。い、いけない……ルナエールが拠点の掃除をしてくれていたのを俺が覗き見してしまったのは、お互いのために彼女には黙っておくつもりだったのだ。

「す、少し、その、扉の隙間から見えただけです。本当にちらっと見えただけなんで、あれ、もしかして片付けではなかったんですか？」

ルナエールは安堵したように息を吐き、冷徹な無表情顔へと戻る。

「実験のために出していたものを退けていただけですよ。別にあなたのためではなく、ただ私が邪魔だっただけです」

「で、ですよね！　わかっています！」

大急ぎでゴーレムを使って雑巾掛けしてくれているところまで見てしまったのだが、このことは黙っておこう。気を遣わせ過ぎていて、こっちが気を遣ってしまうレベルであった。

俺はこの人に少しでも受けた恩を返すことができるのだろうか……？

「ともかく、強さは調整しているので、あなたでも簡単に倒すことができるはずです」

ルナエールがゴーレムの頭部を指で示す。額にはレベル10と刻まれていた。おお、わかりやすい……。一応、《ステータスチェック》で能力を確認しておこう。

種族：ゴーレム
Lv　：10

HP：34／34
MP：24／24

ここの化け物とは比べ物にならないくらい弱い。ステータスを確認して安堵したが、しかし冷静に考えると今の俺よりも遥《はる》かに強い相手には違いないのだ。剣のお陰で斬れば倒せるのかもしれないが、相手の速さや膂力《りょりょく》は俺よりもずっと上のはずだ。

「土魔法第四階位《土の縄《バインド》》」

ルナレールがまた魔法を唱える。魔法陣から土の縄《バインド》が何本も伸びて、ゴーレムの両手足を拘束した。

「オ、オゴ……！」

ゴーレムが身を捩《よじ》るが、拘束は解けない。

「さ、どうぞ」

「あ……はい、ありがとうございます」

こ、こんな簡単でいいのか……？　俺は土の縄に拘束されているゴーレムに恐る恐る近付き、剣を横に振るった。斬った部位の土が大きく抉れ、軽々とゴーレムが後方へと飛んでいく。壁に衝突した勢いでゴーレムが爆散した。俺は反動で剣に振られ、地面にへたり込んだ。

と、とんでもない威力……。さすが、ナイアロトプ達が転移者に特典として渡した力だ。数値を見ると、ここの化け物達に比べれば低かったのでやや心許《こころもと》ない印象があったのだが、この光景を見るに充分すぎる威力を持っているように思える。

だが、振れることは振れるが、一度振っただけで肩に違和感が生じていた。

身体の内側から熱くなる感覚があった。《ステータスチェック》で自身を見てみたところ、レベル３へと上がっていた。や、やった、強くなっている……！

ゴーレムのレベルを思うと上昇率が低い気がするが、ルナエールが拘束で補助をしているので、その分俺自身の貢献が低くカウントされているのかもしれない。

「師匠、レベルが上がったみたいです！」

俺がルナエールの方を見ると、彼女は周囲に無数の魔法陣を浮かべていた。

「《土の人形《サンドピューパ》》」

ルナエールの周囲に、二十体前後のゴーレムが現れる。全員額にレベル10と刻まれていた。

「どんどん行きましょう。剣に振り回されているので、次はもっと自分の体幹を真っ直《す》ぐ残すイメージで振ってみてください」

俺は自身の腕へと目を落とした。お、俺の腕は、持つだろうか……？

いや、せっかくルナエールが俺のために出してくれているのだ。甘えたことは言っていられない。

……一時間程掛けて、どうにか全てのゴーレムを倒しきることができた。一体一体ルナエールの《土の縄《バインド》》でゴーレムを縛ってもらい、それを俺が倒していった。

俺のレベルは10まで上がっていた。修行を重ねるごとに腕や身体への反動が小さくなっていくのを感じてはいたが、疲労は着実に腕に溜まっていった。

う、腕が震える。俺はつい剣を落としてしまい、拾おうと屈《かが》んだときにそのまま倒れてしまった。

「大丈夫ですか？　そんなに疲れていたとは……。今の私は疲れにくい体質ですし、身体の頑丈さも全く違うので、加減があまりわからないかもしれません。疲れた時は言ってください」

ルナエールが俺へと歩み寄ってくる。

「す、すいません……」

きょ、今日はここまでが限界かもしれない。身体が怠《だる》く、酷《ひど》く眠い。肉体的にもそうだが、精神的にも疲労が来ている気がする。

ルナエールは倒れている俺の傍《そば》で屈み、顔を近づけて来た。

「……触れても大丈夫でしょうか？　嫌なら、嫌と言ってくださいね？」

「……？　勿論《もちろん》、問題ありませんよ」

なぜ、そんなに遠慮がちなのだろうか？

ルナエールは俺の言葉を聞いてから安堵したように息を吐き、小さく唾を呑む。それから慎重に俺の腕へと手を伸ばし、恐々と細い指で、肌の感触を確かめるかのように優しく撫でていた。

こ、こそばゆい……。彼女が幻想的な程に美人なこともあって、自分の顔が熱くなるのを感じる。

真っ赤になっていないだろうか？

「す、すいません、そんな意識したふうに触られると、こう、緊張するといいますか……」

ルナエールははっとしたように目を開いて俺から手を除《の》けて、首を左右にぶんぶんと振った。

「た、確かに、腕が張っています。このままでは、今日はもうトレーニングはできないでしょう」

ルナエールがやや上擦った声で言った。

……この上ないくらいに効率的にレベル上げを進めているはずだが、思ったよりも地道な作業になりそうだ。いや、本当は一日にレベルが10上がるのは凄いことなのだろうが……レベル１０００

越えの化け物達に絡まれた後では、どうしても地味な上がり幅に思えてしまう。

「時空魔法第二十二階位《治癒的逆行《レトグレーデ》》」

ルナエールが唱える。白い魔法陣が展開され、俺の身体を光が包んでいった。身体から痛みが消え去った。もう四度目になる、おなじみの魔法だ。因果の一部を操って逆行させて対象を治癒する、とんでも魔法なのだという。

これで身体が、動かせるようになった。

「ありがとうございま……」

「《土の人形《サンドピユーパ》》」

ルナエールの周囲に、二十体前後のゴーレムが現れる。今度は額にレベル20と刻まれていた。

「さて、続けましょうか」

俺は目を瞬かせた。あれ、これで一旦レベル上げは終わりにする感じじゃなかったのか？　確かに身体は治ったが、正直精神的な疲労がかなりきつい。

ふと脳裏に、ルナエールの先程の言葉が浮かび上がった。

『そんなに疲れていたとは……。今の私は疲れにくい体質ですし、身体の頑丈さも全く違うので、加減があまりわからないかもしれません。疲れた時は言ってください』

あの時の言葉の意味を痛感した。こ、この人……高レベルのリッチだから、低レベルで生身の人間の感覚があまりよくわかっていないんだ。

口にしようかとも思ったが、しかし、こうも準備をしてもらっては断り辛い。それに、ルナエールの時間と手間を大きく俺のために割いてもらっているのだ。ちょっと剣を振るって中断、なんてしていれば目標のレベルまでいつ到達できるかわかったものではない。

「……もしかして、今日はもう駄目そうですか？」

「い、いえ、そんなことはないです！　身体が無事なら俺はいくらでも動けます！」

ルナエールの言葉に俺はそう返した。

こ、根性でやり切ってみせる！　身体は無事なんだ、きっとどうにでもなるはずだ。

負荷の掛かりにくい剣の振り方は覚えてきたし、ステータスも上がってはいたのだが、レベル20のゴーレムはレベル10のゴーレムとは硬度が全く異なっており、レベル10のときより倍はしんどかった。終わった頃には身体全身の筋肉がパンパンになっていた。

そうしてどうにかやり切った後、次はレベル30のゴーレムに囲まれることになっていた。

……結局、ゴーレム軍団を用いての戦闘訓練はゴーレムレベル20に続き、レベル30まで相手取ることになった。俺のレベルは32へと上がっていた。

ルナエールから訓練終了の提案が出た時、俺はゴーレムの残骸に囲まれて仰向《あおむ》けになっていた。

「レベル上げはこの辺りで止めにしましょうか。そろそろ疲れてきているようですし」

「そ、そうしてもらえると助かるかもしれません……」

「《治癒的逆行《レトグレーデ》》」

俺はまたルナエールの魔法で身体を回復してもらっていた。訓練の途中にゴーレムに殴られて死にかけるトラブルもあったが、ルナエールの《治癒的逆行《レトグレーデ》》と指輪の《ウロボロスの輪》があったため、無事に済んでいた。

ただ身体は疲労含めてどうとでもなるものの、精神の方の限界が近づいてきている気がする。

やっぱり途中で口出しして、今日の訓練はストップしてもらった方が良かったのかもしれない。

「頑張りましたね。剣の振り方、後半の方ではそれなりにマシになっていましたよ。顔つきも身体も少し逞《たくま》しくなった気がします」

魔法での治癒が終わってから、ルナエールがそう褒めてくれた。限界が近かったが、それだけで疲れが吹き飛ぶ思いだった。

「師匠、ありがとうございます！」

「……その呼び方は、少し慣れませんね。まあ、どう呼ぼうともあなたの自由ですが」

ルナエールはそう言いながら、顔をやや赤らめ、何もないふうを装うようにわざとらしく咳払いをしていた。師匠、可愛い。この顔を見ただけでまだ頑張れそうな気がする。

実際、凄く達成感はあった。努力の成果が目に見えるのは嬉しいし、レベルが上がったためか身体も凄く動かしやすくなった気がする。今まで何となく生きて来たので、こんなふうに頑張って誰かに褒められたことはあまりなかったかもしれない。

そうしてルナエールと共に小屋に戻った俺は……次に、魔導書に囲まれることになっていた。

「魔法とは、簡単に説明すれば魔力を用いて世界を改変する能力です。頭の中で魔法陣を構築し、必要な魔力を与えて起動する、とイメージしてもらうと捉えやすいかもしれません」

また宝箱の上に座り、分厚い魔導書を開きながら彼女より魔法についての説明を受けていた。

……て、てっきり、もう今日は休むものだと思い込んでいた。

俺の精神は持つだろうか？　い、いや、どうとでもなるはずだ、覚悟を決めろ、俺。何をヘタれたことを考えている。

ルナエールの善意に甘えて、だらだらと何日も泊まり込むわけにはいかない。必要最低限の日数で、最低限のレベルと戦闘技術を身につける。それが今の俺がやらなければいけないことだ。

「自分の魔力性質やその場の状況によって必要な魔法陣の細部は異なりますから、丸暗記ではいけません。かといって全てを理解して自在に操ることは私にもできません。魔法陣を構成する魔術式のパターンから覚えていくのがいいでしょう」

「な、なるほど……」

ルナエールは魔導書の内容を、俺にもわかりやすい言葉に置き換えて、補完しつつ話してくれた。俺はノートに、必死に彼女の言葉を書き纏めていく。首飾り《魔導王の探究》の効能のお陰か、魔法の説明がすっと頭に入って来てくれているような気がする。

「本来は聞いてすぐ修得できるようなものではありませんが……自分で言うのもなんですが、私は世界でも指折りの魔術講師だと思います」

控えめな言動の目立つルナエールだが、これに関してはやや得意気に言っていた。魔法に関しては随分と思い入れがあるようだ。平常に比べて少しだけ早口な気もする。

聞き流さないように気をつけないと……。

「では、単純な魔術式ごとの意味を教えていきますね。この魔術式と、この魔術式と、この魔術式は……」

ルナエールが宙に手を掲げると、次々に魔術式が浮かべられていく。

「す、すいません、もうちょっとテンポ落としてください！」

俺の椅子になっている宝箱が、僅かに口の部分を開閉させて息を漏らしていた。こ、こいつ、面白がっているな……！

講座は三時間ぶっ続けで行われた。脳を酷使したせいか頭が熱い。知恵熱は大人でも出るらしいということを初めて知った。多分、《魔導王の探究》の魔法理解向上効果のせいで、本来の俺の脳のスペックを超越しているせいだろう。

「うう……」

俺は机の上に顔を伏せていた。ちょ、ちょっと休憩が必要かもしれない。

「大丈夫ですか？　《治癒的逆行《レトグレーデ》》しますか？」

ルナエールが尋ねて来る。……《治癒的逆行《レトグレーデ》》は因果逆行の超魔法であるとルナエールから聞いていたが、そんなぽんぽんと湿布感覚で使っていいものなのだろうか？

「か、身体もそうですが、メンタル的に限界かもしれません……ごめんなさい……」

きょ、今日はもう、さすがに駄目かもしれない。色々なことがありすぎた。もうちょっと身体、というか心を慣らしながら、訓練と座学の時間を流していきたい。

「メンタルですね。気分の良くなる薬や、集中力を上げる薬が確か、ありましたね」

ルナエールはそう言って、《異次元袋《ディメンションポケット》》の魔法でポーションを幾つか取り出し始めた。

駄目だ、今ここで殺されるかもしれない。心がやられる。

「私がこの《地獄の穴《コキュートス》》で拾った、魔法の属性ごとの魔力の感覚を掴みやすくする霊薬も幾つかありますので、後で呑ませてあげます。基礎の四大属性は今日中に修得できるようにしましょう」

薬漬けにされる！　ルナエールは、魔法のことになるとブレーキが効かなくなるかもしれない。

座学が終わった後、ルナエールが食事の準備のために畑へと向かったので、俺は一人部屋の中で机に突っ伏していた。

「生キテルカ？」

「ど、どうにか……」

俺は半ば無意識に宝箱との意思疎通が成立していた。

「……《ステータスチェック》」

自分の能力値を確認してみる。

カナタ・カンバラ
種族：ニンゲン
Lv　：32
HP　：154／154　MP　：138／138
攻撃力：45＋300　防御力：26
魔法力：38＋300　素早さ：35
スキル：
《ロークロア言語［Lv：－］》《ステータスチェック［Lv：－］》
《炎魔法［Lv：2／10］》《水魔法［Lv：2／10］》《土魔法［Lv：2／10］》
《風魔法［Lv：2／10］》

い、一日で随分と強くなったのではないだろうか。このペースなら、一週間くらいでルナエールの言っていた目標であるレベル１００に到達できるかもしれない。そのくらいあれば、彼女同伴なら安全にここを抜けられるかもしれないという話だった。

4

ルナエールが外に出ている間、書いたノートを軽く見返していたのだが、その間に宝箱が声を掛けて来た。

「ドウダ？　カナタトヤラ、ココ、慣レソウカ？」

宝箱の口が開閉する。中は闇が広がっており、何が入っているのかを窺うことはできなかった。外見よりも収納スペースが大きいようだし、魔法的な力が働いているのかもしれない。

「ええ、師匠のお陰で不便はしていませんし、寂しくもありませんから。あんまり長居して迷惑を重ねるわけにはいきませんし、なんとか早くにここを出るつもりはありますが……」

……なぜ俺は宝箱と普通に話をしているのだろうか。案外気さくで、ほどほどに俗っぽいためか不思議と親しみやすい。宝箱なのに。

「えっと、宝箱さんで大丈夫ですか？」

「正確ニハ、ノーブルミミック。ナンデモイイガ」

なるほど、ノーブルミミックというのか。宝飾がふんだんに用いられているのが、ノーブルポイントといったところか。

何でもいいと本人が言っているし、宝箱さんで通させてもらおう。……ミミックというと、どうしても俺は、腕を喰いちぎってくれた、あの壁を思い出してしまう。

「宝箱さんは、俺と喋《しゃべ》って大丈夫なんですか?」

ルナエールの前では大人しくしていたあたり、ノーブルミミックは彼女から普通の宝箱を装うように言われているのかもしれない、と思っていたのだが。

「バレタラヤバイ。主、オマエガ怖ガルンジャナイカト、心配シテル」

「じゃあ、もう別にいいんじゃ……」

「イヤ、喋ッタラ、オマエガ覗キ見シタコトヲ話スカ、オレガヘマシタコトニスルシカナイ」

ノーブルミミックがぶるりと身体を震わせた。け、結構怒ると怖かったりするんだろうか。

「ダガ、タマニハ、アノ根暗女以外ト話シタイ時モアル」

親しいからこその軽口だったのだろうが、ルナエールを馬鹿にされた気がして少しむっとした。

「師匠ー! 宝箱が、師匠の悪口を……」

ちょっと脅かしてやろうと思い俺が振り返りながら大声を上げると、ノーブルミミックから素早く舌が伸びて、俺の身体を拘束した。

「むぐっ! じょ、冗談です冗談!」

「オマエニ余計ナコト吹キ込ンダト思ワレルト、何ヲサレルカワカラン。ソレダケハ止メロ」

ノーブルミミックの舌から逃れた俺が床の上で伸びていると、ノーブルミミックが顔の横へと近付いて来た。く、口封じのために俺にとどめを刺す気か……!

咄嗟に俺は《ステータスチェック》を使っていた。

種族：ノーブルミミック
Lv　：3022
HP　：17225／17225
MP　：12390／12390

め、滅茶苦茶強い!?　俺を喰い殺そうとしていた蝦蟇の化け物へケトよりも遥かにパラメーターが高い。正直、この宝箱のことを舐《な》めていた。

俺が死を覚悟した瞬間、ノーブルミミックがぽつぽつと喋り始めた。

「……主、アンナ活キ活キシテルノハ初メテ見ル。仲良クシテヤッテクレ」

「え……？　は、はい！　言われなくても、勿論……」

な、なんだこのイケメンならぬイケ宝箱は。少しの間、黙って見つめ合っていた。

「あの……師匠、ルナエールさんって、過去に何があったんですか？」

ルナエールが本気で人間嫌いだとは思えない。しかし、あの様子を見るに、全く何もなかったわけでもないはずだ。ルナエールはリッチを『人としての生を捨てることで永遠の時間を手に入れた存在』と称していた。昔は彼女も人間だったのだ。その際に、何かあったのだろうか。

「……ソウダナ、オマエニハ、知ッテオイテモライタイ」

ノーブルミミックに、先程までの茶化した雰囲気はなかった。俺は唾を呑んだ。何やら深刻そうだが、本人の了承も取らず、こんなところで聞いてしまっていいのだろうか。

「千年前ノコトダ。当時ヨリ天才魔術師ダッタ主ハ、魔王ノ討伐隊ニ所属スルコトニナッタ」

「魔王……？」

「突然現レル、魔物ノ王ダ。魔物ヲ指揮シ、魔物ノ潜在能力ヲ引キ上ゲル術ヲ持ツ。何ヨリ厄介ナノハ、本体ガ自己進化ヲ重ネ、際限ナク成長スルコトダ。最悪ノ魔物災害ダトサレテイル」

そんな化け物がいるのか……。話を聞いている限り、単一の化け物というより最早《もはや》現象、天災に近い存在のようだ。

「主ノ討伐隊ハ、壊滅シタノダ。魔王ノ討伐ニ失敗シタ。ソノ際ニ主ハ……」

「随分と楽しそうな話をしていますね」

背後からルナエールの声が聞こえて来た。俺とノーブルミミックは、二人揃《そろ》ってびくっとなった。つい背筋が真っ直ぐになっていた。ノーブルミミックも、気持ち縦に長くなった気がする。

振り返ると、ルナエールがいつもの冷たい目で俺とノーブルミミックを眺めていた。

「コ、コイツニ、ドウシテモト強請ラレタ！」

ノーブルミミックが舌先を丸め、器用に指を伸ばした手の形を作って俺を指し示した。

こ、こいつ、真っ先に俺を売った！　ちょっといい奴だと思っていたのに！

「後で覚悟しておいてください、ノーブル」

「ナゼオレダケ！」

ノーブルミミックがぴょんぴょんと跳ねて抗議していたが、ルナエールに睨まれるとしゅんと大人しくなっていた。
レ、レベル３０００越えのノーブルミミックでさえ、ルナエールには頭が上がらないのか。

ルナエールがノーブルミミックから俺へと視線を移した。

つ、次は俺か！　やっぱり見逃されなかった！

「すいません！　俺もその……」

「ノーブルと打ち解けていたようで何よりです。色々と気になることはありますが……それは、ノーブルの方にまた確認しておくことにします。材料を取ってきたので、料理してきます。待っていてくださいね」

「あ、ありがとうございます」

「カナタニダケ優シイ！　狡《ずる》イ！」

ノーブルミミックが箱を横に倒して暴れながら抗議していたが、ルナエールに睨まれてまた動きをストップさせていた。す、すぐ折れるなら、最初から大人しくしておけばいいのに……。

ルナエールが料理をしてくれている間も、ノートを読み返しながらノーブルミミックと話をしていた。

「料理ト言ッテタガ、アマリ期待スルナ。主ニソンナ趣味ハナイ」

ま、また聞かれたら怒られそうなことをこの宝箱は……。

調理場の方へ目を向けたが、ルナエールがこちらに勘付く気配はない。俺は少しだけほっとした。

「丸焼キニスルカ、砕イテ薬ニスルカノドッチカダ。アレハ料理ト呼バナイ」

それを聞くと、何となく想像ができてしまう。確かにルナエールは料理手法に拘《こだわ》るより、手短に済ませて霊薬の研究でも行っていそうなイメージがあるかもしれない。

黄金の鶏の頭部が二つ、丸焼きにされて並べて出てくるのが脳裏を過ぎった。そういえば、ラーの頭の方を俺に出してくれると言っていたっけな……。

な、何が出てきても、美味《おい》しく食べ切ってみせる……！

「不束《ふつつか》者《もの》ノ主ダガ、ヨロシク頼ム」

ノーブルミミックが、頭を下げるように身体を俺へと傾ける。微妙に真剣そうなところが余計ルナエールを馬鹿にしているように思えてならない。

「ぶん殴られますよ。それにたとえ料理に関心が薄くても、師匠は凄い気遣いの徹底した人です」

「本当ニソウ思ウカ？　クール振ッテ、ナンデモ卒ナク熟スッテ顔シナガラ、結構トンデモナイ空回リシテルゾ」

「……そ、そんなことは」

「オレノ目、見テ言ッテミロ」

俺はノーブルミミックを無視して、ノートへと目を走らせた。……まだ基礎的な部分でも、覚えないといけないことが山ほどあるみたいだからな。

「オイ、今無視スルッテコトハ、認メタッテコトダゾ、オイ」

ノーブルミミックが俺の周囲を這い回り、構えと言わんばかりに存在を主張する。こ、こいつ、本当にルナエールに密告してやろうか。

「師匠は凝った料理ができないんじゃなくて、関心がないだけでしょう。自分で食べる分だけで何年も過ごしていれば、適当になる気持ちもわかりますよ。薬作りが得意ってことは、手先が器用でレシピをしっかり守れるってことですから、その気になればできると思いますよ」

「ナラ、丸焼キト薬以外ノ物ヲ持ッテクルト？」

「別に今日、凝った料理をする理由はないでしょう」

俺とノーブルミミックが話をしていると、調理場の方から爆発音が響いた。

「……魔物ノ襲撃カ？」

ノーブルミミックが呆然《ぼうぜん》と口にする。

俺はすぐさま剣を手にし、調理場へと駆けた。俺如きが役に立てるかはわからないが、大恩人の危機かもしれないのだ。無駄かもしれなくても、命を張る理由がある。

爆炎に巻き込まれたらしい調理場が綺麗に吹っ飛んでおり、調理器具の残骸らしいものが散らばっていた。黒焦げになった魔物の肉が四散している。その中央で、ルナエールがぼうっと立っていた。彼女の足許《あしもと》に、黄金の鶏、ラーの生首が見えた。他の材料同様灰燼《かいじん》に帰していた。

「ま、魔物ですか！　大丈夫でしたか！」

「料理……失敗しました」

「え……？」

俺は何らかの爆発で抉られたらしい、壁と地面へ目をやった。聞き間違えか、料理を失敗してこうなったと口にしていたような気がする。何らかの大魔法を撃った後にしか思えないのだが……。

「すいません、慣れていないことを無理にしようとした、私が馬鹿でした」

ルナエールががっくりと頭を下げる。言葉はいつも通り平淡だが、間違いなく落ち込んでいる。

どうにか励まさないと……！

「……アア、燥《はしや》イデ、余計ナ見栄《みえ》、張ルカラ」

ノーブルミミックが追い打ちを掛ける。しかし、それを怒る元気もないらしく、ルナエールは反応を返さなかった。ど、どうしよう、この空気。

「そ、そうだ！　俺、多少は自炊やっていたから料理できますよ！　任せてください！」

「しかし、客人に任せるわけには……」

「これまで散々世話になっているんですから、それくらいさせてください！　ただこっちの調理器具の勝手がわからないんで、それだけ教えてもらっていいですか？」

こうして、俺が流れで料理を引き受けることになった。調理器具は魔石という魔力の宿った鉱石を燃料にしていること以外は、あまり気を付けるべき部分はなかった。要領はあまり大きくは変わらなさそうだ。

ノーブルミミックの中から食材になりそうなものを漁《あさ》らせてもらい、《アカシアの書》で食材の情報を見て適した用途を確認しつつ、魔物の乳と肉、野菜と香辛料を用いてシチューを作った。

……《地獄の穴《コキュートス》》産であるためか妙に高価値のものが多かったが、気にしていると何も作れなくなってしまいそうなので、許可を取って使うことにした。味見してみたが、高価値の食材のためか、無難に作っただけでも随分と美味しく仕上がったように思う。

俺はシチューを盛りつけた皿を渡す。ルナエールは珍しいものでも見るように目を丸くして受け取り、そうっとスプーンを伸ばしてシチューを掬《すく》う。

「ど、どうでしょうか……？」

ルナエールは食した瞬間、身体を縮込めて顔を赤くしていた。何事かと思っていると、ルナエールの目に涙が滲んでいた。し、失敗した!?

「す、すいません、口に合いませんでしたか？」

「いえ……人の手料理など、もうずっと食べていなかったので、その……」

ルナエールは目の涙を拭ってから、続けてもうひと口食べる。

「ありがとうございます、凄く美味しいです」

初めて、ルナエールの笑顔を見た。その眩《まぶ》しさに、俺は少しの間呆気《あっけ》に取られていた。

今の様子でわかった。ルナエールの過去に何があったのかはわからないが、きっと彼女はこんなダンジョンの奥地でずっと一人で暮らしていたため、人寂しいのだ。

俺は一瞬考え、それからすぐに決心した。

「も、もし師匠の迷惑じゃなければ……その、俺、ここで暮らさせてもらえませんか」

「えっ……」

ルナエールが、大きな目を瞬かせる。その後、顔を真っ赤にして、口をぱくぱくと動かしていた。

後ろでそっと鍋に近づいて盗み食いしようとしていたらしいノーブルミミックが、俺の言葉を聞いて跳び上がって驚いていた。落ち着かない様子で、俺とルナエールを交互に見ていた。

しばらく、ルナエールは沈黙した。俺は答えをただじっと待っていた。

ルナエールが顔を上げる。その時の顔は……いつもの、冷徹な表情へと戻っていた。

「……何を言い出すのですか。この階層に居着かれては迷惑だから、外に出られるようにしてあげようと言ったのです。修行が終われば、とっととこの《地獄の穴《コキュートス》》から出て行ってもらいます」

ルナエールは、はっきりとそう明言した。ノーブルミミックが、しゅんとしたように頭の部分を下げていた。

5

ルナエールに弟子入りしてから、一週間が経過した。俺は魔導書を読みながら、片手で宙に魔術式を綴って練習していた。だいたい感覚として、魔法について摑めてきた。

魔法とは電子回路に似ている。というよりは魔法陣、魔術式が電子回路で、魔法が電気製品といったところか。無論、魔力は電気だ。そのイメージが摑めてからは大分理解が容易になった。勿論《魔導王の探究》というチートアイテムの、理解力向上効果が大半だろうが。

俺は魔術式を切ったり繋げたりしながら、ふとこの世界に来た当日のことを考える。

『……何を言い出すのですか。この階層に居着かれては迷惑だから、外に出られるようにしてあげようと言ったのです。修行が終われば、とっととこの《地獄の穴《コキュートス》》から出て行ってもらいます』

ルナエールにここにいたいと頼んだとき、彼女からそう断られてしまった。冷たい口調だった。

だが、あれから特に気まずいということはない。

俺は腕を上げる。今、俺は暗色のローブを纏っていた。このローブは、二日目の朝にルナエールが『ノーブルの隅から見つかりました』と言って渡してくれたものだ。後でこっそり《アカシアの記憶書》で調べてみると、名称が《ルナエールローブ》となっていた。

どうやらルナエールが初日の夜にこっそり用意してくれていたものらしい。俺に隠したかったらしいが、やっぱりどうにも詰めが甘い。夜通し作ってくれたことに感謝すべきか、気付かない振りをするべきなのか悩み過ぎて、一日修行に身が入らなかった。

そう、俺があのことを言った後もルナエールは俺に対して優しく接してくれているし、ノーブルミミックは主である彼女への軽口をいつも俺に吹き込んでくる。何も変わってはいなかった。

ただ、ここに残りたい、という話を俺は口にできなくなっていた。

「準備はできましたか？　行きますよ」

ルナエールが声を掛けて来る。俺は目を瞑って少し黙ってから、頷いて立ち上がった。

「失敗シテモイイゼ、カナタ」

ノーブルミミックの言葉を苦笑いで受け取る。

今回は、俺がまともな魔物を相手取って充分戦えるか、その試験であった。要するに、卒業試験ということになる。レベルは既に、目標だった100に到達したのだ。

本音を言うと……俺はまだ、もう少しルナエールやノーブルミミックと一緒にいたかった。だが、ルナエールは俺がここへ無用に長居することを快く思ってはいないようであった。

実力は充分なはずなのだ。今日でしっかりと決めてみせる。

小屋を出てから、ルナエールと二人で庭の外れまで向かった。道中、ルナエールは沈黙を保っていた。卒業試験が決まってから、彼女はどこか余所余所《よそよそ》しい。色々と思うところもあるのだろう。

俺もそうだが、彼女もあまり口が上手な方ではない。

ルナエールが俺から距離を取ったところで、腕を掲げる。

「土魔法第十一階位《土の暴王》《サンドタイラント》」

大きな魔法陣が浮かび、周囲の土が大きく盛り上がっていく。全長二十メートル近い、土のドラゴンを象った。牙の並んだ口が開く。

「グゥオオオオオオオオオオッ！」

ルナエールがゴーレムを作った魔法、土魔法の第六階位、《土の人形《サンドピューパ》》の強化版だ。あれよりも規模の大きい魔物を造り出すことができるらしい。

目安として、《土の人形《サンドピューパ》》は使用した魔力に応じてレベル1からレベル100まで造り出すことができるようだ。それに対し、《土の暴王《サンドタイラント》》は最大でレベル200までのゴーレムを造り出すことができる。

今回の土のドラゴンは、額にレベル150と刻まれていた。

「炎魔法第七階位《焔魔煙《フレイムフユーム》》!」

炎の壁が俺と土ドラゴンの間にせり上がり、そのまま天井へと向かっていく。

「何をしているのですか？　炎魔法は、ゴーレムには通りにくいと……」

ルナエールの声が聞こえて来る。勿論、そのことはわかっている。ただ、《土の暴王《サンドタイラント》》は魔法で距離を取って仕留められるような容易い相手ではない。俺程度の遠距離魔法では、どうしても近接攻撃に比べて大きく威力が劣ってしまう。

ゴーレムは防御力も高い。かといって、速度で俺を大きく上回るため、正面衝突では捉えられてしまう。魔法は目眩《めくら》ましに用いて、ダメージは直接攻撃で叩き込むのが狙いだ。

「風魔法第三階位《風の翼《フリユーゲル》》!」

続けて詠唱する。風が俺の身体を押し上げる。炎のカーテンの薄い部分を破り、そのまま土ドラゴンの背へと飛んだ。俺の動きを見切れなかった土ドラゴンは、前脚の爪で大地を抉っていた。

俺は土ドラゴンの背を《愚者の魔法剣》で斬りつける。土ドラゴンの背に大きな斬撃が走り、土煙が舞った。このクラスの相手にも《愚者の魔法剣》は充分通用する。

俺は斬撃の反動で宙に跳び、二度目の《風の翼《フリューゲル》》で土ドラゴンの死角へと回る。

「グ……」

俺を見失った土ドラゴンが一瞬硬直した。その隙を突いて、前脚を根元から斬り飛ばしつつ後退した。土ドラゴンの体勢が崩れ、前傾になる。俺は土ドラゴンの目前で、大きな魔法陣を紡ぐ。土ドラゴンは俺を認識すると、崩れた体勢のままに飛び掛かって来た。

高位の魔法ほど発動までに時間が掛かる。そのため、相手の大きな魔法攻撃は、発動前に潰してしまうのが戦闘の定石なのだ。だから、土ドラゴンもここで焦って攻撃に出て来ると踏んでいた。

俺は今紡いだ魔法陣から一部の魔術式を取り出して、《風の翼《フリューゲル》》の魔法陣へと変化させた。風に背を押され、素早く前に出る。土ドラゴンの爪撃を抜けて潜り込み、首元を深々と抉った。

土ドラゴンの首がぐらつき、その巨軀《きょく》が地面の上に倒れた。俺は背の上に立ち、剣を突き立てた。土ドラゴンの身体全体が大きく振動し、ついにその動きを止めた。全身に罅《ひび》が入って砕け散る。

無事、レベル150の土ドラゴンを突破することに成功した。ルナエールの方を見ると、彼女は無表情で俺を眺めていた。も、もうちょっと、何か反応をくれてもいいような……。

「や、やりましたよ！　師匠！　俺、ついにやりました！」

「え……あ、そ、そうですね、おめでとうございます……」

俺が声を掛けると、ようやく卒業試験が終わったことに気が付いたようにルナエールはそう言葉を返してくれた。

試験が終わってから、俺はルナエールと共に歩いて、小屋へと向かっていた。今後について……主に、ルナエール同伴での《地獄の穴《コキュートス》》の脱出について、彼女と話し合わなければならない。俺は歩きながら、《ステータスチェック》で自身のステータスを確認する。

カナタ・カンバラ
種族：ニンゲン
Lv　：136
HP　：547／653　MP　：274／585
攻撃力：190＋300　防御力：109＋100
魔法力：163＋400　素早さ：150

スキル：
《ロークロア言語【Lv：－】》《ステータスチェック【Lv：－】》《剣術【Lv：2／10】》
《錬金術【Lv：2／10】》
《炎魔法【Lv：8／10】》《水魔法【Lv：4／10】》《土魔法【Lv：4／10】》
《風魔法【Lv：5／10】》《雷魔法【Lv：2／10】》《氷魔法【Lv：2／10】》
《白魔法【Lv：2／10】》《死霊魔法【Lv：1／10】》《結界魔法【Lv：1／10】》
《時空魔法【Lv：2／10】》

おお……《土の暴王《サンドタイラント》》の土ドラゴン・レベル150を単騎で倒しきったため、一気に14ほどレベルが上がっている。

しかし、こうしてみると、スキルも随分と数が増えたものだ。

魔法のレベル上限だが、《炎魔法［Lv：8／10］》となっているが、どうやらこれは別にレベル最大になったからといってルナエールと同格の魔法を行使できる、というわけではないらしい。

魔法は規模によって階級分けがなされており、それは階位で示される。基本的に、スキルレベルと同じ程度の階位の魔法までしか使うことはできないようになっている。俺ならば、せいぜいが第八階位までが限界ということだ。

第九階位も使えないことはないが、安定しないし発動までに時間も掛かる上、効率的に魔力を回すことができずに威力も大して出なかったりする。

第十階位より上は超位魔法という通常の魔法とは明確に分けられたものになるらしく、その域まで到達できればスキル名の方が変化するようだ。その辺りまで来ると魔法の奥義と称される域になり、生涯を魔法に捧げた老魔術師が死に際に到達できるようなレベルになるらしい。《魔導王の探究》の効果があるとはいえ、俺には縁がなさそうだ。

……因《ちな》みにルナエールお得意の《治癒的逆行《レトグレーデ》》は時空魔法の第二十二階位、かつて俺に見せた対象の魔物を直接消し去る魔法《存在抹消《ニール》》は第二十四階位に当たる。改めて彼女の桁外れさがよくわかる。

つい先日、ゴーレムにやられた軽い打撲を《治癒的逆行《レトグレーデ》》で治してもらったことがある。絆創膏《ばんそうこう》みたいなノリで魔法の奥義を使わないで欲しい。

思い返してくすりと笑うと同時に……寂しさが込み上げて来た。もう、ルナエールと一緒にいられる時間もそう長くないのだ。

「師匠……その、俺が《地獄の穴《コキュートス》》を出るのは、いつにしましょう」

俺はちらりとルナエールの様子を窺ってみた。

できれば明日……いや、明後日がいい。今日というのは、あまりに寂しい。しかし、この辺りはルナエールの考えが俺にはよくわからない。どういった返答が来るのかは想像もできない。

ルナエールから反応がない。俺が声を掛けたのに気が付いていないようだ。

「師匠？　ルナエール師匠？」

俺が名前を呼ぶと、ハッとしたように俺を振り返る。

「……少し、考えごとをしていました。えっと……何の話でしたっけ」

「いえ、目標レベルに達したので、ここを出るのはいつにしようかなと……」

「え、えっと……それは、その……」

ルナエールが口ごもり、そのまま黙ってしまった。

「師匠？」

ルナエールの返事が聞きたくて、つい急《せ》かしたようになってしまった。ルナエールはびくりと身体を震わせて過剰反応を示し、落ち着かないように目を動かす。

「……えっと……その、ま、まだまだ、レベルが足りない……かもしれませんね」

「あれ!?」

全く予想だにしていない答えが返って来た。

「あ、あの、レベル１００になったら、安全にここを出られるんですよね？」

そういう話だったはずだ。そもそもレベル１００に達したのは昨日なのだが、それから『レベル相応の戦闘技術が足りないかもしれません』というルナエールの提案があり、今回の卒業試験が実施されることになったのだ。

土ドラゴンとの戦いで、何かヘマをやらかしてしまったのだろうか。ルナエールは落ち着かない表情のまま、特に何も答えてくれない。

「師匠、そろそろ俺、強くなったんじゃ……」

「駄目です！　えっと、ダンジョンの外はっ、本当に危ないところですから！」

ルナエールは顔を赤くし、腕をあたふたと動かしながら、そう言った。

「こ、ここより危険なんですか!?」

そ、そんな馬鹿な、ここは世界最悪のダンジョンじゃあなかったのか。ナイアロトプは確かにそう言っていたはずだ。

「ど、どっちが危険というと、平均的にはここの方が危険だとは思いますが……中には恐ろしく強い人もいますし、別世界から来たということで目をつけられたりするかもしれません、いえ、されます！」

「そ、そういうものなんですか……？」

てっきり、レベル２０００クラスの化け物はここにしかいないと思っていた。俺の認識が甘かったのか……。

「こ、ここ程でなくても、レベル１０００くらいの魔物ならどこにでもいます……いたかな……いえ、います！　身分もなく、安全を保障される立場にないあなたは、きっと長くは持たないでしょう。も、もう少しここで修行した方がいいです」

そ、そう言われればそんな気がして来た。俺は外について全く知らないのに、随分と甘い想定を今までしてきてしまっていたように思う。ここの魔物がヤバイという情報だけ教えられてきたが、どれだけ外の魔物と差があるのかは全く知らずに来ていた。何せ、この世界に来て最初からこの《地獄の穴《コキュートス》》に飛ばされてきたのだ。

ルナエールは俺の顔をじっと見ながら、俺のローブの袖を控えめに摑んでいた。

「……そ、外に出てからは知ったことではないと思っていましたが、私にも多少は情というものがありますからね。もう少しだけ、面倒を見てあげてもいいですよ」

卒業試験（卒業試験ではなかった）が終わって小屋に戻ると、ノーブルミミックが床に底部を引き摺《ず》りながら近づいて来た。

「ドウダッタ？　カナタ？」

「無事に、レベル１５０の土ドラゴンを倒せました」

「オオ、オマエニャ早イト思ッテタガ、ヤリヤガッタカ！　ヤルジャネェカ！」

ノーブルミミックはぴょんぴょんとその場で飛び跳ねて俺を祝福してくれた。しかし、唐突に飛び跳ねを止めて、がっくりと頭を前のめりにする。

「……ダガ、コレデ寂シクナルナ」

「あ、いえ……まだ修行をつけてくださるそうです」

「ン？」

「あの、外に出たらまだやっていけないかもしれない……とかで。転移者だからと、命が狙われることもあるそうなので」

「……イヤ、レベル１５０アレバ、ソウソウ厄介ナコトニハ……」

ノーブルミミックはちらりとルナエールの方を見た後、ぱたんと宝箱の口を堅く閉じた。俺もちらりとルナエールの方を見た。彼女からさっと目を逸らされた。

俺はノーブルミミックへと視線を戻した。

「な、何を言い掛けたんですか？」

「……マ、オレモ外ノコトハアンマリ知ラナイ。余計ナコトハ言ウマイ」

……よ、様子が何かおかしい気がする。

その日は軽い魔法の修練を積んで後は休憩ということにして、食材をいつもよりちょっと多く使わせてもらい、俺が最低限戦える強さになったことを祝ってもらった。

翌日、俺は剣を片手に、ルナエールに連れられて外へと出た。

「今日はレベル１００のゴーレム狩りですか？」

本当は俺よりも上のレベルの魔物を相手取るのが一番効率がいい。

しかし、《土の人形《サンドピューパ》》で造り出せるゴーレムの最大レベルがそこまでなのだ。《土の暴王《サンドタイラント》》ならばレベル２００まで最大で出せるらしいが、相手が大きすぎるため数を熟《こな》す効率が悪くなってしまう。

「別の魔法で、小さくてもっと強い魔物も造ることができるのですが、今回は止めておきましょう。……今ならあなたのレベルも上がりましたし、その、もう少し効率のいい方法があるんです」

ルナエールがなぜか、少し言い辛そうにしていた。……もっと効率のいい別の方法？

「まだ、この階層の魔物を相手取るのは厳しくないですか？　師匠の補佐があっても、まともに貢献が入るとは……」

ここの魔物はレベル２０００前後の奴らばかりだ。俺が何をしたってダメージなんてまともに入らないし、逆に向こうの攻撃が掠りでもすればその時点で即死しかねない。

いや、《ウロボロスの輪》があるので即死は避けられるだろうが……。

「《異次元袋《ディメンションポケット》》」

ルナエールは魔法陣を浮かべ、その中央部に手を突き入れ、円形の鏡を取り出した。魔法陣が描かれた布が被せられており、表が隠されている。

「それは……？」

「《アカシアの記憶書》を開いてみてください」

ルナエールに言われるがまま、俺は《アカシアの記憶書》を開いた。


【歪界《わいかい》の呪鏡】《価値：神話級》

古代のある国で、全知の悪魔を召喚するために、王に仕えていた錬金術師が造り出した鏡。しかし、全知の悪魔を招くことはできなかった。

鏡は次元の隙間と繋がっており、大量の高位悪魔を招き入れ、一夜にして王国は滅び去った。


と、特大クラスにヤバイアイテムじゃないか……。なんでそんな鏡がこのダンジョンに流れ着いて来たんだ。ナイアロトプ達が扱いに困ったアイテムを処分する代わりに、この《地獄の穴《コキュートス》》へと集めていたのではなかろうかと勘繰ってしまう。

「こ、これ、下手に出したらまずいアイテムなんじゃ……」

「悪魔を外に逃がすのではありません。私達が、鏡に入って悪魔を狩るんです。いくらでも高レベルの悪魔が向こうから来てくれるので楽ですよ」

「だ、大丈夫なんですか？　そもそも、その悪魔って、レベルどれくらいなんですか？」

「……一人で私の《土の暴王》《サンドタイラント》を倒せたのですから、大丈夫ですよ。これ以上のレベル上げは、《歪界の呪鏡》を使わないと厳しいです。少し難しいかもしれませんが、これに慣れる以外にレベルを素早く上げる方法はありません」

ルナエールが地面の上に《歪界の呪鏡》を置く。

「来てください、行きますよ」

「は、はい師匠！」

俺が答えると、ルナエールが複雑な表情で顔を逸らした。

な、なんだ、今の意味深な様子は。何か、後ろ暗いことでもあるのか？　い、いや、だとしても俺はルナエールを信じるだけだ。

俺はルナエールの横に並ぶ。ルナエールは左手で《歪界の呪鏡》に被せてある布を捲り、俺を振り返る。それから少し迷う素振りを見せた後、俺の袖を控えめに引っ張った。

ルナエールが前に動き、鏡面に吸われるようにその姿が消える。俺も引っ張られ、鏡の中へと入り込んでいった。

「うわっ……とっ！」

俺は床へと身体を打ち付けた。どうにか膝を突いて立ち上がり、周囲を見回す。

とにかく不気味なところだった。虹色の光が、足場や空間に広がっている。背後には大きな黒い歪みがあり、どうやらこれが元の世界へと繫がっているらしいと察した。

すぐ横にはルナエールが立っている。

「師匠、悪魔はどこに……？」

ルナエールが答えるより先に、空間の至るところに瞳が浮かび上がった。

大きな口を持つ黒い靄《もや》や、触手の生えた胸像、翼もないのに飛び回る異様に首の長い三つ目の牛など、《地獄の穴《コキュートス》》以上の地獄が広がっていた。口と目から血を流し続ける天使や、全身が目玉で覆いつくされた巨人のようなものも見える。無数の魑魅魍魎《ちみもうりょう》が俺達を包囲していた。

《地獄の穴《コキュートス》》の魔物達は辛うじて生物として成立していることがわかったが、こいつらはそれさえも怪しい。

こ、これ、本当に手頃なレベル上げの相手なのか!?　いや、意外にレベル80くらいだったりするのかもしれない。俺は《ステータスチェック》を使った。

種族：%#&hあ＝
Lv　：3142
HP　：15082／15082
MP　：17595／17595

う、嘘だろ!?　《地獄の穴《コキュートス》》でもレベル2000前後ばかりだったのに！

いくらなんでも、レベル150の土ドラゴンからこれは差が酷すぎる。

魑魅魍魎達が俺へ向かって駆けて来る。レベル3000越えがこんなにいるなんて、冗談じゃない。こんなところで俺が何かできるとは思えない。

「し、師匠！　逃げましょう！」

ルナエールが両腕を掲げる。

「結界魔法第二十一階位《愛神の聖域《アモーサンクチユアリ》》」

魔法陣が直径五メートル程度に広がり、その円の外側からピンクの光の壁がせり上がった。ルナエールの魔法結界だ。異形の悪魔達が、光の壁に遮られる。

「よ、よかった……」

ほっとしたのも束《つか》の間、どんどんグロテスクな悪魔達が光の壁へと張り付いてくる。

「ひぃっ！」

「この《愛神の聖域《アモーサンクチユアリ》》の障壁は、外側からの干渉だけを遮ります。内から外へ出ることは可能です」

ルナエールは言うなり、《異次元袋《ディメンションポケット》》を発動させる。魔法陣の中心部に腕を突き入れ、中から一本の剣を引き抜いた。

「つまり、こういうことができます」

ルナエールは軽く構えると、剣を投擲《とうてき》した。剣は光の壁を擦り抜け、外の悪魔の身体を穿《うが》った。悪魔が砕け散り、肉片が周囲の光に吸われるように消滅していく。

な、なるほど、光の障壁の内側に籠ったまま、一方的に外の敵を攻撃できる、ということか。便利な結界魔法だ。これなら俺でも安全に、この《歪界の呪鏡》の世界でもレベルアップを行うことができるかもしれない。

……しかし、レベル３０００クラスの悪魔も、あっさりと剣の投擲一撃で仕留めてしまった。さほど力を込めているようにも見えなかったのに。

いったい、ルナエール自身のレベルは幾つなのだろうか？　気になるような、知るのが怖いような……。

「とにかく、攻撃魔法を撃ち続けてください。少しでもダメージが入れば、私が処分します」

「は、はい！」

俺は魔法陣を二重に紡ぎながら、悪魔軍勢の第一線より背後に控えている、一番弱そうな、黄色のふわふわした球体へと照準を合わせる。

俺は威力が重視される場面を想定して、一つだけ第九階位の魔法を身につけていた。準備に時間も掛かるし、精度も怪しいが、間違いなく俺の中で最大火力の技だ。

「炎魔法第九階位《竜式熱光線《ドラゴレイ》》！」

二つの魔法陣の中心を貫き、赤の熱線が放たれた。黄色のふわふわした球体は、突然形状をドーナッツ状に変え、綺麗に俺の《竜式熱光線《ドラゴレイ》》を中央の穴に通して回避した。

な、なんでこの大混雑の中で、見てから避けられるんだ⁉

「撃ち続けてください」

ルナエールが淡々と口にする。ほ、本当に撃ち続けていれば当たるものなのかこれは？　というより、当たったら本当に効果はあるのか？

ふと前を見た時、俺の攻撃を回避した黄色球に、人間のような憤怒の顔が浮かんでいた。黄色球は五体に分裂した後、その全てが膨れ上がり、全身から筋骨隆々の腕を無数に生やし始めた。

一番弱そうだと考えた俺が甘かった。ここに弱い魔物がいるわけがなかった。

五体の腕の塊が悪魔達に加勢し、結界を殴り始める。結界が大きく揺れ始めた。

「だ、大丈夫ですかこれ!?」

「大丈夫です。《ウロボロスの輪》がありますし、それに私もついていています」

「もしかして結界が破られることもあるってことですか!?」

とにかくルナエールを信じて、今は我武者羅にやるしかない。魔法は当たらないかもしれない。悪魔達は結界に張り付いているし、武器を用いての直接攻撃の方がまだチャンスがありそうだ。

俺はグロテスクな悪魔達へと接近し、結界越しに剣で斬り掛かった。狙いは、犬の身体に王冠を被った、中年の男の頭部を持った化け物である。結界の前で座りながら、舌を伸ばして息を荒らげていた。近づくのは怖かったが、リスクを取らなければリターンは得られない。

頭部へと剣が当たった。だが、刃を口で受け止められていた。

《愚者の魔法剣》は、力量不足の俺のステータスを補ってくれる貴重な武器だ。おまけに価値も高く、ルナエールから借りているものなのだ。

「か、返せ犬野郎!」

絶対に手放すわけにはいかない。俺は腕に力を入れた。

「すぐに放してください!」

ルナエールの叫び声が聞こえた。男の顔が首を動かすと、俺の身体が引っ張られて浮き、地面に叩き付けられた。

「うぐっ！」

身体が地面に擦《こす》られ、激痛が走る。異様な力の差に、剣を持っていた指があらぬ方向に折られた。

顔を上げると、王冠を被った男の頭部がすぐ目前にあった。そこで俺は、ルナエールの《愛神の聖域《アモーサンクチュアリ》》を抜けていたことに気が付いた。内から外へ出るときに制限はない。こいつは俺が外に出した刃を引っ張り、そのまま外へと引き摺り出したのだ。

犬の化け物は、嬉しそうに息を荒らげながら俺を見下ろす。

「クゥーン、クゥン、クゥーン」

あ、殺される。そう直感したと同時に、激痛と共に身体が二つに引き裂かれた。腹部より下の感覚が消え失《う》せる。だが、次の瞬間には、俺は五体満足で地面の上に倒れていた。《ウロボロスの輪》による、所有者の魔力を使っての強制蘇生が働いたらしい。

本当に危なかった、死んだかと思った。死の淵から帰ってくるというのは、あまり気分のいいものではなかった。頭がぼうっとして、漠然とした不快感が支配していた。死ぬ前の痛みを含めて、もう二度と味わいたくはない。

「あ……」

俺の周囲を三体の黄色いムキムキ球が囲んでいた。俺が《竜式熱光線《ドラゴレイ》》を撃った相手だった。憤怒顔ではなく、満面の笑みを浮かべていた。しかし、俺を歓迎しているわけではないはずだった。

俺はあまり察しのいい方ではないが、勿論それくらいはわかる。

目で追えない拳のラッシュが俺へと叩き込まれる。腕の残像らしきものが、何重にも重なって俺の目に見えた。そこで俺の意識が飛んだ。

……気が付くと俺は、ルナエールの小屋で倒れていた。ゆ、夢だったのか？　ふと横を見ると、ルナエールが俺の顔をじっと覗いていた。目が合うと小さく息を吐いて立ち上がる。

「い、今から短期間で充分にレベルを上げるには、あそこでのレベル上げを熟す以外に方法がないのですが、なかなか難しそうですね」

やっぱりあの悪夢は現実だったらしい。

「きょ、今日のところはもう、しっかりと休息を取りましょうか。あなたも辛かったでしょう」

「いえ、もう一度行きましょう。次は、大丈夫です」

正直、もう二度とあの悪夢を味わいたくはない。しかし、こんなところで足踏みをしていれば、ルナエールにあまりに申し訳ない。今日はまだ何も成し遂げられていないのだ。

ルナエールの顔を見ると、彼女はそっと俺から目を逸らした。

「……そ、その、苦しいのでしたら、あまり無理をしなくてもいいのですよ。あなたには……その、まだ早かったのかもしれませんし、ゆっくりとゴーレム討伐からやり直しても……」

ルナエールはそう言うが、ゴーレムを何百、何千体倒したところで、俺があの悪魔達に勝てるようになるとは思えない。それこそ何年掛かるかわかったものではない。その間ずっとルナエールを付き合わせるわけにもいかない。そもそも俺は、一緒にいたいと言って振られた身なのだ。

「やってみせます。さっきは、鏡の中の異様な光景に囚《とら》われてあまり冷静ではなかったかもしれません。次こそは、きっと……！」

「そうですか……」

ルナエールがなぜか、少しがっかりしたようにそう言った。俺達の様子をノーブルミミックが、何か言いたげにじっと見ていた。

《歪界の呪鏡》に挑み続け、三日が経過した。

初日には心が折れかかっていたが、ルナエールの熱心な協力もあり、どうにか俺はこの数日でレベル322まで到達していた。今日も《歪界の呪鏡》へ挑み、ルナエールの《愛神の聖域《アモーサンクチュアリ》》の結界の中で異形の悪魔共と戦っていた。初日と比べれば大分慣れて来た。

異形の悪魔への恐怖心も薄れてきたし、致死ダメージへの忌避感も薄くなってきている。

「《竜式熱光線《ドラゴレイ》》！　《竜式熱光線《ドラゴレイ》》！」

俺はひたすら炎魔法で外の悪魔を狙い続ける。射出された熱光線は結界をすり抜け、光の壁に張り付いている、六つの頭を持つ異様に首の長い男へと直撃した。だいたい当たってくれる個体や、当たってくれるタイミングもわかって来た。俺の魔法発動速度も上がってきている。

六つ首は表情を変えず、俺の最大魔法が直撃してもケロッとしている。だが、これでいい。少しでもダメージになれば、貢献度制度で俺に多少は経験値が流れる。

ルナエールがすかさず、六つ首の悪魔へと指先を向けた。

「時空魔法第十九階位《超重力爆弾《グラビバーン》》」

六つ首の周囲に黒い光が広がる。六つ首は逃れようとするが、魔法の引力に引かれて抜け出せないようだった。周辺の悪魔も、魔法の光に吸われて巻き込まれていく。広がった黒の光が一気に圧縮され、爆音が響いた。俺も思わず目を細める。この音は何度か聞いたが、未《いま》だに慣れない。

《超重力爆弾《グラビバーン》》に巻き込まれた七体程の悪魔が纏めて肉片と化して辺りに散らばり、消えていった。

直撃しなかった悪魔も、半身が削《そ》がれて倒れ伏しているものが数体転がっている。本当に凄《すさ》まじい威力だ。

「そろそろ魔力が切れて来た頃でしょう、これを飲んでください」

ルナエールから投げられた小瓶を受け取る。中には、緑色に輝く液体が入っていた。俺は蓋を開けて一気に飲み干した。これも《歪界の呪鏡》攻略の初日から使わせてもらっているものだが、何気に《伝説級》アイテムである。


【神の血エーテル】《価値：伝説級》

高位悪魔の脳髄を煮詰めたものを主材料とした霊薬。

神の世界の大気に近い成分を持つと言い伝えられている。

呑んだ者の魔法の感覚を研ぎ澄ませると同時に、魔力を大きく回復させる。

かつて大魔術師が《神の血エーテル》を呑んだ際に、この世の真理を得たと口にしたという。


こんな高位のアイテムを湯水の如く飲み干していいのかはわからないが、ルナエール曰《いわ》く、この地であればいくらでも錬金できるということであった。初日に《神の血エーテル》を服用し過ぎたせいでルナエールも予期していなかった謎の中毒症状が出たが、彼女の《治癒的逆行《レトグレーデ》》のおかげでどうにか事なきを得ていた。

俺のメンタルも、ここに来てからかなり頑強になった気がする。最初は《神の血エーテル》を飲むのが怖くて仕方なかったが、最近は結構美味しいし、軽い酩酊《めいてい》感も心地良いと思えるようになってきた。飲むたびに魔法の感覚が冴《さ》えるのも楽しくなってきた。

「《竜式熱光線《ドラゴレイ》》！　《竜式熱光線《ドラゴレイ》》！」

悪魔に向けて魔法を連打していく。

「《愛神の聖域《アモーサンクチユアリ》》がそろそろ持たなさそうです。張り直すまで途切れますから、私から離れないでください」

「はい！」

初日なら震えあがって動けなくなりそうな宣告にも、あっさりと返事一つで答えることができた。

光の障壁が途切れ、悪魔達が流れ込んでくる。

「クゥン、クゥゥン！」

王冠を被った、犬の胴体を持つ男が真っ先に向かって来る。

出て来た、クソ犬！　俺は十回近くこいつに殺されかけているが、この犬は妙にしぶとく、ルナエールの魔法からさえ何度も逃れている。一度ルナエールが錬金して放った大きな魔銀《ミスリル》の刃の前に身体が真っ二つになって消えたが、翌日になると平然と舞い戻って来たのだ。

ルナエールが俺の前に移動し、クソ犬の首を手刀で切断する。続けて俺の背後から迫っていた、根っこのように大量の足のついた花の化け物を蹴り飛ばした。

「紡ぎ終わりました、《愛神の聖域《アモーサンクチユアリ》》……」

ルナエールが魔法陣を広げた時、俺は腹部に激痛を感じ、自分の視界が低くなっていくのを感じる。ルナエールの切り飛ばしたクソ犬の生首が、俺の肉らしきものを喰らいながら笑っているのが見えた。俺は地面の上に転がりながら、自分の身体を確認する。身体が大きく抉られていた。

……ああ、またこいつにやられてしまったか。薄れていく視界の中で、ルナエールが生首を摑んでぶん投げている間に、どんどん悪魔達が接近してくるのが見えた。《ウロボロスの輪》ですぐに俺の身体は再生したが、直後に別方向から飛んできた悪魔に首を刎《は》ねられた。悪魔共にまともに距離を詰められては、《ウロボロスの輪》の復活があっても、もうまともに動けそうにない。

また、気が付くと俺は、ルナエールの小屋の中で、毛布にくるまれて横になっていた。意識がぼうっとする。今回も早期リタイアしてしまった。いや、多少はレベルが上げられた方だろうか。

「主、素直ニ、カナタニ置イテヤルト言エバ良インジャナイカ？」

「何を言っているのですか？」

ぼんやりと、ノーブルミミックとルナエールの会話が聞こえて来る。意識が不完全だからか、あまり言葉が頭に入ってこない。

「回リ諄《くど》イ。ダカラ、愛シテルカラ一緒ニイテクレト……」

「……《超重力爆弾《グラビバーン》》」

ルナエールがそっとノーブルミミックに指を向ける。周囲に魔法陣が展開されていく。ノーブルミミックがぴんと身体を縦に伸ばした。

「ジョ、冗談！　冗談ダ！」

ルナエールは小さく溜息を零し、腕を降ろす。ノーブルミミックは魔法陣が消えていくのを見て、ほっとしたように身体を元の形へと戻した。

「……ノーブルは寂しいのかもしれませんが、彼はまだ若い、生身の人間ですよ。ここに閉じ込めるような酷なことが、できるわけがありません」

「ソレハ、ソウダガ……」

ルナエールの言葉に、ノーブルミミックがしゅんとしたように頭の部分を床へと垂れる。それからふと思い出したように、頭部を持ち上げる。

「イヤ、主、言ッテルコトト、ヤッテルコトガ違……」

「そ、そんなことはありません！　必要なことだからです！　きっと今のまま外に出ても、外の悪意に晒されて、殺されるだけです！」

ルナエールが途端に取り乱し、バタバタと腕を動かす。

「……すいません、俺、また気を失っていたみたいですね」

俺は頭を抱えながら、身体を起こしてルナエールへと声を掛けた。ルナエールはびくりと身体を震わせ、俺へと振り返った。

「お、起きましたか。いえ、あれはあの悪魔の耐久能力を甘く見ていた私の油断です。まさか、切断した部位の両方が問題なく飛び回るとは、思っていませんでした。今日のところは、レベル上げはここまでにしておきましょう。ゆっくりと休みましょう」

「いえ、俺はまだ挑めそうです。この感じにも、少し慣れてきました」

「き、気が焦れば、失敗の元ですよ。《ウロボロスの輪》があるとはいえ、魔力が完全に尽きればそれまでですし、今日は、ここまでにしておきましょう」

最近、よくルナエールからストップが掛けられている気がする。そんなに焦っていただろうか？

ノーブルミミックはルナエールの方をじっと向いていたが、突然俺の方へと正面を切り替えた。

「ナァ、カナタ……」

ノーブルミミックが俺の名前を呼ぶ。俺が続きの言葉を聞こうとノーブルミミックへと顔を向けた瞬間、ルナエールがノーブルミミックの上へと飛び、宝箱の口が開かないようにしっかりと押さえ付けた。ノーブルミミックがじたばたと苦し気にもがく。

な、何を言おうとしたんだ……？

《歪界の呪鏡》を用いての修行開始より、一週間が経過した。

俺はレベル１０５８まで上がっていた。ついにレベル１０００の大台に入ったのだ。今日も今日とて、俺はルナエールと共に《歪界の呪鏡》へと入り込んでのレベル上げを行っていた。勿論、今回も《愛神の聖域《アモーサンクチユアリ》》の結界内より魔法を撃ち続ける戦法である。

ただ、今は開始数日目とは決定的に異なることがある。異形の悪魔達に対して、俺の魔法で多少なりともしっかりとしたダメージを通すことができる点である。

「炎魔法第十四階位《球状灼熱地獄《インフエルノボール》》」

俺は魔法陣を紡ぎ、剣を天井へと掲げる。直径十メートルを超える、巨大な赤黒い炎の球が宙に浮かんだ。

そう、俺は超位魔法に属する、第十階位よりも上の魔法の習得にも成功していた。

この魔法は本来被害が大きすぎるので気軽に乱発できる魔法ではない。地形を変えてしまうかもしれない上に、気を抜けば術者自身も業火に巻き込まれかねない。

しかし、ここは《歪界の呪鏡》内であるため好きに壊してしまっても問題はない。そしてルナエールの《愛神の聖域《アモーサンクチユアリ》》は外から内へのダメージを通さないため、炎の球を結界の外で炸裂《さくれつ》させてしまえば自身へ被害が及ぶことはあり得ない。

巨大な炎の球が《愛神の聖域《アモーサンクチユアリ》》の障壁を越えて、悪魔達のいる結界外へと落ちて行った。炎の球

は地面と衝突した瞬間、更にその質量を増した。赤黒い炎が、結界外の一部分を埋め尽くした。悪魔達が炎に覆われていく。

そう、俺が苦心して《球状灼熱地獄《インフェルノボール》》を習得したのは、攻撃範囲が広すぎて回避が困難という点である。この技であれば、悪魔達にとってまだ格下である俺も、悪魔の回避を許さずに攻撃を当てることができる。

俺は《球状灼熱地獄《インフェルノボール》》が炸裂したときに中央部にいたらしい悪魔へと目を向けた。大きな人間の頭部に目が三つ、鼻が二つに口が四つついた、不気味な外観をしている化け物であった。顔の一部の面がやや黒く焦げていた。

種族：$）う:j~L
Lv　：3012
HP　：14478／15361
MP　：15578／15662

よし、1000近いダメージが通っている。ここの悪魔共は回復能力も高いものが多く、これで倒しきることは難しいだろうが、経験値配分のための貢献稼ぎには丁度いい。

ついでに、俺の武器は既に《愚者の魔法剣》から変わっている。レベル500を超え始めたところから、あの武器では軽すぎるのではないかと感じるようになってきた。

今は黒刃の長剣を使っていた。

【魔剣ディース】《価値：伝説級》
攻撃力：＋１１００
魔法力：＋１０００
　五百年前に生まれた魔王ディスペアが自身のために、人間の一流の鍛冶師を集めて造らせた剣。納得できる剣を造れなかった者は殺すと宣言していたが、結局《魔剣ディース》の鍛冶師も興奮して試し斬りで殺してしまったという。剣としての性能は勿論のこと、高い魔法力を秘めている。
　魔王ディスペアが討伐されて以来、《魔剣ディース》は人間の手に渡ったが、所有者がすぐに死亡するため魔王の怨念が籠っていると噂《うわさ》されている。

　ちょっと不吉な由来はあるが、今の俺の実力によく適している。やや重くは感じるが、今の基本戦術が結界内で魔法をぶっ放し続けることなので、あまりマイナスには働いていない。

　因みに魔王ディスペアの怨念についてルナエールに尋ねたところ『私より遥かに弱いので、あまり怖いと思わない』と答えられた。それはそうだろう。俺だって、虫や小動物の怨念が込められた剣なんて、大して怖いとは思わない。ルナエールの傍にいる限りは特に問題ないだろう。

　俺はルナエールから投げ渡された小瓶を摑み、一気に中身を飲み干してから地面へと投げ捨てた。無論、《神の血エーテル》である。《球状灼熱地獄《インフェルノボール》》はあまり燃費のいい魔法ではない。

　俺は今日だけで既に《神の血エーテル》を三十本近く飲んでいた。俺は少し膨れた腹を撫で、それから《魔剣ディース》を構える。

「《球状灼熱地獄《インフェルノボール》》」

再び結界の外が業火に包まれる。ルナエールが俺に続いて《超重力爆弾《グラビバーン》》を使い、黒い光で悪魔達を炎ごと押し潰していく。

今日の分のレベル上げが終わり、また彼女の小屋へと帰還した。今日は珍しく、一度しか《ウロボロスの輪》に頼らずに済んでいた。

「……大丈夫ですか？　まさか、十時間も続けるとは思いませんでした」

「すいません師匠……迷惑でしたか？」

「いえ、それは別に構わないのですが……精神的にかなり辛いのではないかと」

「最近は慣れてきました。身体が吹っ飛ばされてもあまりストレスに感じなくなりましたし、作業的な疲れも……こう、エーテルの酩酊感で誤魔化せますから」

「そうですか……」

ルナエールが俺の言葉に対し、若干困惑気味にそう返した。俺も、慣れは恐ろしいものだと最近実感しつつある。

「そ、その……考え方が、人間というより私のような不死者よりになってきたのかもしれません。あまりここに馴染み過ぎると、外で生活し辛くなるかもしれませんので気をつけてください」

俺はふとルナエールの横顔を眺める。目が僅かに大きく開いており、口の端にもやや力が入っている。

「師匠、ちょっと嬉しそうですね？」

「そ、そんなことはありません！　怒りますよ！」

「え……す、すいません！」

なんとなくそう見えたので言ってみただけなのだが、思いの外強く反発を受けてしまった。それからルナエールはしばらく、自身の顔を手でぺたぺたと確かめるように触っていた。

6

俺は魔導書を読み漁りながら、二つの魔法陣を紡いでいた。ルナエールから勧められた《双心法》なる魔法の技術があり、この魔導書はそれについて記したものなのだが、どうにも上手く行かない。

脳の使用している部位を意識して区切り、二つの心を作ることで全く異なる魔法を同時に発動することができるらしい。また、修得できればその恩恵とは別に、単純に魔法陣を紡ぐ速度も大きく向上するそうだ。だが、魔法の理解力を引き上げる《魔導王の探究》と、魔法の感覚を研ぎ澄ませる《神の血エーテル》を併用して学習に当たっても、なかなか感覚が摑めないでいた。

ルナエールからはたとえレベルが少し上がったとしても《双心法》を習得するまでは外に出ない方がいいと言われている。

彼女曰く、多少腕の立つ魔術師はだいたい《双心法》を身につけているらしい。魔術師同士のまともな戦いになった際、《双心法》を持っていることが前提であるため、これがなければ手数で後れを取り続け、取れる選択肢の数で不利を摑まされ、ジリ貧になって敗北するのだそうだ。

『で、ですから、《双心法》を覚えるまでは、絶対にここから出しません！……ではなくて、その

『……出ない方がいいと思います』

俺はルナエールの言葉を思い返し、溜息《ためいき》を吐く。ここまで補助道具を使って、全く何の感覚も摑めないとは思っていなかった。《歪界の呪鏡》でのレベル上げの時間を減らしてここ三日ほど《双心法》の修行に時間を費やしているのだが、この有様である。

《双心法》の修行は頭が痛くなるし、妙な虚無感や苦痛、疲労感や苛立《いらだ》ちに襲われる。とにかく集中力が求められる上に、脳を悪用して自身の精神構造を書き換えているようなものであるためか、気分のいいものとはいえない。加えてなかなか成果が目に見えないとなると、本当にしんどい。

これが必須修得技術だと聞かされると、俺にはほとほと才能がないらしいと思い知らされる。元々異世界人なので、それも影響しているのかもしれない。

俺は腕を上げ、自身のステータスを確認する。

カナタ・カンバラ
種族：ニンゲン
Lv　：1211
HP　：5813／5813　MP　：1695／5207
攻撃力：1695＋1100　防御力：969＋100
魔法力：1453＋1100　素早さ：1332＋500
スキル：

《ロークロア言語【Lv：－】》《ステータスチェック【Lv：－】》《剣術【Lv：6／10】》
《真理錬金術【Lv：11／20】》
《超位炎魔法【Lv：13／20】》《超位土魔法【Lv：11／20】》《水魔法【Lv：9／10】》
《風魔法【Lv：10／10】》《雷魔法【Lv：3／10】》《氷魔法【Lv：4／10】》
《白魔法【Lv：2／10】》《死霊魔法【Lv：10／10】》《結界魔法【Lv：7／10】》
《時空魔法【Lv：10／10】》《精霊魔法【Lv：2／10】》

　レベルと魔法はそれなりに形になって来た気がするんだけどな。

《炎魔法》は悪魔にダメージを入れるために必要だったので、最も時間を掛けて伸ばした分野である。おかげでやや発動までに時間は掛かるものの、第十四階位の《球状灼熱地獄《インフェルノボール》》を修得することができた。

《錬金術》は戦闘に組み込むことこそ少なくとも、持っていれば重宝するらしいのでしっかりと学ばせてもらった。材料さえあれば主要な薬品はだいたい調合できるし、魔力による金属の変質化も覚えた。ルナエールからしっかり教えてもらったため、基礎はだいたい網羅したはずだ。

《土魔法》はトリッキーな戦いに用いやすく、応用も効くらしいので優先的に伸ばした。

《時空魔法》もかなり複雑で時間が取られたが、あれば一気に便利になるとルナエールより聞いたので、これもどうにか本格的に修得した。《異次元袋《ディメンションポケット》》を覚えられたのは大きい。これで好きな時に好きなものをさっと取り出すことができる。

「カナタ、飯、飯、ソロソロ腹減ッタ」

ノーブルミミックが俺の方へと寄って来た。食い意地の張った宝箱だ。自炊が趣味のようなところはあったので、褒められているようで嬉しくはあるが……。

「……テ、顔シテルゼ、主ガ」

ノーブルミミックが、舌先でくいくいとルナエールを示した。ルナエールがそっと立ち上がり、ノーブルミミックへと静かに指先を向けた。

「ジョッ、冗談ダ、冗談ダッテ主！」

ノーブルミミックが地面を擦ってルナエールへと接近し、諂《へつら》うように頭を下げる。

「最近、怒リッポイ、主」

「……あまりその……恥を、掻かせないでください」

ルナエールが仄かに顔を赤らめ、ちらりと俺の方を見る。第三者がいる場でからかわれることにあまり慣れていないのだろう。

しかし、ノーブルミミックが腹を空《す》かしているのは本当だろう。思いの外に時間が経ってしまった。そろそろ食事の準備をするとしよう。

「……ん？」

閉じようとした魔導書の端に、引っ掛かる文面を見つけた。

《双心法》は様々な分野に応用の利く強力な技術である。しかし、高い才能と膨大な時間、そして特異なセンスを必要とするため、人間の身で会得することはあまり現実的ではない。

太古に寿命を持たない不死者が開発し、千年の時を生きる竜が体系化したとされる。凡人が覚えるには百年の時間を要するとされており、純粋な人の身で《双心法》を使いこなせる者は史上でも指の数で足りる程しか存在しない。

あれ、ルナエールの言っていることと全然違うような気がする。何かおかしくないか……？

「カナタ、ドウシタ？　早ク、早ク」

「あ、ああ」

ノーブルミミックに急かされて立ち上がる。かなり古い魔導書のようだったので、多分昔はそうだったのだろうな。今は体系化が進んだということか。俺はそんなふうに結論付けながら調理場へと向かった。

《双心法》の修練を始めてから五日目、ようやく《双心法》の片鱗《へんりん》を摑みかけてきた。

俺は右側に炎の球を、左側に水の球を浮かべていた。炎魔法第二階位《炎の球体《ファイアボール》》と水魔法第二階位《水の球体《ウオーターボール》》である。

「よ、よし、よし、維持ができている……」

俺は根性でどうにか二つを維持する。自分の顔が引き攣《つ》っているのを感じる。実際、これはかなりしんどい。

「形ニナッテル。ヤルジャン、カナタ」

ノーブルミミックが俺の許《もと》へとやってきた。俺は維持するのに精いっぱいで、ノーブルミミックに返事をする余力がなかった。一秒でも長く続けて、感覚を身体に馴染ませておきたい。

「カナタ、ナァ、カナタ、オイ」

ノーブルミミックがしつこく声を掛けて来る。無視だ無視。ノーブルミミックは構ってほしいのだろうが、今は本当に真剣なのだ。

「……一発ギャグ、蝶々《ちようちよう》結ビ」

ノーブルミミックが長く舌を伸ばして、舌を蝶々結びにした。複雑に絡んでいるかと思えば、真っ直ぐ伸ばし直すと一気に解けていく。

「ぷふっ……」

つい集中力がとぎれ、炎と水の球体が二つとも破裂してしまった。……手許《てもと》で爆ぜたため、右手を火傷《やけど》し、身体の左側がびしょ濡れになってしまった。

「ワ、悪イ、カナタ。集中シテルトコ見ルト、ツイ、カラカイタクナッチマッテ……」

こ、この、無駄に人間味に溢れたミミックめ……。

俺はルナエールの置いてくれていた《神の血エーテル》を飲み干して、《双心法》の不快感を取り払うと共に、今の感覚を身体に馴染ませるように意識する。《神の血エーテル》には魔法センスを研ぎ澄ませる力もある。

「……怒ッタカ?」

「怒ってはいませんけど……まぁ、その、祝ってくれてありがとうございます」

俺はぽんぽんと、ノーブルミミックの頭に手を置いた。

「どうせなら、宝箱さんより師匠に褒めて欲しかったですけど……」

ルナエールは外に出ていた。薬の材料や食材の調達に向かったのだ。要するに狩りである。

「へへ、イイ奴ダナ、カナタ。次モヤッテイイカ?」

「次は師匠にチクりますね」

「ムグッ……」

俺は深く息を吐く。《双心法》を掴み始めた。これは目標の強さに近づいたと同時に、ルナエールと別れる日が近づいたということでもある。

「……《双心法》をもう少し形にして……その後は、レベルさえ上げていけば外の魔術師と互角に戦っていけるようになりますかね？」

「アン？」

俺の言葉に、ノーブルミミックが珍妙な声で返事をする。

「俺何か、変なこと言いましたか？」

「…………マ、マア、オレモ、外ノコトハ、アマリ知ランガ、大丈夫ジャナイカ」

ノーブルミミックが言葉を濁すように言う。何か言いたげな様子だが、少し待ってもノーブルミミックが特に新しい話を切り出すことはなかった。

何はともあれ、《双心法》のおかげで、魔法の精度もかなり上がるはずだ。魔法の並行発動より、少ない意識のリソースで正確に撃てることの方がありがたいかもしれない。そうなれば、鏡の悪魔狩りのレベル上げ効率もよくなるだろう。

そろそろ、ここを出るときのことも考えなくてはいけないかもしれない。

「宝箱さんは、ここから出ないんですか？　外を見てみたいとかは……」

「特ニナイ。オレハココデ、魔物相手ニ喧嘩ヤッテ、飯探シテ彷徨《さまよ》ッテリャ、ソレデ幸セダカラナ。国ダノ街ダノ、興味ナドナイ」

そこはちゃんと魔物っぽいんだな。いや、魔物というか、ここでの生活を思い返すと、ルナエールに放し飼いされている犬のようなイメージの方が近いかもしれないが。

「ソレニココニハ、主モイルカラナ。主ミタイナ美人ハ、外ジャ見ツカラネエゼ。オマエノ世界ニモ、イナカッタロ？」

ノーブルミミックがシシシと笑う。無駄に俗っぽい奴め……。

「……マ、カナタガ寂シイナラ、ツイテッテヤランデモナイト、ソウイウ気ハアルガナ。他ノ人間ガ何スルノカハドウデモイイガ、オマエトハ縁ガアルシ、カラカイ甲斐《がい》ガアル」

「…………」

少し含みのある言い方だったので、俺は沈黙して次の言葉を待っていた。

「デモ……主ガ、イルカラナ。悪イガ、主ノ方ガ、オマエヨリ、カラカイ甲斐ガアルンデ、ココヲ出ル気ハナイ」

「宝箱さん……」

普段茶化した態度ばかり取っているが、ノーブルミミックは彼なりにルナエールのことを考えているようであった。

「その……師匠は、どうして外に出ないんですか？」

ルナエールが俺の来訪を喜んでくれている、というのは、きっと俺の勝手な勘違いだけではないだろう。彼女はきっと、人寂しいのだ。本人は否定するし……それに、俺がこの《地獄の穴《コキュートス》》に長居するべきではないと、そう考えているようではあるが。

ノーブルミミックは少し黙っていた。聞けそうにない。聞いてはいけないことだったのかもしれない。

「余計なことを聞いてしまったみたいですね。師匠に、修行の過程を報告して来ようと思います」

「オーラ、ダ」

俺がその場から離れようとすると、ノーブルミミックが口を開いた。

「オーラ？」

「アア、ソウダ。主ハ、禁魔法ヲ幾ツモ重ネ、強引ニソノ身体ヲ蘇生シタ」

禁魔法を、強引に重ねて蘇生した……。

「それは、《ウロボロスの輪》とは違うんですか？」

「全ク違ウ。当時ハ、トンデモアイテムモ、神位魔法モ、何モ持ッテイナカッタラシイカラナ。ソレニ、アノ蛇指輪デモ、死者ヲ蘇《よみがえ》ラセルコトハデキナイ。装備者ヲ死ノ縁デ助ケテイルダケダ。死ンデカラ時間ガ経テバ経ツホド、死者ノ肉ハ腐敗シ、ソノ血ハ毒トナル。魂ハ穢《けが》レ、魔力ハ淀《よど》ム。コノ世ノ者カラ遠ザカルノダ」

「師匠も、そうだと……？」

「ソウダ。仮ニ主ガ人間ト抱キ合エバ、相手ハ苦渋ノ果テニ朽チルデアロウ。不死者トハ、死カラ最モ遠イトコロニ立チナガラ、ソノ本質ハ死、ソノモノデアルノダ」

……そういえば、師匠は俺の手を引くときも、慎重に袖を引っ張っていた。単に恥ずかしがり屋なのかと考えていたが、直接触れることを避けるためだったのかもしれない。

「故ニ、生者ハ本能デ恐レル。無知ナ赤子サエ死ヲ恐レルヨウニ、冥府ノ穢レヲ纏ッタ不死者ヲ忌ミ嫌ウ」

最初に会ったときのことを思い出した。確かに俺も……ルナエールに最初会ったとき、襲ってきた魔物よりも、助けてくれた彼女の方が怖かった。極限の状態であったたし、命の恩人であったから、その恐怖も一緒に暮らす内に感じなくなっていたが。

「異世界カラ来タト、ソウ言ッテイタナ。冥府ノ穢レト無縁ノ世界カラ来タノデアレバ、コノ世界ニ生マレ落チタ者ヨリ、鈍イノカモシレナイ。何ニセヨ、オマエガ思ッテイルヨリモズット、主ハオマエノ反応ニ喜ンデイタハズダ」

そういえば出会った当初、異様に早く俺の前から立ち去ろうとしていたように思える。冥府の穢れとやらを気にしてのことだったのかもしれない。だからルナエールは、この《地獄の穴《コキュートス》》に引きこもっているのか。

本当に俺は、このままここを出て行ってしまっていいのだろうか？

「勝手なことばかり言わないでください」

いつの間にか、小屋の中にルナエールが立っていた。ノーブルミミックも気が付いていなかったらしく、びくっと身体を震わせていた。

「別に私に纏わりつく穢れなど、抑えようと思えば手段はいくらでもあります。ノーブル、あまり私を知ったように語らないでください」

ノーブルミミックが、しゅんと小さくなる。

「で、でも、じゃあ、どうして……」

俺の問いに対し、ルナエールが不機嫌そうに眉を顰《ひそ》める。

「私が、人間を嫌いだからですよ。何度もそう説明したはずです」

ルナエールが冷たく言い放った。その言葉に、俺は咄嗟に返す言葉が出て来ず、ただ立っていることしかできなかった。

7

俺は今日も今日とて、ルナエールと共に《歪界の呪鏡》へと挑んでいた。ここへ挑むのも何回目になるだろうか。既に俺がこの《地獄の穴《コキュートス》》を訪れてから、一か月半以上が経過していた。

俺は風魔法の第三階位、《風の翼《フリューゲル》》を用いて風を操り、鏡の中の世界を駆け回る。低位の魔法でも要は使い道だ。低位の魔法は攻撃には頼りないが、目眩ましや歩術としては充分だ。

俺の後を追って異形の悪魔達が向かって来る。だが、悪魔達は《風の翼《フリューゲル》》を用いた俺の歩術にはほとんどついて来られないでいた。

先回りしていた悪魔の一体が俺へと飛び掛かってくる。大きな車輪に、小さな人の顔がたくさんついた、不気味な外見をした悪魔だった。もっとも、ここの悪魔で不気味でないものはいないが。

一直線に転がってきて、俺の傍に来たところで身体を傾けて速度を落とす。車輪についた大量の顔が、俺を見て笑っていた。俺はその車輪を蹴とばし、宙に跳ぶ際に勢いよく横一閃《いっせん》に斬りつけた。車輪が真っ二つに分かれ、大量の顔が驚愕《きょうがく》の表情へと変わり、白眼《しろめ》を向いて絶叫する。

まだ生きている。トドメを刺している間に外の悪魔に襲われる、一度あいつは無視する。

俺は息を整え、《風の翼《フリューゲル》》で飛行の軌道を調整しながら、別の魔法陣を空中で紡ぐ。《双心法》も既に完全にものにしていた。二つの魔法を並行で使うことも、今ではさほど難しくない。魔法によっては三つでも可能である。

俺は《風の翼《フリューゲル》》を用いて空中で振り返り、追い掛けてきていた悪魔の群れへと剣を向けた。悪魔の中には触手や光を放ち、俺へと遠距離攻撃を試みているものもいた。

「炎魔法第十四階位《球状灼熱地獄《インフェルノボール》》」

直径十メートルを超える、巨大な赤黒い炎の球が悪魔達へと向かっていく。

「引きつけ過ぎです！　その距離では、爆炎に巻き込まれるかもしれません！」

端から見ていたルナエールが叫び、俺へと警告を出した。だが、問題ない。勿論想定済みである。

俺は既に《風の翼《フリューゲル》》を消して、別の魔法陣を紡いでいた。

「時空魔法第四階位《短距離転移《ショートゲート》》」

魔法陣の光が俺を包み、五メートルほど離れた別の地点へと移動させた。

《短距離転移《ショートゲート》》はその名の通り、術者を瞬間移動させる魔法である。《風の翼《フリューゲル》》に比べれば発動が遅く、転移先でやや無防備な瞬間が生じるが、瞬間移動であるために移動中に攻撃を受けることはないし、咄嗟に使えば敵の目を欺くこともできる。

《球状灼熱地獄《インフェルノボール》》の発動と同時に《短距離転移《ショートゲート》》を準備しておけば、確実に爆炎の範囲から逃れることができる。

赤黒い炎が、悪魔達を呑み込んで鏡の中の世界の一方面を埋め尽くしていく。以前とは装備の剣の魔法補助効果も、俺自身のレベルも違う。直撃を受けた悪魔は生きてはいないだろう。

逆に《球状灼熱地獄《インフェルノボール》》を準備しながら《短距離転移《ショートゲート》》で間合いを詰めることで、不意打ちで超位魔法を叩き込むという荒技も可能だ。勿論こっちの場合は、上手く動かなければ自身も炎を受けかねないが……。

《双心法》の組み合わせとして、この二つの魔法は相性がいいといえるだろう。

「キャンキャン！」

黒い炎を突っ切って、犬の悪魔が飛び出して来た。犬……といっても、頭は王冠を被ったカールヘアーの、壮年男性のものである。《歪界の呪鏡》突入初日に真っ先に、俺を死ぬ寸前まで追い詰めてくれたクソ犬だ。妙にタフなところがあり、未だに俺はこいつを仕留め損なっていた。

だが、それもここまでだ。

「時空魔法第十九階位《超重力爆弾《グラビバーン》》」

「キャッ……」

黒い光が広がり、クソ犬の身体を搦《から》めとっていく。他の悪魔達も光の引力に引かれて、集められていた。

「実戦で使うのは初めてです」

ルナエール愛用の魔法、《超重力爆弾《グラビバーン》》だ。

俺の実力では時空魔法の第十九階位の魔法は安定しないので先程は使わなかったが、純粋な威力であれば俺の手持ちの魔法攻撃の中で最強格である。

俺は剣を降ろす。黒い光が悪魔達を包み、暴縮を始めた。ブゥンと爆音が響き、辺りに悪魔の肉片と体液のようなものが散らばった。

既に俺は、ルナエールの補助がなくとも《歪界の呪鏡》の悪魔共と対等に戦えるようにまでなっていた。

カナタ・カンバラ
種族：ニンゲン
Lv　：4122
HP　：17526／19786　MP　：6832／17725
攻撃力：5771＋4300　防御力：3298＋100
魔法力：4946＋3900　素早さ：4534＋2000

スキル：
《ロークロア言語【Lv：一】》《ステータスチェック【Lv：一】》《剣術【Lv：9／10】》
《真理錬金術【Lv：16／20】》
《神位炎魔法【Lv：21／30】》《超位土魔法【Lv：17／20】》《超位水魔法【Lv：12／20】》
《超位風魔法【Lv：13／20】》《雷魔法【Lv：7／10】》《氷魔法【Lv：7／10】》
《白魔法【Lv：4／10】》《超位死霊魔法【Lv：12／20】》《結界魔法【Lv：7／10】》
《超位時空魔法【Lv：18／20】》《精霊魔法【Lv：10／10】》

この域まで来ると《歪界の呪鏡》の悪魔達相手でもあまりレベルが上がらなくなってきた。俺はルナエールの指南を受け、魔法の主戦力となる属性以外の分野も鍛えたし、錬金術もかなり伸ばした。《双心法》もかなり磨き上げて、実戦で使用できるレベルまで持ってきている。魔法に頼り切るのもあまりよくないとルナエールから言われたため、時折魔法を封じて剣術も磨いてきていた。

「時空魔法第四階位《短距離転移《ショートゲート》》」

俺は転移魔法で移動し、ルナエールの近くへと移動した。

「師匠、今日のところはこの辺りにしようと思います。帰りましょうか」

俺はルナエールへと声を掛ける。

俺がノーブルミミックから冥府の穢れのことを聞いて以来、ほんの少しルナエールと距離を感じていた。ルナエールはあの後は何事もなかったふうにいつもの調子に戻っていたが、どこか上の空に見えるような時が増えていた。いつもの調子に戻ったのも、どこか意図してそれを演じているような気もしていた。ルナエールは今、何を考えているのだろうか。

「………………」

ルナエールは目を瞑り少し考えごとをした後、ゆっくりと瞼《まぶた》を持ち上げる。

「もう、レベル上げは……いえ、私は必要ないかもしれませんね。おめでとうございます」

ルナエールは、静かにそう言った。

8

俺は《歪界の呪鏡》でのレベル上げを終えてから、ルナエールの小屋へと戻って来た。そこで魔法の簡単な復習をして、瞑想《めいそう》や薬の調合、《双心法》の鍛錬を行い、今日の予定を終えて料理に取り掛かっていた。

「オレヨリ強クナッチマウトハナ、カナタ！」

ノーブルミミックが感心したように言う。前にノーブルミミックのレベルを確認した時にはなんだこの化け物はと脅かされたものだが、まさかこの短期間で超えることができるとは思わなかった。

「ええ、よくここまで頑張りましたね。その……カ、カ……」

ルナエールが途中まで言い、顔を赤らめて言葉に詰まる。

「あ、あなたは」

ルナエールはそう言い、誤魔化すように咳払いをした。な、何を言い掛けていたんだ……？

「許シテヤッテクレ、主、人ノ名前呼ブノニ慣レテナインダ」

「違います！　少しぼうっとしていただけです！」

ルナエールがノーブルミミックへと怒る。そういえば、一度もルナエールから名前で呼ばれたことがない。思い返してみれば皆無だった。ノーブルミミックの言う通り、名前呼びが慣れていないので意図して避けていたのだろうか。

「一度、師匠から名前で呼ばれてみたいです」

ふと俺が思い付きで喋ると、ルナエールがジト目で俺を睨んでいた。

「……あなたまで私をからかうつもりですか？」

「違います！　ただ、こう、純粋に師匠から名前で呼んでもらいたいと思っただけです！」

「べ、別にそんな機会は、いくらでもあったと思いますが……ま、まぁ、いいですよ」

……あっただろうか？　俺が覚えていないだけなのかもしれない。

ルナエールが目を瞑り、息を整える。め、滅茶苦茶準備している……。変に意識されると、名前一つでこっちまでどぎまぎしてくる。唇を少し開いたが、口に出すのかと思えば、そのまま固まってしまった。な、なんだ、今のフェイント。俺まで顔が熱くなってきたのを感じる。

ルナエールが顔を伏せて隠しながら言う。俺も名前を呼ばれたのは嬉しかったが、気恥ずかしくてつい手で顔を隠した。

「カ、カ、カナタ…………さん？」

「さ、さんは別にいりませんよ」

ノーブルミミックがきょろきょろと小屋内を見回す。

「……オレ、何ヲ見セラレテイルンダ？」

どこかふわふわとした空気のまま、俺は料理の方を進めていた。普通にしていても、顔が緩んでいないか不安になってくる。俺は途中、何度か自分の頬をビンタして引き締めていた。

俺が料理を運んでいた時のことであった。俺を手伝おうと立ち上がったルナエールに対し、ノーブルミミックが正面を向く。

「ソレデ、次ハ何ノ修行、サセルンダ？」

ノーブルミミックがからかうようにルナエールへと言う。俺もその言葉を聞いて息を呑んだ。今日の《歪界の呪鏡》のレベル上げが終わって以来、ルナエールとも避けて来た話題だったからだ。

ルナエールは目を閉じて、黙っていた。ノーブルミミックもルナエールの様子から察してか、身体の動きを止めて、静かに彼女を眺めていた。やがてルナエールがゆっくりと目を開く。

「……ここまで、ですよ。もう充分でしょう。私がいなくても、あなたは外の世界でも通用するはずです。修行は、ここでお終いですよ」

ルナエールの言葉が重く圧《の》し掛かって来た。修行が終わればすぐに出ていくようにと、これまでもルナエールは何度も俺に対して口にしていた。

わかってはいたことだが、改めて言い直されると寂しかった。俺は返す言葉を考えることも忘れ、つい俯いて黙ってしまった。ここを出ることが目標だったはずなのに、ルナエールとノーブルミミックと笑いながら過ごす修行の毎日が、いつの間にか俺にとって大切な日常になっていたのだ。ここを出れば、きっともう彼女達と会うことはなくなってしまうだろう。

「ツイニ卒業カ！　ヨシ、コレカラ七日間、カナタノ門出ヲ祝ウ宴会ヲ……」

「いえ、今日の間に出て行ってもらいます」

ルナエールが冷淡な言葉でノーブルミミックを遮った。ノーブルミミックは身体を伸ばして喜びを表していたが、身体を小さくして俯いてしまった。

「私もあなたに時間を取られていたせいで、やりたいことが山積みですからね。あなたとの日々が、なんとも思わなかったといえば、それは嘘になるのかもしれませんが、これ以上無用に居座らないでください」

「師匠……その……」

「そこまで気にしなくても大丈夫ですよ。元々私の気紛《きまぐ》れと暇潰しのようなものですし、悠久の時間を生きる私にとって、ここ何十日は微々たる時間ですからね。もっとも、その分、あなたよりもずっと思い入れは薄いですから、変な勘違いを起こされても困るのですが……」

俺はなんと返せばいいのかわからなかった。ルナエールの言葉は、どこまでが本心なのだろうか。

彼女は照れ屋で口下手なのだとは思っていたが、だとしてもここまで言う理由にはならない。それとも……それも含め、ただの俺の勘違いだったのだろうか。

「主、ソレデイイノカ？」

「何がですか、ノーブル？」

「イ、イヤ……」

ルナエールが動き出し、皿を食卓へと運んでくれた。その間も俺は、呆然と立って彼女を見つめていた。

「最後に向かいたいところがあります。食事が終わってからついて来てください」

ルナエールが固まっている俺へと声を掛けて来た。ノーブルミミックが「オレモ付イテッテイイ？」とルナエールに聞いて、彼女より指先を向けられてすごすごと下がっていた。

俺はルナエールに並び、《地獄の穴《コキュートス》》の中を進む。

「その……連れて行きたい場所というのは？」

ルナエールはやや黙って、ほんの少しだけ目を細める。

「……すぐに、つきますよ」

ルナエールはこちらを見向きもしないでそう言った。その返事だけで何となく、これからあまり良くないことがあるのだなと俺は察してしまった。

黙々と二人で歩く。途中で何度か魔物の襲撃を受けたが、ルナエールは歩いたまま結界魔法で攻撃を遮断し、時空魔法で相手の身体を削って殺していた。顔さえ向けずに対処しているときもあった。この辺りの魔物は俺でもどうにか戦えるようになってきたが、さすがにこうは行かない。

「師匠、その……」

「もう、師匠ではありませんよ」

気まずい、というか、ルナエールがわざと会話を途切れさせるようにしているみたいだった。何を尋ねても素っ気ない態度なので、その内に、俺の方からも特に話を切り出さなくなっていった。

白い大きな柱が左右に並んでいる場所に出て来た。時折、よくわからない化け物の石像も設置されていた。いよいよルナエールの連れて来たい場所が近いらしいと、そう考えていると、大きな降《くだ》り階段へと辿り着いた。ルナエールが足を止める。

「ここは……？」

ルナエールが青い布袋を取り出して、俺へと向けた。魔法袋だ。見かけの十倍以上のものを入れて、簡単に運ぶことができる。

ただ、俺は以前ルナエールから同じものをもらっているし、《異次元袋《ディメンションポケット》》も既に修得済みであるため、それさえ持て余し気味であった。なぜ今更になって俺に二つ目の魔法袋を渡すのかが、全く理解できなかった。

俺がぽかんとしていると、ルナエールは魔法袋を俺へと投げて渡した。俺は慌ててどうにかそれを受け止める。

「霊薬や予備の武器、魔導書を詰めておきました。《歪界の呪鏡》も入っていますが、扱いを間違えて悪魔を世に放たないように気をつけてください」

「そ、それって……」

「当初は地上に向かうつもりでしたが、最下層まで行ってから、設置されている転移魔法陣を使った方が早いでしょう。今のあなたなら、充分それが可能ですよ」

「ちょっと待ってください！……ここでもう、お別れということですか？」

「ええ、そうです。ノーブルが寂しがって、しつこくあなたを引き留めるかもしれませんでしたから。時間を許すと、いつまでもここに残ってしまいそうでしたからね」

「そう、でしたか……」

ここに来るまでの道中で、そういうことではないのかとは思っていた。しかし、まだ心の準備ができていなかった。

「では、お元気で。もう会うことはないでしょう」

ルナエールは素っ気ないふうにそう言いながら、その場で俺に背を向けて立ち去ろうとする。

「ま、待ってください！」

ルナエールは足を止め、俺を振り返る。呼び止めはしたものの、続く言葉がない。ルナエールの善意で同居させてもらっていた身であるため、目的を達成して彼女からも撥《は》ね除けられた今、これ以上俺がこの階層に留《とど》まる道理はない。

「し、師匠は……その、外に興味がないんですか？　ずっと、《地獄の穴《コキュートス》》の中で一人きりなんて……そんなの、寂しいじゃないですか」

「ですから、私は人間が嫌いなんです。あなたを助けたのも、ほんの暇潰しのようなものですから、これ以上気に留められても迷惑……」

「お、俺にだって、それくらい嘘だってことはわかります！」

俺が大声を出すと、ルナエールが驚いたように目を開く。ルナエールは少し黙っていたが、やがて大きく息を吐き出した。

「……昔話に付き合ってもらってもいいですか？　あまり短くは、ないかもしれませんが」

俺は頷く。修行が終わってから硬かったルナエールの表情が、やや和らいでいた。それからルナエールは、彼女が不死者になる以前のことについて、ゆっくりと語り始めた。

「そうですね……私が生まれた、千年前のことから話さなければいけません」


――ルナエールは千年前、魔術師として高名な家系に生まれたらしい。

幼少期より徹底した教育を父より受けており、元々の才覚もあって、十歳の頃には一族の歴代でも最強格の魔術師として扱われていたのだそうだ。

そんな折、ルナエールの父親が亡くなった。ルナエール本人が哀《かな》しかったこともあるが、何よりも憔悴《しようすい》する母親の様子を見て、彼女は周囲に隠れて父親を蘇生させる魔法を探すようになった。死霊魔法の研究を四年間掛けて行い、その末に死霊魔法による死者の蘇生を習得した。

ただ、四年の間に十歳だった彼女も十四歳になり、物事の分別もつくようになっていた。死者の蘇生がどれだけ許されないことかもわかっていたし、死霊魔法によるアンデッドとしての蘇生がどれだけ悲惨な結果を招き得るかも理解していた。母親も前向きに持ち直してきたところであり、結局その死霊魔法はそのときは使わなかった。

問題はその三年後、ルナエールが十七歳の頃に起こった。魔王が国内に現れたのだという。

魔王とは、自己進化を重ねて急速に強くなる魔物であり、往々にして配下となった魔物の潜在能力を引き上げる力を持っている。それは何の前触れもなく自然発生し、放置していればやがて魔物の軍団を築き上げて人里を襲撃し、殺戮《さつりく》を引き起こす。

歴史を遡れば栄えた国がたったの数年で滅ぼされたこともあり、今なお世界が魔王に支配されていないのが不思議なくらいだといわれている。

優秀な魔術師であったルナエールも魔王討伐の戦士として選ばれ、戦いに向かうことになった。相手は魔王の中では中の上程度の格だったというが、それでも厳しい戦いになったそうだ。

表で合戦になっている間に精鋭二十人で魔王の居城に潜り込んでの暗殺を目論《もくろ》んだが、魔王によって半数以上が殺され、残ったものも大怪我を負って逃げ出した。

ルナエールは相手の油断を突き、ほとんど相打ちといえる形でどうにか魔王を仕留めることに成功した。十歳から隠れて伸ばしていた死霊魔法が最終的に役に立ったそうだ。

魔王は頭がいいため、人間社会のことも理解していた。まさか魔法の名家のお嬢様が、国内最上位の死霊魔法の担い手だとは思っていなかったらしい。

ルナエールは自身を餌に相手の行動を誘導して、特定の手順を含むと発動する死霊魔法を用いて、魔王の心臓を生きたまま引き抜いたのだという。

ルナエールもそのまま死に至るところだった。だが、自分が死んだ後、母親がどうなるのかが怖かった。父が死んでからどうにか母が持ち直したのは、自分の存在が大きいということを彼女も自覚していた。このまま自分が死んでは、昔の錯乱していた時期よりもずっと酷くなると、そのことがわかっていた。

死霊魔法によるアンデッド化の蘇生には、まだ動いている強大な魔物の心臓が必要であった。幸か不幸か、ちょうど彼女の手には魔王の心臓があった。他の材料は時空魔法で保管しており、ルナエールはそれを実行できる状況にあったのだ。

ルナエールは迷いもあったが、母親のことが心配であったし、無論自分が死ぬということも怖かった。何より、彼女にはゆっくりと考えるだけの時間が残されていなかった。

ルナエールは他のアイテムを用いて、月が昇るのに合わせて死霊魔法が自動発動するように仕掛けた。まだ死んでいない者を蘇生することはできなかったし、死んだ後は自分の力では魔法を発動することができないからだ。

――そうしてルナエールは、人間の枠を脱し、時間から忘れられた不死者となった。


「それで……その、母親とは……」

俺が問うと、ルナエールは小さく首を振った。

「冥府の穢れが、ありますからね。そうでなくとも、生死の境目を明確に越える魔法は、宗教と倫理の観点から忌み嫌われています。そんなこと、わかっていたのに。もう私は人間ではなくなってしまったのだと、そう深く理解することになりました」

ルナエールは深く語らなかった。だが、その言葉だけで、何があったかは想像がついた。

きっと、大衆やかつての知人達からのみではなく、ルナエールが生に執着した理由であった母親からも受け入れてはもらえなかったのだ。

「ですから、人間が嫌いというのも、別に嘘というわけではありません。苦手と言った方が正しいかもしれませんね。私は地上に向かう気にはなれませんし、きっとその方がよいのでしょう」

最初に会ったとき、ルナエールは自身を裏切った人間が嫌いだ、と言っていた。だが、ルナエールも禁魔法の行使がどういう結果を招くのか、わかっていなかったわけではないはずだ。だからこそ一度は四年間の努力を無に帰し、父親の死を受け入れることにしたのだ。それに優しい彼女のことだ。きっと民衆や母親に報復したりなどはしなかっただろう。もしもそれほど彼らを恨んでいれば、同じ人間という分類で括《くく》った俺を、あれほど優しく受け入れてくれはしなかったはずだ。

しかし、千年経った今でも『裏切った』という言葉が出るということは、それだけ彼女が傷つけられたということは間違いない。人間自体に嫌気が差して、外に向かう気になれなくなったというのも、当然のことだろう。

「……だから、あなたが私をリッチだと知りながら、普通の人間と同じように扱ってくれたのは、本当に嬉しかったです。私からしてみればほんの少しの時間でしたが、この一か月半は、毎日が楽しくて仕方ありませんでした」

ルナエールが寂し気に笑った。いつもは無表情な彼女が、初めて見せてくれた笑顔であった。

「師匠……じゃ、じゃあ、俺をここに置いてください！　俺、ずっとここにいます！　俺は、師匠が大好きです！　ですから……！」

ルナエールは切なげに唇を噛み、小さく首を振った。

「あなたの好意は、とても嬉しく思います。しかし、あなたはここにいるべきではありません。……それに、私などと一緒にいても楽しくはありませんよ。私はリッチで、冥府の穢れが纏わりついています。人間が下手に触れれば、苦しんで死に至る猛毒となります」

ノーブルミミックも言っていたことだ。生きる死者は、肉も、血も、魔力も魂も、その全てが人間にとって猛毒となるのだ、と。

考えるより先に、身体が動いていた。普段であればそんな大胆なことはできないし、しようとも考えられない。しかし、今日は、きっとこのまま離れれば、ルナエールとはもう会えないと思ったからだろう。

俺は俯くルナエールへと駆け寄り、彼女の身体を抱きしめていた。ルナエールは恐ろしく強いが、身体は思いの外に華奢《きやしや》だった。彼女はかつて大きな使命を受け、その末に命を落とし、死後なお破滅の運命を辿ってこの《地獄の穴《コキユートス》》へと流れ着き、強大な力を手に入れた。しかし、それでも、過去のトラウマを抱えたままの、か弱い一人の少女に過ぎないのだ。

「え……な、何をするのですか！　そんなことをすれば、冥府の穢れが！」

ルナエールは慌てふためく。肌に痛みが走り、息が苦しくなってくる。だが、堪えられないほどではない。もっと苦しい時など、修行の中でいくらでもあった。俺はより強く抱きしめた。

「ほら、このくらい、平気です。俺なら、何ともありません。師匠が鍛えてくれたおかげです」

ルナエールは白い頬を真っ赤に染め、驚いた顔で俺を見つめていた。俺は強がって笑って見せた。

しかし、もう少し、レベルを上げておいた方がよかったかもしれない。それならば、彼女の冥府の穢れから受ける影響ももっと軽減できていたはずだ。

「ですから、俺を傍に……！」

ルナエールはくすりと上品に笑い、それから目を閉じ、俺の体温を確かめるように身体を寄せて来た。

「……ありがとうございます、カナタ」

「師匠……！」

その後、ルナエールは俺を大きく突き飛ばした。

「えっ……」

俺の身体は軽々と宙を舞っていた。このままでは、下階層行きの階段を転げ落ちてしまう。《短距離転移《ショートゲート》》で、飛んで体勢を整えるしかない。

そう思って俺が魔法陣を紡いだ時、目前のルナエールも魔法陣を紡いでいた。間に合わない、ルナエールの魔法の方が先に発動する。

「時空魔法第十七階位《空間断裂《フラクチャー》》」

ルナエールが紡いだ魔法陣を中心に、黒い植物の根のようなものが周囲一帯へと広がっていく。黒い根は、床や石柱、階段を貫通していた。次の瞬間、黒い根が輝き、周囲一帯のものをバラバラに断裂した。俺も瓦礫《がれき》の山と共に、裂けた床の狭間《はざま》から下の階層へと落とされていく。

ルナエールは他の魔法を使っているらしく、宙に浮かんでいた。

「し、師匠……どうして……！」

「カナタ……私も、あなたのことが大好きですよ。しかし……だからこそ、あなたには、ゆっくりと人間としての生を謳歌《おうか》して欲しいのです」

瓦礫の狭間から見えるルナエールの瞳には、涙が浮かんでいた。

「……それは、私ができなかったことですから」

ルナエールの姿が、瓦礫で見えなくなっていく。俺は彼女の悲痛そうな様子と言葉の重みを前に、何を言えばいいのかわからず黙ってしまったが、すぐに歯を食いしばって大声を張り上げた。

「絶対に、またこの《地獄の穴《コキュートス》》に来ます！　あなたの言うように、この世界を見て回って……それで、その後にまた、絶対、師匠に……ルナエールさんに会いに来ますから！」

9

ルナエールの時空魔法によって《地獄の穴》《コキュートス》の地下九十一階層に落とされた俺は……そのまま崩落に巻き込まれて、残骸の下敷きとなっていた。どうにか這い出て、《異次元袋》《ディメンションポケット》から回復効果のある霊薬を取り出して飲み干し、しばらくその場に座り込んで身体を休めることにした。

天井と階段の付近一帯は、倒壊したダンジョンの瓦礫で埋め尽くされていた。多分、一度《ウロボロスの輪》の蘇生効果が発動していたように思う。ここまでやらないと、俺が戻ってきてしまうと考えたのだろう。

「ありがとう……ルナエールさん。俺、どうにかやってみます」

正直、外に出るより、ルナエールの元へ戻りたいという気持ちはまだある。だが、彼女は、俺が外の世界に出て普通の暮らしを送ることを望んでいる。いつかはルナエールの元を訪れるとして、彼女の気持ちを尊重する意味でもしばらくは外の世界を見て回ってみようと、俺はそう決めた。

ダンジョン内は強力な結界に覆われており、時空魔法などによる大規模な移動には制限があるという話だった。しかし、外の世界にはそれを覆すような力もあるかもしれない。それが見つかれば、外の世界からルナエールの許を訪れることも、いくらかは簡単になるはずだ。

俺は瓦礫の山へと頭を下げ、更なる下の階層を目指して歩くことにした。ルナエールは地下百階層まで行けば、そこから地上まで出られると言っていた。

しばらく歩いて進んでいる内に、俺は行き止まりにぶつかった。壁の前に、黄金に輝く盾が落ちていた。なんとなく、懐かしい感じがする。俺はわざとらしく壁際まで行って、黄金の盾を拾い上げてみた。その瞬間、目前の壁が開き、巨大な口が現れる。

「やっぱりか」

大きな口が喰らいついて来るのを、俺は地面を蹴って前へと避けた。壁はくちゃくちゃと口を動かしてから、不思議そうに口を歪めた。

「ナ、ナ、ナイ……」

俺は黄金盾を握り潰す。盾は輝きを失い、ただの土へと戻り、バラバラになった。

「……おかしいな、こんなに遅かったのか」

グラトニーミミック、かつて俺の腕を喰らってくれたのと同種の魔物だ。黄金や食糧を土塊《つちくれ》から造り出し、魔物や冒険者を騙し、油断しているところに喰らいつく。

初見の時は喰われてなお何をされたのか理解するのに時間が掛かったが、今は壁に口が生じてから、俺に喰らいつこうとするところまで、はっきりと目で捉えられていた。

「ム、ム、無念……」

壁に生じていた口が閉じて、消えていく。

ルナエール曰く、グラトニーミミックの強みは、壁を盾にして攻撃を妨げ、壁の中を移動することができることだという。ダンジョンの壁とほとんど一体化しており、好きに潜り込めるのだそうだ。そのため、一度隠れたグラトニーミミックを倒しきるのは難しいと、そう言っていた。

とはいえ、逃げられる前であれば、壁ごと壊してしまえばいいだけなのだが。

俺は壁を指で示し、魔法陣を紡いだ。

「時空魔法第十九階位《超重力爆弾《グラビバーン》》」

黒い光が壁に広がり、それが急速に圧縮されていく。

「オナガズイダァアアアアア！」

壁が崩れて光の中央に押し潰されて行き、グラトニーミミックの断末魔の叫びが聞こえた。辺りに黒くてドロドロした、グラトニーミミックの奇妙な体液が飛び散った。

《地獄の穴《コキュートス》》の魔物はもう、あまり警戒しなくてもいいかもしれない。《地獄の穴《コキュートス》》の魔物が弱いというより、《歪界の呪鏡》に出て来る悪魔達がヤバすぎたのだろう。あそこの悪魔も結構個体差が激しいので、今の俺でも気を緩めていると唐突に超位魔法を叩き込まれて《ウロボロスの輪》送りになることがある。

間の抜けた小鬼のような外見の悪魔がいたので、さっさと剣で仕留めようとしたら、全身がクリオネのように裂けて大きな口となり、半身を持っていかれたこともある。異様に頑丈な上に攻撃力が高かった。今思えば、あの小鬼擬《もど》きが《歪界の呪鏡》の中で一番強かったかもしれない。

ふと俺は、ルナエールの言葉を思い返した。

『霊薬や予備の武器、魔導書を詰めておきました。《歪界の呪鏡》も入っていますが、扱いを間違えて悪魔を世に放たないように気をつけてください』

そういえば、あのときは場に流されて気にしていなかったが、《歪界の呪鏡》をくれていたのか。な、なんで俺に渡したんだ？　確かにこれがあれば、今後のレベル上げも容易ではあると思うのだが……ちょ、ちょっと荷が重いというか……。

何はともあれ、この調子ならば道中で苦戦することはなさそうだ。

それから俺はほぼ丸二日を費やし、地下九十六階層から地下九十九階層・深部まで移動した。魔物の強さは多少違う程度で結局鏡の悪魔程の敵は出て来なかったが、道のりが異様に長いのだ。《地獄の穴《コキュートス》》では深ければ深いほどに階層の範囲が広いとは聞いていたが、ここまでだとは思っていなかった。

「結構長かったな……」

俺は手に持っていた、丸焼きにしたラーの太腿《ふともも》を齧《かじ》る。見かけは人型に近いが、しっかりと鶏肉の味がする。鳥とは思えない程に脂も乗っている。鳥臭さだけはどうしようもないが、特に調理もせず、焼いただけでこれだけ美味しいのはなかなかありがたい。

そういえば昔、ルナエールにこれを食材にすると言われてドン引きしてしまった記憶がある。

「俺もすっかり慣れたもんだな」

目前には、地下へと続く階段があった。これまでとは明らかに違い、階段が透き通った青いクリスタルでできていた。神殿は終わり、虚空が広がっている。黒い空間に、ただ光を放つ階段が続いているのだ。

階段を降りると、大きな長い通路が続いている。

「歓迎するぞ、欲に終わりなき人間よ。世界の再奥地まで辿り着いた、貴様の執念が業そのものだ」

奥から声が聞こえて来る。俺が向かって歩いていくと、更に声が続く。

「何を求めてここに来た？　不老不死の霊薬があるとでも伝わっていたか？　貴様らの信じる架空の神が、ここに救いがあると宣《のたま》ったか？　それとも、ただの探究欲求でここまで来たと、そうほざいてみせるか？」

奥に巨大な黄金の玉座が見えた。そこに全長十メートルほどある大柄の化け物が座っていた。体表は黒くてゴツゴツしており、腕が六つある。顔には四つの目玉があり、頭には大きな巻き角がついていた。口許は大きく裂けており、歯茎が剝《む》き出しになっている。恐ろしい化け物であり、同時に王としての威容を併せ持っていた。

ルナエールから、こんな化け物がいるなんて聞かされていない。俺は足を止めて、ただその圧倒的な存在を眺めていることしかできなかった。

「どうあっても愚かしい。我が名はサタン。この《地獄の穴《コキュートス》》を司る、神に近しき悪魔なり。過去一万年で、ここまで到達した人間はお前で五人目だ。だが、生きて我が《地獄の穴《コキュートス》》より出られた者は一人もいない」

化け物……サタンが、腕を振るう。

「出《い》でよ、我が半身！」

サタンの手に巨大な黒い杖《つえ》が握られる。髑髏で装飾された、不気味な杖だった。サタンがニンマリと笑い、立ち上がった。

まずい、臨戦態勢に入った。俺も咄嗟に剣を構えた。《短距離転移《ショートゲート》》の連打で逃げるしかない。

「ここまで来られた褒美をやる。受け取るがいい」

サタンが杖を持つ腕を掲げ、残りの二組の手で印を結んでいた。

知識として知っている。印は集中力を上げたり、魔力の流れを制御して魔法陣を補佐したりする力がある。ただ、かなり特殊な体系の技術であり、一部の国の人間と悪魔しか使わないのだという。

ルナエールは魔法陣に専念した方が人間は効率がいいはずだと言っており特に教えてはくれなかったためあまり詳しくはないが、ただ一つわかることがある。わざわざ印を使ったということは、片手間に使う魔法ではなく、全力の攻撃が来るということだ。

「人間では理解の及ばぬ、神域の炎でその身を焼き焦がし、魂諸共《もろとも》消え去るがよい！」

範囲攻撃であれば、半端な転移よりガードに専念した方がマシかもしれない。攻撃の種類を見極めようとサタンの展開する魔法陣を見たが……どこか見覚えがあった。

あれ……これなら、俺も使えるかもしれない。ルナエールに教えてもらった魔法の中にある。相殺させた方が確実か……？

俺もサタンの魔法陣を追い、魔法陣を展開していく。

「炎魔法第二十階位《赤き竜《アポカリプス》》」

サタンが高らかに叫んで杖を振る。ほぼ同時に、俺もサタンへ向けて剣を振った。

「炎魔法第二十階位《赤き竜《アポカリプス》》」

サタンの杖と俺の剣先から放たれた巨大な炎の竜が、お互いを目掛けて飛んでいく。

「な、なんだと……？　人の身で、この域の魔法を操るとは！」

サタンが四つの目を大きく開く。

「だが、無駄なこと！　同じ魔法であれば、魔法力の差が如実に出る！　憐《あわ》れなことよ……半端に力があるがために、我が恐ろしさを正しく理解することになるのだから！」

俺から出た炎の竜が、サタンの炎の竜と正面衝突した。

「見よ、それが我と貴様の力の差だ！」

サタンが大声で叫ぶ。そのとき、サタンの炎の竜を、俺の炎の竜が食い破った。サタンは大口を開けて間抜け面を晒した。

「なんだ、並の悪魔に毛が生えた程度か……」

魔法の位階が高めなのは驚いたが、ほとんど《歪界の呪鏡》の悪魔と変わりがない。魔力から逆算するに、せいぜいレベル３５００程度ではなかろうか。

「な、並の悪魔だと……？」

サタンは呆然としていたが、すぐに自身を庇《かば》うように杖を掲げた。

「わ、我を護《まも》れ！」

赤い竜の前に魔法陣が展開され、その頭部を遮った。

「残念であったな。この杖の護りがある限り、我に魔法は通用せんぞ！」

俺は迷わず、剣を構えて直進した。魔法耐性があるなら、剣で斬ればいいだけだ。

今のでわかった。魔法の位階が高いのも、魔法耐性も、恐らくあの杖のお陰だろう。本体は大したことがない。本当にまずい相手がいるのなら、ルナエールが止めなかったわけがないのだ。

サタンの顔が引き攣った。

「こ、こんな者がいるなど聞いていない！　どこから出て来た！　い、一度止まれ！　わかった、我も杖を降ろそ……」

そのとき、サタンを護っていた魔法陣の光が鈍くなり、四散した。恐らく、杖の力によって防げる許容範囲を超えたのだ。

「なっ……！」

魔法の耐性も、そこまでではなかったらしい。恐らく、限界が所有者の魔力依存なのだ。サタンを炎の竜が呑み込んでいった。

……それから、十分後。

「いやいや、カナタ様もお人が悪い……ルナエール様のご友人だと教えてくだされば、我もすぐに杖を降ろしましたのに……」

サタンが六つの腕を手揉《ても》みしながら言う。数分前の威容は既になく、全身黒焦げになり、立派な角は焼け落ちていた。玉座は足場のクリスタル諸共消し飛んでいる。

「い、いいえ、一方的に襲ってこられたもので、その……」

愛想がよくなり過ぎていて気持ちが悪い……。

サタンは、魔法攻撃を受けた後もギリギリ生き残っていた。衝突での相殺と、杖の護りによる威力の軽減の結果だろう。あんまり必死に見逃してくれと懇願するもので、俺も戦意を削がれ、ルナエールからもらった回復薬を渡して命を繋いでやったのだ。

どうやらルナエールのことも知っている様子であったし、サタンがいなくなるとこの《地獄の穴《コキュートス》》の魔物達が暴走を起こし、表の世界がとんでもないことになるらしい。

「しかし、本当に危なかったですよ。いえ、我がいなくなったら、ここの魔物共が奥の祭壇から一気に出ていきますからね。我のこととか、ルナエール様から聞きませんでしたか？」

「いえ、特には……」

外へ繋がる出口がある、としか聞かされていない。ルナエールからしてみれば、魔物が一体いて昔見逃した、程度の話でしかないのではなかろうか。ルナエールがここに訪れたのが何百年前なら、そもそもサタンのことなど記憶にも残らず忘れられている可能性も高い。

ただ、ルナエールが《赤き竜《アポカリプス》》を知っていて俺に教えてくれたのは、以前サタンと接触したためだったのかもしれない。

「それでその、ルナエール様の遣いが、ここへは何の用で？　この杖ではありませんよね……？」

サタンが、俺から遠ざけるように杖を持ち、非難がましい目で俺の方を見た。

「い、いいえ、別にそれに興味はありませんけど……」

サタンが安堵したように息を吐く。あんな大きな杖をもらっても、俺にどうしろというのか。

俺は《異次元袋《ディメンションポケット》》より《アカシアの記憶書》を取り出し、ぱらぱらと捲ってみた。興味はなかったが、あまりに大事そうに抱えているので少し気になって来た。

【黙示録の黒杖《こくじょう》】《価値：神話級》
魔法力：＋３３３３
《地獄の穴《コキュートス》》の王である証《あかし》であり、この地獄を統べるために必要な力を持った杖。地獄に幽閉された魔物達も、その威容を前に服従する。二十階位を超える《神位・炎魔法》の発動を補佐すると同時に、本人の魔力を消耗して発動する対魔法障壁を展開することができる。
また、持つ者に合わせてその大きさを変える。

「あ、めっちゃ強い……」

俺が呟くと、サタンがぎょっとした目で俺を見た。俺は無言で首を振った。

しかし、《黙示録の黒杖》がかなり強力な杖であることに変わりない。恐らくここの魔物達を多対一で相手取ることに特化した性能になっている。

ある。

《赤き竜《アポカリプス》》を筆頭に強力な炎魔法を振り回し、遠距離攻撃は杖の結界で弾《はじ》くことができる。俺も一番伸ばしている魔法は炎魔法なので、強力な上位魔法を撃ちやすくなるのはかなりのメリットではある。

「……大きさ、変えられるのか」

俺が呟くと、サタンは六つの腕で《黙示録の黒杖》を抱きしめた。

「だ、大丈夫ですよ、余計なことは考えていませんから」

「ほ、本当ですか？　本当ですよね？」

この巨体から敬語を使われると、どうにも居心地が悪い。

「そうですか……ルナエール様、まだ上で生きておられるんですね、はあ……」

サタンが首をもたげ、がっくりとしていた。過去によほどルナエールより一方的にやられたと見える。

『何を求めてここに来た？　不老不死の霊薬があるとでも伝わっていたか？　貴様らの信じる架空の神が、ここに救いがあると宣ったか？　それとも、ただの探究欲求でここまで来たと、そうほざいてみせるか？』

サタンはこう言っていた。恐らく、最後の一人がルナエールなのではなかろうか。

彼女の実力であれば、奥に何があるのか確かめようと少し長い散歩気分でここまで降りてきて、サタンにちょっかいを掛けて帰ることも充分にあり得る。

「あれ、過去に一人として、自身に挑んでここを生きて出た人間はいないと……そう言っていませんでしたっけ？」

俺の言葉に、サタンが少し黙った。

「……ルナエール様は《地獄の穴》《コキュートス》から出ていない」

こ、言葉遊びじゃないか……。本当にルナエール以外には無敗だったのか？

確かにここの魔物の中では強い方ではあったが、とても奥地まで来た冒険者達を退け続けられてきたとは、俺にはどうにも思えない。

「そ、それで、何を求めてここに……？」

俺は無言で《黙示録の黒杖》を指で示した。サタンの顔が悲壮に歪んだ。

「う、嘘吐き！　別にいらないと言ったではありませんか！　そんな殺生な！　お願いします、これがないと、ここの魔物を抑え切れなくなるかもしれないんです！　本当に大変なことになるんです！　鬼！　悪魔！」

「す、すいません、ちょっとどんな反応をするか気になってしまって……悪ふざけが過ぎました」

……嘘吐きも悪魔もサタンのことだと思うのだが、深くは触れるまい。

「で、ではどうしてわざわざ、この《地獄の穴》《コキュートス》の最深部まで？　何か、重大な目的があったのでは？」

「師匠に……ルナエールさんに、下から行った方が外に出るには早いと言われたので……」

サタンの目が点になった。それから自身の背後を振り返り、酷く疲れたように溜息を吐いた。

「……奥の祭壇に、入り口へ戻る専用の転移魔法陣が設置されています。案内しますので、二度と来ないでください……」

「は、はい……どうも、ご丁寧に」

俺はとぼとぼと歩くサタンの後に続いた。

10

——カナタが《地獄の穴《コキュートス》》を脱したのと同時期、《地獄の穴《コキュートス》》の地下九十五階層にて。ルナエールは階層内を探索していた。

《地獄の穴《コキュートス》》では昨日まではいなかった魔物がふらっと出没したり、見たことのないようなアイテムが唐突に現れたりすることがある。一説によれば、神々が持て余した魔物やアイテムを一か所に集め、悪魔に管理させているという話だが、定かではない。

ただ、見慣れない魔物が現れ、新しいアイテムの出続けるこの地は、永きを生きる彼女にとって都合がいいのである。魔法修行の他は、この地のアイテム収拾がルナエールの趣味であった。

如何なる魔物が出て来ようとも、ルナエールが後れを取ることはない。何せ彼女は、神々がこの世界ロークロア最強の悪魔として設置したサタンでさえ片手で倒せる程の実力者である。

少なくとも、普段の彼女ならばそのはずであった。ただ、この日のルナエールは、ぼうっと、魂の抜けたような顔つきで通路を歩いていた。

ルナエールはほとんど変化のない、ただ一人で探索と修行を続けるだけの日々にも、既に慣れてしまっていたつもりだった。大きな感動がなく、目指すべき到達点もない、それこそ亡霊のような日々であった。しかし、その毎日にもさして疑問は抱いていなかった。元々ルナエールは世界に絶望し、遠回りな自殺としてこの《地獄の穴《コキュートス》》へと訪れたのであった。

だが、自身を慕ってくれる青年カナタとの一か月半に渡る奇妙な修行の日々が、彼女の中の常識を塗り替えてしまっていた。元々空虚だと自覚のあった当たり前の日々へと帰還し、たかだか二日目にして彼女の精神を絶望が蝕《むしば》みつつあった。

ルナエールは壁に手を突き、よろめく身体の体重を預ける。

「……カナタ」

ぽつりと未練がましく気に彼の名前を呼んで、ひとり溜息を零した。

「……やっぱり、この《地獄の穴《コキュートス》》から出さなければよかった。いっそ、カナタも私と同じ、リッチにしてしまえば……」

続けて自分の口から出た言葉の意味にはっと気が付き、大慌てで一人首を振る。そんなことは考えてもならない。絶対に許されることではなかった。もしもそんなことをすれば、他の誰でもなく、ルナエール自身が自分を責め続けることになる。

ルナエールはそっと腕を伸ばし、自身の身体を抱き、目を瞑った。最後の別れ際で、カナタが冥府の穢れを無視して抱きしめてくれた時のことを思い返していた。ようやくどうにか平静を取り戻し、そっと腕を解いた。

「ノーブルにも要らぬ心配を掛けているようですし、今日は早めに戻りますか……」

ルナエールが道を引き返そうとしたとき、遠くにカナタの姿が見えた。自身の表情が微《かす》かに緩み、同時に身体が内から熱くなる感覚を覚えた。緩む表情を引き締め、ルナエールは駆け出した。

「カッ、カナタ、どうして、ここにいるのですか！　あれほど私は、外の世界に向かえと言いましたのに……！　駄目ではありませんか、すぐに外へ……！」

すぐ近くまで接近してからようやく、カナタはルナエールの方を向いた。カナタに似つかわしくない、不気味な笑みであった。

「カナ……」

カナタはルナエールを素早く抱きしめる。

摑まれた肩の薄い衣が裂ける。ルナエールが目をやれば、カナタの両腕は肥大化しており、その先には大きな鉤爪《かぎづめ》がついていた。同時に彼の腹部が大きく縦に裂け、中から植物の根のようなものが突き出してルナエールの身体を貫通した。ルナエールの小柄な身体が持ち上がる。

伸ばされた異様に長い両腕は、今なお彼女の身体をがっしりと摑んでいた。

「がはっ！　あ、あなた……カナタじゃない……ファンタズマ！」

カナタ擬きの顔と身体がどんどん白くなり、人型が布を被ったような不気味な姿になる。

ファンタズマは幻影鬼とも呼ばれる凶悪な魔物であった。見る者に、自身の姿を大切な人と誤認させる能力がある。通常のルナエールであれば、この程度の手品には掛からなかった。ただ、今の彼女は精神が不安定であり、それが大きな徒《あだ》となっていた。

「ケタケタケタ、ケタケタ」

ファンタズマが笑う。

「油断……しました」

腹に大穴を開けられたルナエールがぽつりと漏らす。直後、ルナエールはファンタズマの不気味な腕による拘束を力で押し切り、白くて丸っこい頭部へと手を添えた。

「時空魔法第十八階位《空間掘削《ドリリング》》」

ファンタズマの頭が綺麗に消し飛び、身体がその場に倒れた。《空間掘削《ドリリング》》は、指定した範囲をこの世界から別次元の世界へと斬り飛ばす魔法である。

ルナエールは続けて《空間掘削《ドリリング》》で、ファンタズマの腹の口から伸びた根のようなものを切断し、身体を捩って串刺しから逃れた。ルナエールは自身の口から流れ出る青白い血を拭う。それから肩の破れた衣、腹部に開いた大穴へと目線を戻す。

「……私が、こんな程度の魔物に後れを取るなんて」

ただ、この程度の魔物相手に先手を取られたからといって、ルナエールが敗れるようなことはなかった。

「時空魔法第二十二階位《治癒的逆行《レトグレーデ》》」

ルナエールの怪我や破損した衣が、見る見るうちに再生していく。

《治癒的逆行《レトグレーデ》》は、身体の怪我や病を治癒する白魔法ではなく、時空魔法に所属する。怪我を治癒しているのではなく、因果を選択的に遡って再生しているのである。

故に、対象は肉体面の破損だけに限らない。物の修理に特化した時空魔法は別に存在するため、生物向けとしての魔法である《治癒的逆行《レトグレーデ》》はやや効率が悪くはあるのだが、この程度の修復であれば、ルナエールにとっては誤差程度であった。

「こんな調子では、ノーブルに笑われてしまいますね……」

ルナエールは一人呟き、小屋へ続く帰路へと向かった。

「やはり、どうにも調子が出ませんね……はぁ」

ルナエールは小屋に戻ってから、しばらくベッドの上で横になってぼうっとしていた。

「重傷ダナ」

口煩《くちうるさ》い倉庫こと、ノーブルミミックが、ルナエールへと声を掛ける。いつも通りの軽薄そうな飄々とした態度ではあったが、ノーブルミミックなりに彼女の身を案じていた。

「少し、体調が優れないだけです」

ルナエールはそう言うが、最高位のリッチである彼女は、如何なる魔物や魔法の猛毒でさえ、その一切を受け付けない。体調不良とは無縁の存在であるはずだった。

「譫言《うわごと》デ、カナタ、カナタッテ言ッテタゼ」

ノーブルミミックの言葉に、ルナエールが顔を赤くする。

「嘘です、そんなはずありません！　そ、そうです、聞き間違えです！　だ、だって、そんなこと、私は口にして……！」

「マ、嘘ナンダガナ」

ルナエールが無言で指先をノーブルミミックへと向けた。ノーブルミミックが口を閉じ、身体を小さくした。

「……ソンナニ凹《へこ》ムナラ、ココニイテクレッテ、泣キツケバイイノニ」

「馬鹿なことを言わないでください。そんな酷いことが、できるわけがないじゃないですか。いつも通りに戻った、それだけのことですよ。すぐに、慣れます。私の時間は、長いですから」

「ジャア、付イテ行ケバ、良カッタジャネェカ」

ノーブルミミックの問いに、ルナエールは静かに首を振る。

「外に出て、彼と旅することを夢見なかったかと言えば、嘘になるかもしれません。しかし、私はこの世界の理《ことわり》から外れた存在です。私はある意味で、既に死んでいるようなものですから。存在が知られるだけで、訪れた場所の倫理を狂わせてしまう」

不死者となることを目的とした魔法組織や魔術師、権力者は、長い歴史で見れば決して珍しくない。姿は化け物と成り果て、知性まで失うことを覚悟しながら、それでもなお生にしがみつくことを選んだものもいる。

ルナエールのように、完全な形でリッチとなった者の存在は、知られただけで国を乱す原因にもなりかねない。権力者にとって、不老の肉体を得ることは、時に百万の民の命にも勝るのだ。

「外に出て上手くやっていけるとも到底思えませんし、人間が苦手なのも本当のことです。彼にとっても、こんな化け物がずっと横に付き纏うのは、決していいことではないでしょう」

「ソウカ……ソレダケ意志ガ固インジャ、何言ッテモ聞キソウニナイカ」

ルナエールがぎゅっと毛布を摑み、自身の顔を隠すように被る。

「それに、彼は、約束してくれましたから。またいつか、ここを訪れてくれると……」

「ソウダナ……」

ノーブルミミックは深く頷いた後、首を傾げるように、身体を曲げた。

「イヤ、来ナイカモシレンナ」

「……な、何が言いたいのですか」

ルナエールが毛布を退け、碧と真紅の瞳でノーブルミミックを睨みつける。

「短命種族ハ、心変ワリガ早イゾ。今ハ熱クナッテイテモ、五年モ経テバ薄レルダロウナ」

「……何を言い出すかと思えば、カナタは、そういう人ではありません」

「仕方ノナイコトダ。向コウハセイゼイ、八十年ノ命デ、一度助ケタカラソレヲ覚エテ一生気ニ掛ケ続ケロトイウ方ガ無茶ダ。外デモ、助ケ助ケラレナンテ、サホド珍シイ話デモアルマイ」

「そ、それは……で、でも、そんな……。カ、カナタは、私のこと好きだって言ってくれて、自分が傷つくのも厭《いと》わずに、抱擁だって……」

ルナエールは顔を真っ赤にして目を大きく開き、落ち着かない様子でぱたぱたと腕を忙しなく動かす。

「今ハソウダロウ。ダガ、ココハ主シカイナカッタガ、外ニ出レバ、主ヨリ器量ノ良イ女ナンテ珍シクナイゾ。ソノ上ニ、自身ト同ジ生身ノ人間。新シイ恋モ知ルダロウ」

「で、でも、でも……」

「ソモソモ主、ココカラ出ル気モ、カナタヲ置イテヤル気モナインダロ？　自分ノコト想イ続ケテ、タマニ会イニ来イッテ、カナリ無茶苦茶ダゾ」

ノーブルミミックは身体を左右に揺らし、呆《あき》れたように大きく息を吐き出した。

「…………」

「オレニ黙ッテ、アイツ追イ出シテタカラ、諦メテ忘レルコトニシタンダト思ッテタ。主ガソンナ、都合良イ夢ヲ見テイタトハ、イヤハヤ……」

ルナエールは完全に沈黙し、大きなオッドアイの瞳に涙を湛《たた》えて、毛布を強く摑んでいた。身体が小刻みに震えている。

「……悪イ、反応ガ可愛カッタカラ、ツイ言イ過ギタ」

ルナエールはノーブルミミックへと指を向けた。魔法陣が展開され、ノーブルミミックの周囲を黒い光が包み込んでいく。ノーブルミミックが必死に光から逃れようと走るが、黒い光の引力がそれを許さない。

「悪イ！　本当ニ悪イッテ！」

ルナエールが腕を下げようとしたとき、ノーブルミミックが余計なことを口走った。

「……デモ、カナタガ戻ッテ来ナイトハ思ッテルゾ」

「《超重力爆弾《グラビバーン》》」

黒い光が、空間を巻き込んで暴縮していく。小屋のほぼ全体が、超重力に呑まれて吹き飛んだ。

「……時空魔法第十四階位《逆行的修復《リペアー》》」

崩れた小屋が、自身から積み重なって修復されていく。因果を遡り、壊れたものを元に戻すことができる魔法である。対象の破損具合によって必要魔力が増えるが、ルナエールにとっては大した量ではない。

「死ヌカト思ッタゼ……マサカ、本気デ撃ツトハ。イヤ、オレモ悪カッタガ」

ルナエールが一応手心を加えたため、ノーブルミミックは間一髪巻き込まれずに済んでいた。

「ノーブル……やっぱり、私も外に行くことにします」

「……ウン？」

ノーブルミミックは聞いた言葉を疑った。ここに来て、ルナエールが自分の言葉を翻すとは思っていなかった。ノーブルミミックも、ルナエールとカナタの別れ際については、彼女の口から直接既に聞いていた。まさかあんなに綺麗に別れておいて、少し脅されただけで数日の内に後を追い掛けるなどと言い出すとは予想していなかった。

「イヤ、冥府ノ穢レガアルシ……ソレニ、人間モ苦手ナノダロウ？　倫理ノコトモアル。アマリ軽々シク決メナイ方ガ……」

「前にカナタにも言いましたが、別に冥府の穢れを薄くする方法がないわけではありません。少し、準備に手間が掛かりますが」

「ア、アア、オレモ、聞イテイタガ……」

「人間は苦手ですが……嫌いなものがどうかではなく、好きなもののために生き方を選ぶべきだと、幼き頃によく父様からも言われました。なので、いいのです。我慢します」

「切リ替ワリガ早クナイカ？」

「倫理は……大丈夫です、きっと……そう、その、私がバレなければ何の問題もないことです。隠し通してみせます」

「ソコハ、モウチョット考エルベキダロ!?　最重要問題ダゾ!?」

「わ、私を追い込んだのはノーブルではありませんか！　でしたら、どうしろと言うのですか！」

「別ニ、否定シタイワケデハナイガ……ウウム……」

「こうしてはいられません、冥府の穢れを抑えるローブの製作に掛かることにします。急がないと、カナタが、カナタが他の女に……」

　ルナエールはぶつぶつと呟きながら、ベッドから起き上がって小屋の外へと出て行った。素材の調達に向かったのだ。

　ノーブルミミックはその背をぼうっと眺めていた。

「ゴチャゴチャ言ワナイデ、最初カラ、ローブガ出来ルマデ待ッテモラエバ良カッタンジャ……」

さすがのノーブルミミックも、直接それを口にする勇気はなかった。

第二話 ■ 白魔法使いポメラ

1

地下百階にてサタンが守護していた転移魔法陣を用いると、石造りの場所へと転移していた。天井や壁の崩れた部分から日光が差している。どうやらここは地上らしい。

地上階層は、地下階層よりも老朽化が激しいように見えた。折れた柱や砕けた像が並んでいる。白い石の床には罅《ひび》が入っており、草が伸びている。広間の中央に大きな地下へと続く階段があり、これが正規の《地獄の穴《コキュートス》》への入り口らしいということがわかった。

地上階層部分は本当に《地獄の穴《コキュートス》》への入り口といった程度であり、簡素な造りであった。俺は古びた開きっぱなしの門を潜《くぐ》り、外へと出た。一面に森が広がっていた。

「……どこに向かえば人里があるのか、わかったものじゃあないな」

とりあえず適当に歩いてみることにした。外の情報について、何も知らないのだ。ずっと立ち止まっていても事態は好転しない。

そうして俺が森の探索を始めてから、二日程が経過した。いまだに、どういけば森を抜けて人里に出られるのか、その目星はさっぱりついていなかった。

枝々が空を覆う暗い森を、俺はただひたすら一直線に進んでいく。変に曲がれば、これまで歩いて来た道のりが台無しになりかねないからだ。

身体《からだ》より、精神的にもかなり疲労してきていた。人寂しい、ルナエールに会いたい。ノーブルミミックでもいい。だが、やっぱりルナエールがいい。

そのとき、遠くからがさりと物音が鳴った。

「誰か、いるんですか？」

目を向けると、体長三メートル近くはある大熊が立ち上がったところであった。三つの眼球は俺をしっかりと捉えており、大きな牙の合間からは涎《よだれ》が溢《あふ》れていた。モンスターベアという、わかりやすい名称の魔物である。ステータスを見たことがあるので知っている。

「ガアアアアアアアアッ！」

モンスターベアが襲い掛かってくる。

「お座り」

「ガァッ……」

俺が言いながら睨《にら》みつけると、モンスターベアが俺のすぐ近くで動きを止めた。振り上げた凶爪を震わせ、三つの目で信じられないものを見るように俺を睨みつけている。

モンスターベアは野生の勘が優れているためか、ある程度相手の力量を知ることができるらしい。他のモンスターベアも、俺を見て逃げることがあった。他種の魔物は、多少脅しを掛けても飛び掛かってくることが多かったが。

「お座りと、そう言ったんですよ」

モンスターベアは腕を完全に降ろし、足を曲げ、犬のように地面の上に座った姿勢を取った。

「クゥ、クゥン、クゥゥン」

モンスターベアが媚《こ》びるような鳴き声を絞り出す。

俺はそれを聞いて、モンスターベアを置いて先へと進むことにした。

ここの森に出て来る魔物はレベル150前後なのだ。《地獄の穴《コキュートス》》の入り口がすぐそこにあるので、もう少しレベルの高い魔物が出てきても良さそうなものなのだが。

このくらいの魔物なら、疲弊しきっている今の俺でも充分に対処可能な範疇《はんちゅう》である。というか、目を瞑《つぶ》って片足で戦っても勝てるくらいには力の差がある。今はそこまで食料が欲しいわけではないし、レベル150前後だと経験値の足しにもなりはしない。

その後もしばらく歩いていたが、まるで景色が変わった気がしない。あまりに森が広大過ぎる。人の姿も全く見えないし、ここはどうやらかなり僻地《へきち》のようだ。

崖沿いを歩いているとき、不意に殺気を覚えた。木々の奥に、三つの人影が見えた。ようやく会えた人間だが、どうにもいい予感がしない。強い敵意を感じる。

魔法陣の光が見える。崖の上から、握り拳程度の大きさの、土の塊のようなものが飛来してきた。

俺は避けなかった。土の塊の方が避けて、地面に衝突した。土飛沫《しぶき》が上がる。身に着けているルナエールお手製ローブの力で、低階位の魔法は俺に危害を加えることはできなくなっている。

今のは、警告か……？　この地に住んでいる人の縄張りにでも入ってしまったのかもしれない。

俺がそう考えていると、三つの人影が前に出て来た。

「外したのか、ダミア、珍しいこともあるものだな」

先頭に立つのは、黒髪の長髪の男だった。美青年だが目の下に薄く隈《くま》があった。黒のローブを羽織っており、十字架の首飾りを付けている。とにかく不気味な雰囲気の男だった。

「ロヴィス様、面目ない……」

ごついゴーグルを装着した太った男、恐らくはダミアが、ロヴィスとやらへ頭を下げる。

「どうでも良いこと……とっとと殺して、終わりにしてしまいましょう」

三人目は……着物らしき衣服を纏《まと》った女だった。というか、着物にしか見えない。俺も目を見張った。おまけに、長い刀を腰に差している。

「な、なんですか、あなた達《たち》は、盗賊ですか？」

俺が尋ねると、ロヴィスが芝居掛かったように肩を竦《すく》める。

「盗賊紛《まが》いのこともやるが、そう称されるのは心外だな。我々《黒の死神》は、自由であることと、面白いことを優先することをモットーとしている。そうだな……非合法の傭兵《ようへい》団、とでも言うのが一番近いか？」

ロヴィスはそう言い、顎に手を当てる。

「この《魔の大森林》を一人でほっつき歩いているくらいだから、それなりに名の知れた武人だと期待したのだが、まさか我々のことも知らないとは。狩りとしても、これでは心許《こころもと》ないな。最近この辺りに来ていると聞いていたから、邪神官ノーツを期待していたんだが。キミなんて殺しても、何も面白くないかもしれない」

ロヴィスが退屈そうに首を傾《かし》げる。真っ当な連中には見えない、関わらない方が良さそうだ。

「で、では、もう行ってもいいでしょうか……？」

「そうだな……うん。ここに、一枚のコインがある」

ロヴィスが一枚のコインを取り出し、宙へと弾《はじ》き、それを自身の手の甲の上で押さえた。

「表か裏か、当ててみせてくれ。当たったら生かして見逃してあげよう。外したら、凄《すご》く苦しくなるような殺し方をするから、よーく考えて選んでくれよ。でも、俺は気が短くって、その上に天邪《あまのじゃ》鬼《く》でね、十秒以内で頼むよ」

ロヴィスが笑顔でそう言った。俺は息を呑《の》んだ。

太ったゴーグル男、ダミアは、手袋を嵌《は》めた腕を俺の方へと向けている。何かあれば、速攻で魔法攻撃を仕掛けて来るつもりだ。着物の刀女は、どうでもよさそうに溜息《ためいき》を吐《つ》いている。彼らにとって、俺への攻撃は本当にただの遊びでしかないのだ。

三対一……それも彼らは、かなり対人戦闘慣れしている。まともに勝負になるとも思えなかった。コインの表裏を間違えるわけにはいかないが……そもそも俺は、ロヴィスの弾いたコインが何のものなのかさえ知らなかった。どっちが表なのかさえわからないのだ。

「早くしてくれないかな？　タイムアップは興醒《きょうざ》めだ。俺達は、面白くないことは嫌いなんだ」

ロヴィスが目を細める。今更コインのデザインについてあれこれと聞けるとも思えない。逃げる準備をしながら答えるしかない。いざとなったら《歪界《わいかい》の呪鏡》の悪魔を何体か逃がせば、足止めくらいにはなってくれるはず……だと信じたい。

「表で、お願いします……」

俺が答えると、ロヴィスは手の甲のコインを確認して満足気に頷《うなず》いた。ポケットに仕舞い込んで拍手をする。

「おめでとう、神がキミに微笑《ほほえ》んだようだ」

「じゃ、じゃあ……」

「もっとも死神の方だがね。ダミア、彼の四肢を吹っ飛ばしてくれ」

ロヴィスが腕を伸ばし、ダミアへと指示を出す。駄目だったのだ。だが、ただでやられるわけにはいかない。俺は剣を構え、戦闘態勢を取る。

「まずは、足から」

ダミアが魔法陣を展開する。

「土魔法第四階位《土塊機雷《クロッドマイン》》」

ダミアから放たれた土塊《つちくれ》の弾丸が、俺へと向かって来る。俺の足許《あしもと》に落ちて、爆音を上げて炸裂《さくれつ》した。土煙が離れると、ダミアが口を開けて間抜け面で俺を見ていた。

……ダミアは、何のつもりで今の攻撃をしたんだ？

「あ、当たらなかった？」

「そんなはずがない。見ろ、衣服にも土汚れさえついていない。あの至近距離で受けて、たまたま外れたからといってそうなるわけがないだろう」

ダミアの言葉をロヴィスが遮る。

「……脅しのつもりですか？　低階位の魔法を弾けるのは、さっき見たと思いますが」

「な、なんだと……？」

ダミアが狼狽《うろた》える。どうやら、素で気が付いていなかったらしい。

「驚いた、牽制《けんせい》の要となる、第四階位以下の魔法を全て自動で遮断できるのか。この《魔の大森林》深くまで、単身で踏み込んだことだけはあるらしい。面白くなって来たじゃないか」

ロヴィスが口の両端を吊《つ》り上げて笑う。

「……ダミアでは、相性が悪そうですね」

着物女が目を細め、刀の鞘《さや》に手を掛けて前に出る。さっきまで欠伸《あくび》をしていたのに、いつの間にか真剣な面持ちへと変わっていた。ロヴィスは彼女を腕を出して制する。

「ダミア、ヨザクラは下がっていてくれ。久し振りに、命のやり取りを楽しめそうだ」

ロヴィスが前に出て、腕を振るう。

「時空魔法第八階位《異次元袋《ディメンションポケット》》」

ロヴィスの前方に魔法陣が展開される。彼はその中央に腕を突き入れ、自身の背丈ほどある大きな鎌を取り出した。

「アウトローの王とまで言われて、少しばかり図に乗っていたけど、まさか真っ向から知らないと言われるとは思っていなかったよ。だが、俺達の名は知らなくても、この鎌のことは知ってるんじゃないか。《月影鎌ジェフティ》、俺はこの鎌で千を超える首を落とした」

三日月のような鋭利な形をした大鎌だった。刃に灰色で蔦《つた》のような細かい模様が描かれている。

……だが、知っているかと問われても、知らないものは知らない。俺はこっちの世界に来て、まだ二か月と経《た》っていないのだ。

「き、綺麗《きれい》な鎌ですね」

「久方振りに血が騒ぐ……どれ、まずはテストしてやろう。すぐに終わってくれるなよ？」

ロヴィスが駆けて来る。

「さぁ、対応してくれよ？　時空魔法第四階位《短距離転移《ショートゲート》》」

ロヴィスの姿が消え、俺の背後に現れた。死角より放たれた鎌の一撃を、俺は剣の刃で受ける。

「よく止めた。第一段階は、合格といったところか。魔法耐性持ちに対しては、こういう戦い方もあるわけだ」

……あれ、軽くないか？

「まだまだ行くぞ！《短距離転移《ショートゲート》》！」

また別の方向から打ち込まれてきた。打ち込んできたロヴィスが、ニヤリと笑った。

「ほう、これも止めるか」

手を抜かれているのだろうか？　状況から見て、遊ばれていることには間違いないだろうが……。

「《短距離転移《ショートゲート》》！　《短距離転移《ショートゲート》》！」

消えたと思えば死角に移り、また消えたと思えば死角に移る。

「久し振りに目にしたが、やはりロヴィス様の戦い方は芸術の域に達している」

ダミアが感動したように声を漏らす。

「……何か、様子がおかしいような」

ヨザクラは訝《いぶか》しむように目を細めていた。

「ここまで凌《しの》ぐとは、楽しくなって来たじゃないか。まさか、まだ名も知らない中にこんな男がいたとはな」

……初撃の不意打ちはともかく、なぜこの人はこんなに自信あり気に発動の遅い転移魔法を振り回せるのだろうか。

もしかして、あんまり強くないんじゃなかろうか。敢《あ》えて油断を誘って、こっちが攻勢に出たらその隙を突こうとしているのか？　一度、軽くこっちから仕掛けてみようか。

「まだだ！　まだ終わってくれるなよ！　ここから……！」

俺は剣を横薙《よこな》ぎに振り、大鎌を弾いた。ロヴィスの手からあっさりと大鎌が離れ、遠くへ飛んでいく。大鎌の刃が地面に刺さった。

「うぐぉおっ！」

ついでにロヴィスの身体も吹き飛んでいった。地面の上を凄《すさ》まじい速度で側転していき、木に衝突してようやく静止した。だが、衝撃で木が幹からへし折れ、とどめとばかりにロヴィスの身体を叩《たた》きのめす。

やっぱり軽い。こ、これ、レベル１０００もないぞ。

ダミアとヨザクラが、顔面を蒼白《そうはく》にして俺とロヴィスを見比べていた。

「な、何が、起こった……？　こ、これは、俺の血……？」

ロヴィスは地面の上で血だらけで倒れていた。俺が歩み寄ると、ロヴィスは顔を引きつらせた。

「くっ、来るなああっ！　沈め！　時空魔法第七階位《重立方体《グラビティ》》！」

大きな魔法陣が浮かんだ。俺の周囲の地面が、大きな立方体を乗せたように窪《くぼ》む。指定範囲に重力負荷を掛ける魔法だ。俺は窪んだ地面の上を歩いて、ロヴィスへと向かう。

「ですから、俺に低位の魔法は届きませんよ」

……もっとも、当たってもこれだけレベルの差があれば何ともないだろうけれど。

「だ、第七階位魔法でさえ、当たらないというのか……？　ば、馬鹿な、そんなアイテムが、存在するわけがない……」

ロヴィスは呆然《ぼうぜん》と俺を見ていたが、俺が更に一歩近づくと「ひいっ」と甲高い悲鳴を上げた。

俺はロヴィスへと向かいながら、《ステータスチェック》で彼のレベルを確認する。

ロヴィス・ロードグレイ
種族：ニンゲン
Lv　：181
HP　：94／796
MP　：427／778

「た、たったの、レ、レベル181……」

これでは最初からまともな戦いになるわけがない。よ、よくその程度で、あれだけ大きな態度を取れていたものだ。本人の口振りからだと、もっとヤバイ連中なのだと思っていた。

非合法の傭兵のようなものだと言っていたから権力者の汚れ仕事を請け負うような危険な連中かと思っていたが、この様子だと非正規の労働者くらいのニュアンスだったのかもしれない。

「た、たったの、レベル181だと……？」

ロヴィスが信じられないものを見る目で俺を睨む。俺がロヴィスの目を見ると、彼は小さく悲鳴を漏らして後退《あとずさ》った。ダミアとヨザクラが、ロヴィスの前へと躍り出て、俺を遮った。

「ロヴィス様！　今のうちに逃げてください！　俺達が、時間を稼……！」

「二人共下がっていろ！　余計なことをするな！」

ロヴィスが俯《うつむ》いたまま叫ぶ。彼の部下の二人はびくりと身体を震わせ、その場から身を引いた。

ロヴィスは俺には敵《かな》わないと今のでわかったはずだが、まだ何かするらしい。

単に、部下を盾とすることを良しとしなかっただけなのかもしれない。ロヴィスは自分達のことを非合法だとか、アウトローだとかと説明していたが、彼なりの矜持《きょうじ》があるように見える。

いや、もしかしたら……まだ何か、俺の知らない、レベル差を埋められる切り札でも持っているのだろうか。だとしたら、警戒しておかなければならない。

ロヴィスは突然膝立ちになったかと思うと、滑らかな動きで地面に頭を擦《こす》り付けた。

「見逃してくれ……いえ、見逃してください！　お願いします、この通りです……！」

「ええ……」

思い切りが良すぎる……。さっきまでと同一人物なのかどうかさえ疑わしく思えて来た。何かこう、俺がおかしいのかと思って背後に下がっていたロヴィスの部下の二人へと目を向けたが、彼らも呆然とした顔でロヴィスの背を眺めていた。

「一方的に襲っておいて、ムシのいいことを口にしているのは理解しています。俺に、いえ、俺達にできることなら何でもさせていただきます！　ですので、命だけはご容赦ください……！」

ロヴィスは額で穴を掘るように首を左右に振った。

「ロ、ロヴィス様、見損ないました……。まさか、そんな醜態を晒《さら》してまで生きながらえようとするなんて……！」

ダミアががっくりとした声で言う。俺もそう思う。

命乞いも、普通の人なら別にそれはおかしなことではないだろう。大層な名乗り方をしておいて、一方的に襲撃した上に、敗れたからといって頭を下げて泣きつくのはさすがに無様すぎる。

「た、戦いの中で死ねるのならば、それが一番幸せだと……あの言葉は、嘘《うそ》だったのですか？　別にむざむざ死ねとは言いませんが、こんな……」

ヨザクラもロヴィスへと非難をぶつける。

「黙っていろ！」

ロヴィスが拳で地面を叩く。

「俺が言ったのは、死闘の中で死ねるならそれがいいということだ！　落ちて来た岩塊の下敷きになって不慮の事故で死にたいなど、誰が願うものか！」

ロヴィスが唾を飛ばしながら叫んだ。ひ、人を何だと思っているんだ。

「いいか、ダミア、ヨザクラ、教えておいてやる。世の中には、本当に理屈ではどうにもならないような化け物がいる。俺も十年前にそんな怪人と出会ったことがあるが、同じ人間だと思うことがそもそもの思い上がりなのだと理解した。俺は、彼らに頭を下げることを恥だとは思わない。神に祈りを捧《ささ》げるときに、己が遜《へりくだ》っていることに疑問を抱くか？　俺は意地を張って無意味に命を落としたものがいれば、その無知と浅はかさを鼻で笑うだろう。二人共、早く頭を下げるんだ。さぁ、俺と同じように！」

ロヴィスの言葉に、ダミアとヨザクラは互いに困惑した表情で顔を見合わせていた。だが、ロヴィスにしつこく目配せを受け、ダミアとヨザクラもその場で膝を突き、俺へと頭を下げ始めた。

な、何をやっているんだ、この人達は……？

「別に、もうどうでもいいですから、とっととどこかへ消えてください……」

俺としても、能動的に人を殺そうという気にはなれない。命のやり取りは、この世界では珍しくないことなのだろうということは、ルナエールの言葉からも薄々理解していた。しかし、当然のことながら、自分から積極的に殺してやろうという気にはなれない。

街かどこかに犯罪者として突き出してやりたいという気持ちはあるが、俺はこの世界についてあまりに無知であった。あまり面倒なことに手間を掛けたくもない。放置しておけば厄介になる恐れがあるならともかく、ロヴィス程度のレベルでは俺にどうすることもできないだろう。

ふと彼らの様子を見ると、ヨザクラが少し頭を上げてロヴィスがまだ頭を下げていることを確認してから、再び自身の頭を地面へとつけていた。

「……いえ、やっぱり、少し頼みたいことがあります」

俺は自分で言った言葉を翻す。そういえば、俺はそもそも悩んでいたところであった。

「何でございましょうか？　何なりとお申し付けください！」

ロヴィスが地面に頭をくっ付けたまま答える。話辛《づら》いのでそろそろやめて欲しい。

「最寄りの街へ向かいたいのですが、案内を頼んでもいいでしょうか？」

彼らなら、こっちも気負わなくていい。大きな借りがある状態だといえる。右も左もわからない俺にとって、気を遣わなくていいガイドがいるというのは心強い。

「なるほど！　どこか遠い地から来られたところだったのですね！　ぜひ自分達にお任せください、案内させていただきます！」

俺はロヴィス三人組と共に、森を歩くこととなった。

「休憩したいときはいつでも言ってくださいね、俺達はカナタ様に合わせます」

「ど、どうも……」

ロヴィスが張り付いたような笑みを浮かべ、ぺこぺこと頭を下げながら俺に声を掛けてくる。不気味で仕方がないのでやめて欲しい。

「必要とあれば、言っていただければマッサージもしますので」

「……ありがとうございます。ただ、別に頼むことはないかなと……」

「何なら、歩くのが面倒でしたら俺が背負っていきます。お任せください」

「結構です」

ロヴィスの部下であるダミアとヨザクラの二人は、落ち着かない様子で少し離れて俺達を見守り、時折小声でぼそぼそと話をしていた。現在進行形で彼らの中でロヴィスの株が下がり続けているのが見て取れる。そりゃそうなるだろう。

「いや、しかしまさか、転移者の方だったとは納得がいきました。伝承でよく耳にしますし、俺も数名ほど直接お会いしたことがあります」

「やっぱり、結構多いんですね……」

ナイアロトプの言っていた内容から察するに、結構気軽にここにチート異能力やらアイテムやらを付与した異世界転移者を送り込んでいるようだった。はた迷惑この上ないと思うのだが、彼らからしてみれば、自分の創った世界だから何が悪いという論調になるのだろう。

「転移者は、素晴らしい力と優れた道徳心を併せ持った御方《おかた》ばかりですからね。もしかしたら、カナタ様もそうなのではないのかと思っていました」

ロヴィスが延々とゴマを擂《す》り続けて来る。一般的に転移者が認識されているらしいという話は聞けてよかったが、本当に気色が悪い。もう少し普通に接して欲しい。

「しかし、ロヴィス様、この前は転移者は身の程知らずの甘ちゃんが多い、二人ほど仕留めたことがあると自慢げに話していたではありませ……」

「黙っていろダミァァ！　次に余計な口を開けば、端から端まで縫い合わせてやろう」

ロヴィスが唾を飛ばしながらダミアへと恫喝《どうかつ》する。どれだけ必死なんだ。

……しかし、やっぱりこの人、放置するより然《しか》るべきところに突き出すなりした方がいいのではなかろうか。善人悪人でいえば、間違いなく前者に入ることはないだろう。

「何はともあれ……転移者の方でしたら、この辺りのことを何も存じ上げないのは、仕方のないことでしょう。周辺の地図もお渡しししておきますよ」

ロヴィスが丸めた紙を俺へと手渡した。どうやら周辺の地図らしい。森の広さがよくわかるのはいいのだが、具体的に今がどこなのかがよくわからない。

「これは気が付かずに申し訳ございません。今はこの辺りですね、方向はこちらです」

随分と森の端までは来ているようだが、最寄りの街までは少しばかり距離がありそうだ。

「もしよろしければ、こちらを……。魔力場、要するにどれだけ地脈の魔力が狂ったところでも正確に使用できる魔法の磁石です。ぜひカナタ様のお役に立てていただければと」

ロヴィスが黄金の、方位磁石のついた首飾りのようなものを懐より取り出した。

「そ、それは、ロヴィス様のお気に入りのアイテムでしょう!?　というより……それがなかったら、高位のダンジョン深部まで、まともに入れなくなってしまいます！　市場にもほとんど出回らないのに……」

ヨザクラが慌てふためきながら声を出す。

「余計なことを言うなと言っているだろうが！　後のことより今のことだと、なぜそんな簡単なことがわからない！」

ロヴィスがヨザクラへと吠《ほ》えた後、すぐさま俺を振り返って柔和な笑みへと切り替える。

「ささ、カナタ様、どうぞ」

「はあ、どうも……」

そんなに価値の高いアイテムなのか。あまりタカるのも悪いというか、絞り過ぎると余計な禍根を残しそうな気がする。

俺は魔法袋から《アカシアの書》を取り出し、ページを捲《めく》った。


【冒険王の黄金磁石】《価値：A級下位》

素材の特殊な鉱石や刻まれた魔術式の力により、魔力場に対して強い耐性を付与された方位磁石。これさえあれば、高位ダンジョンの深部に入り込んでも道を見失うことはない。


「A級下位、か……」

ルナエールの話では、アイテムの階級は九段階に分かれているという話だった。F、E、D、C、B、Aと続いてSが来て、その後に伝説級と神話級になっているそうだ。

あまり基準はよくわからないが、上から四段階目の下位なら、まあ程々といったところなのではなかろうか。《地獄の穴《コキュートス》》でも、神話級アイテムがゴロゴロと転がっていたくらいだ。さほど価値のあるものとは思えない。

「これくらいなら、まあ、大丈夫か」

Ａ級下位程度ならそこまで禍根が残ることはないだろう。ロヴィスは俺の言葉を聞いて、引き攣《つ》った顔をしていた。く、口に出ていたか。あまりくれた本人の前で言う言葉ではなかった。

「すいません、ありがたくいただいておきます」

俺は魔法袋へと放り投げた。

「あ、あんまり粗雑に扱われると辛いと言うか……あ、いえ、何も……」

ロヴィスは俺の魔法袋を眺めながら、辛そうな顔をしていた。

「そ、それより、カナタ様一人でしたら、単身で走って向かわれた方が早いかもしれませんよ？いえ、別に、さっさと別れたいとか、そういうわけではないのですが……その、俺達はあまり、街にも気軽に入れない身でして……」

「う～ん……」

確かに、レベル１８０ぽっちの速さに合わせて移動していれば、余計な時間が掛かる。

「まあ、この世界のことについても色々とゆっくり聞いておきたいので、もう少し同行してもらっていいですか？」

「そうですか……ああ、いえ、光栄です！　お供させていただきます！」

ロヴィスは露骨に肩を落として落胆した後、慌ただしくそれを取り消した。

俺は木の横にぼうっと立って、ロヴィス達と大きな魔物との交戦を眺めていた。魔物は大きな鷲《わし》の頭と、獅子《しし》の身体を持つ。《ステータスチェック》で調べたところ、レベル200のモンスターであり、名前はグリフォンとなっていた。

俺が行ってもよかったのだが、ロヴィスが嫌がる部下二人を連れて突撃していったのだ。

『カナタ様は休んで待っていてください。俺達が始末してきますので』

ロヴィスは俺との戦いで既に負傷していたが、大丈夫なのだろうか？　余程、俺に襲い掛かったことを負い目に感じているらしい。

……そこまで精神が細いのであれば、旅人襲撃なんて最初からしなければよかったのに。

「グァグァグァグァグァ！」

グリフォンの鳴き声が響く。近くを飛び回っていたが、一気に高度を下げてロヴィスへと摑《つか》みかかっていった。

「時空魔法第四階位《短距離転移《ショートゲート》》」

ロヴィスは綺麗にグリフォンの真上へと転移し、大鎌を振るって翼を引き裂いた。グリフォンが体勢を崩し、地面の上に叩き付けられる。だが、素早く身体を起こしてロヴィスを睨みつける。

「土魔法第四階位《土塊機雷《クロッドマイン》》」

ダミアがその隙を突き、土の塊を飛ばして攻撃した。俺にも使った魔法だ。土の塊はグリフォンの目前で破裂する。

一番レベルの高いロヴィスが先頭に立ってグリフォンを引き付け、ダミアが中距離で着弾させやすい《土塊機雷《クロツドマイン》》を用いて確実に手数を稼いでいた。

二人が戦っている間、ヨザクラは刀の柄《つか》に手を押さえて目を瞑っていた。

「精霊魔法第四階位《一陣の神風《シナツヒコ》》……精霊魔法第五階位《鬼人の一打《イワサク》》……」

ヨザクラの身体を、光が纏っていく。

精霊魔法は、この世界の裏側で暮らしているという、精霊達より力を借りて発動する魔法である。風の精霊は風の、土の精霊は土の存在するところの裏側に存在しているという。

精霊の力を借りるため、本人の魔力消耗を抑えられたり、時に本人の実力以上の威力の魔法を発動することができたりするという利点があるが、制御が難しく、安定しないとルナエールからは聞いている。一応彼女から基本は教わったが、自分で使うためにというより、精霊術師と敵対したときに対策できるように覚えた側面が強い。

今ヨザクラが使ったのは、精霊の力を借りた自己強化の魔法だろう。別に精霊魔法が身体能力強化の魔法というわけではないが、そのような魔法も存在するとルナエールから教わった覚えがある。

グリフォンと近距離で交戦していたロヴィスが、転移魔法によって後ろに控えていたヨザクラの傍《そば》へと飛んだ。

「それじゃあ、最後は任せるよ。《短距離転移《ショートゲート》》」

ロヴィスがヨザクラへと手を翳《かざ》す。彼女の身体が魔法陣の光に包まれて消え、グリフォンの背後へと飛んだ。ヨザクラが目を開くと同時に、鞘から刀を引き抜いてグリフォンの首へと一閃《いっせん》をお見舞いした。グリフォンの頭部が落ち、獅子の身体がその場に崩れた。

「おお……」

ロヴィス達よりもレベルが高いので少しひやっとしていたが、特に危なげなく仕留めることに成功していた。

ロヴィスが時空魔法で引っ掻《か》き回してグリフォンの動きを制限し、ダミアが確実に中距離からダメージを稼ぐ。グリフォンが弱って動きが鈍くなってきたところで、精霊魔法で強化したヨザクラの不意打ちで一気に仕留めた。綺麗な流れだった。恐らく、最初から計算尽くの戦いだったのだろう。こうして見ると、不思議とロヴィス達が恰好《かっこう》良く見える。

「お待たせしました。いつもなら俺一人で充分なのですが……今はその……身体が万全でないので、俺の部下に手助けをしてもらいました。さ、先へ向かいましょうか」

ロヴィスが俺へと媚びるように笑いながら、機嫌を窺《うかが》うように手を揉《も》んでいた。

「そ、そうですね……」

……や、やっぱりダサく見える。

「堪えられない……。俺が憧れたのは、ついて行きたかったのは、こんなロヴィス様じゃない……」

ダミアががっくりと首を項垂《うなだ》れた。

「私も、ここまで卑屈になる理由が理解できない……。魔物なら、そっちの人に任せればよかったのではないですか？　ロヴィス様はもっと、自由な御方だと思っていました」

ヨザクラも、失望した目でロヴィスを睨んでいた。

「な、何を言っている。俺は臆病者のつもりはないが、愚か者でないだけだ。意地を通すのも馬鹿らしい相手が、世の中にはいる、それだけの話だと言っているだろう？　神に頭を下げるのは卑屈か？　その意味に気づけないのは、お前達がまだ世界について無知であるだけだ」

ロヴィスが必死に彼らを説得に掛かる。

「義理があるので今はそうしませんが……私はその人を街に送ったら、《黒の死神》を脱退させていただくかもしれません」

「ほう……別に止めはしないが、俺達にもけじめというものがある。ヨザクラ、《黒の死神》の離反者は死罪だと、お前が一番よく知っているだろう？　別れた後に、俺達の影に脅《おび》え続ける覚悟があると、そういうことでいいんだな」

「ここにいない面子《メンツ》にも、ロヴィス様の醜態について鮮明にお話しさせていただきます。私とダミアはがっかりしましたが、彼らはどう思うことでしょうね」

「待て、それは止《や》めろ！　落ち着け！」

ロヴィスとヨザクラが内輪揉めを始めた。どうやらダミアは抜けるほどではないらしく、不安そうに二人を交互に見守っていた。

「し、失礼ですが、少しばかりお時間をいただけませんかカナタ様！　ヨザクラを説得しなければなりませんので！」

「……どうぞ」

「ありがとうございます！　なんと心の広き御方！」

ロヴィスはぺこぺこと俺に頭を下げた後に、素早くヨザクラへと向き直った。

「……ヨザクラ、俺は今ふと、六年前のことを思い出したよ。ああ、お前が入団する切っ掛けになった、あの事件の……」

「情に訴えても無駄ですよロヴィス様」

「ダミアからもヨザクラを説得してやってくれ！」

「お、俺ですか？　しかし……」

俺はロヴィス達の不毛なやり取りをぼんやりと眺めていた。それからロヴィスとヨザクラの口論は五分ほど継続した。ロヴィスの熱心な説得の末、どうにかヨザクラの態度も軟化しつつあった。

「わかった、ヨザクラ、理解してくれなくてもいい。不信感を抱いたままでもいい。確かにお前達から見て、俺の行動が情けなく見えてしまうことも無理はない。だが、今件はとりあえず保留という形で見逃して欲しい」

「……そこまで言うのであれば、まあ考えないこともありませんが」

どうにか話が纏まりそうだ。あそこから盛り返すとは思わなかった。ロヴィスは《黒の死神》とやらよりも、詐欺師か何かの方が向いているのではなかろうか。

「お前が刀を振るい続けている限り、いつか、俺の口にしていたことの意味がわかる日も来るだろう。俺はお前を本当に大切な仲間だと思っているし、こんな誤解のような形では失いたくないんだ」

「……わかりました。次同じことがあれば、そのときは私は死を覚悟した上で離反させていただきます。ですが、今回のことはひとまず忘れるように……」

ヨザクラが和解の言葉を口にしかかったとき、ロヴィスがさっと俺の方を振り返った。

「ちょっと時間が掛かり過ぎてしまいましたね、カナタ様！　もうすぐ、もうすぐですので、どうかお待ちを！　すぐに終わりますから！　お願いします！」

ロヴィスが何度も頭を下げる。俺が小さく頷くと、ロヴィスは安堵《あんど》した表情を浮かべた。ロヴィスはまた素早くヨザクラの方へと振り返る。

「えっと……すまない、ヨザクラ、今何を言い掛けていた？」

「やっぱり私は抜けることにします」

「なぜだヨザクラ!?」

ロヴィスはパァンと自身の太腿《ふともも》を打ち鳴らした。

……この調子だと、ロヴィスの説得にはもう少し時間が掛かりそうだ。欠伸を吐き、周囲を眺めていると、信じられないものが目に付いた。

「えっ……あれって……」

子供程の背丈の、醜悪な緑色の小鬼であった。明らかにひ弱そうな外見であったが、俺はその姿に見覚えがあった。忘れるわけがない。

《歪界の呪鏡》の中で最高クラスの速さと耐久力を有していた悪魔、通称小鬼擬《もど》きである。見掛けはひ弱な小鬼そのものだが、実のところあの頭部はダミーに過ぎない。獲物が油断して近づくとクリオネのように全身が裂けてグロテスクな姿へと変貌し、周囲のものを喰《く》らい始める化け物だ。

ま、まさか、俺の持ち運びしていた《歪界の呪鏡》から抜け出したとでも言うのだろうか。ルナエールは、そんな危険性については特に話していなかったが、何か管理を誤ってしまったのかもしれない。レベル150前後の魔物がうろつくこの森にレベル3000越えの悪魔が放たれては、一夜にして生態系が破壊されかねない。

「ロ、ロヴィスさん、二人を連れて《短距離転移》《ショートゲート》でここを離れてください！　魔物です！」

俺の言葉を聞き、ロヴィスが振り返る。小鬼擬きを見て、ロヴィスが困惑したように顔を顰《しか》める。

「カナタ様？　魔物……というか、ただのゴブリンにしか見えませんが……。よく、ここで出てくるらしいですね。ゴブリン程度が生き残るには、格上の外敵が多すぎるはずなのですが……」

ロヴィスは鬼擬きの外見に騙《だま》されているのか、すぐに動いてくれそうにない。とにかく、あまり周囲に被害の出ない魔法で鬼擬きを牽制するしかない。

「伏せていてください！」

俺は小鬼擬きへと剣を構える。

「時空魔法第十九階位《超重力爆弾《グラビバーン》》」

黒い光が、小鬼擬きを中心に発生した。

「第十九階位だと……？　魔法は、ハイエルフや竜人、転移者の英雄が使ったとされている、第十五階位が最高ではなかったのか……？」

ロヴィスが驚愕《きょうがく》の声を漏らす。

「ゴフッ？」

光に包まれるゴブリンが、その場で必死に手足をもがいていた。次の瞬間、広がった光が小鬼擬きの中心へ向けて集まっていく。光に引かれ、範囲内の空間が爆縮されていった。

爆音が響き渡る。地表が無慈悲に剝がれ、それに引かれて木々が薙《な》ぎ倒される。空間諸共《もろとも》、小鬼擬きの大きさが目に見えない大きさにまで刹那にして圧縮された。

小鬼擬きの血肉と剝がれた地表の残骸が周囲に飛び散った。魔法の衝撃に弾かれ、ロヴィス達が身体中を打ち付けながら地面を転がっていく。

……小鬼擬きが、ここまであっさり死んでくれるわけがない。そもそも、悪魔は魔力の塊のような存在であり、死ねばその姿は霧となって消えてしまうのだ。血肉が残り続けるはずがない。

どうやら、ロヴィスの言っていた通り、ただのこの付近に出没する魔物だったようだ。モンスターベア程度の相手だったのであれば、ここまでする必要はなかったかもしれない。

「……すいません、知っていた化け物と似ていたもので、つい」

俺はロヴィス達を振り返る。ロヴィスは息を荒くしながら、地面に手をついて起き上がろうとしていた。

「……だから言っただろう、ヨザクラ。卑屈だとか、意地だとか、そういうのは関係ないんだ。こういう怪物に自分を通そうとするのは、大岩が落ちてきて逃げようとしないのと同じことなんだ。俺は死を必要以上に恐れている気はないが、無意味に死ぬことだけはごめんだ」

「も、申し訳ございません、ロヴィス様。私が間違っていました」

……よくはわからないが、二人共いつの間にか和解していたらしい。

ロヴィス達と同行してから一日掛け、ようやく森を抜けることができていた。

どうやら《地獄の穴《コキュートス》》周辺はレベル150前後の魔物が多かったが、森の浅い場所ではせいぜいレベル40程度の魔物しか出没せず、森を抜けた平原に出るとレベル20程度の魔物ばかりが棲息《せいそく》しているようだった。ロヴィス達曰《いわ》く、森奥の中心部の周辺だけ異様に高いレベルの魔物が発生するようになっている、とのことだった。

「ようやく見えて来ました……都市アーロブルクです」

ロヴィスが疲れ切った声で言う。魔物除《よ》けの街壁に囲まれた、大きな街が見えて来る。

これで野宿も終わり、久し振りに文化的な生活を送ることができる。ダンジョン生活で悪環境での生活に慣れてきたとはいえ、やっぱり安心して眠ることのできる宿があるというのは大違いだ。

……とはいえ、この世界の貨幣を持っていないのだが。

「《冒険王の黄金磁石》を売れば、とりあえずの金銭は工面できるかな？」

ふと思いついたことが口に漏れてしまった。ロヴィスは死んだ目で俺を見ていた。

「あ、すいません！　そ、そういえば金銭を持っていなかったので、街でどうしようかなと……」

俺は苦笑いをしながら頭を掻く。

ロヴィスは《冒険王の黄金磁石》を大切に扱っていた。返そうとしても大慌てで突っ返されるのでもらったままでいるが、とりあえず彼の想《おも》いを汲《く》んで、なるべく本来の使い方をできるように心掛けよう。

「き、金銭!?　お、お前達、金は持っているか!?」

ロヴィスが顔を青くし、部下の二人を振り返った。

「は、はい、多少は……」

「俺も、あまり不要には持ち歩かないので、少しではありますが、一応は」

ダミアがしどろもどろに魔法袋を手に取り、そこから更に貨幣の詰まっている袋を取り出した。

ロヴィスがダミアの貨幣袋を見て、眉を吊り上げる。ロヴィスはダミアに近づき、手にした貨幣袋を叩き落とした。周囲に貨幣が舞う。

「多少……一応だと!?　わかっているか？　別れ際のここで金銭を要求したことの意味が！　それがお前達自身の命の値段ということでいいんだな!?」

ダミアが真っ青になって震えあがった。ヨザクラも啞然《あぜん》とした顔で、手にした魔法袋をその場に取り落とした。

「い、いえ、別にタカろうとしたわけじゃありませんから！　結構です！　そ、それより、街でお金を稼ぐ方法だとか……後は、何か、街の規則みたいなものがあれば聞いておきたいかなと」

「お金を稼ぐ方法、ですか。えっと……それは、真っ当な手段で、ですか？」

「………………」

俺がロヴィスを無言で見ていると、彼は顔を青くして手を振った。

「い、いえ、違いますよ。その、やっぱり身元の保証のない方でしたら、この融通の利かない辺境地で金銭を稼ぐことはなかなか難しいことですから！　正式なところっていうのは、本当に出自がしっかりわかっている人しかとってくれなかったりするんです！　そうなると税逃れで、裏で仕事を斡旋《あっせん》しているようなところしかなかったりするのですが、別にそれはその、仕方がないことだと言いますか……」

「……その辺りの事情はよくわかりませんが、できればその、クリアなところでお願いします」

「う、う～ん、そうですね……」

ロヴィスが頭を抱えて考え込んでしまった。余所者《よそもの》がつけるような仕事はあまりないらしい。

「冒険者ギルドでいいのでは……？」

ヨザクラが口を挟むと、ロヴィスがぱっと顔を上げた。

「何を考えている！　カナタ様が、あんな低レベルなところで働くわけがないだろうが！　想像できるか？　こんな化け物が、薬草束ねてギルドに運んでいくのを！」

「す、すいません！　ロヴィス様の言う通りです！」

ヨザクラがロヴィスへと頭を下げる。……今、さらっと化け物扱いされた。

「俺に謝ってどうする！　謝罪する先が違うだろうが！　すいませんカナタ様、ヨザクラは他所《よそ》の国からやってきたもので、この国のことがあまりよくわかっていなくて……」

「あの、それはいいのですが……それより、冒険者ギルド、というのは……」

この手の小説で何度か聞いたことがある名称だ。ナイアロトプ達が日本のゲームや小説群を参考に作った世界であるのならば、俺の知っている冒険者ギルドに近い形態であるはずだ。そうであれば、俺の金銭工面にも役立ってくれるかもしれない。

「各都市や区の長……領主や代官の区長が、王国の指示に従って設置している機関ですよ。犯罪者として登録さえされていなければ、領主やギルド、民の発注した依頼……魔物の間引きや護衛なんかを引き受けて、対価を得ることができます。他にも、アイテムや魔物の部位なんかも、ものによっては買い取ってくれます」

聞いている限り、この上なく俺に合っているように思える。魔物の間引きに俺の力がどの程度通用するのかはわからないが、一か月半とはいえルナエールにしっかりと鍛えてもらった身であるし、そこそこはいけるのではなかろうか。

少なくとも、自称傭兵団のロヴィス達よりは上だと確認できた。何が問題だというのだろうか。

「……かなりの仲介料を取られますし、中での信用がなければ、雑用程度の仕事しか斡旋してもらえません。さらに言えば、ここの領主のガランドはケチで無能と有名、あまり評判がよくない。カナタ様程の力があれば、こんなところに入るのは時間の無駄としか……」

「それくらいでしたら、問題ありませんよ。どの道、他にクリアな手段もあまりないようですし、冒険者ギルドに加入して仕事を探してみます」

むしろ雑用程度の仕事もあると聞いて安心した。引き受けられる仕事がない、という羽目には陥らずに済みそうだ。

「えっ……そのレベルで？」

ロヴィスが困惑した表情を浮かべた。俺のステータスを確認していた様子はなかったし、直接見たわけではないだろうが、戦った際にだいたい俺のレベルを推測していたのだろう。

「ひ、低いですか？」

駄目だったのか？　ロヴィスよりは大分上だったし、もしかしたら結構いい位置にいるのではなかろうかと思っていたのだが……。

ロヴィスは複雑な表情を浮かべていたが、ふっきれたように笑みを浮かべた。

「いえ、大丈夫ですよ！　登録料だけ必要なので、俺の貨幣袋を渡しておきましょう。大した額ではありませんが、余った額でとりあえずの生活資金にはなるはずです」

ロヴィスが俺へと貨幣袋を渡した。ダミアが恐る恐るロヴィスの肩を突《つ》つく。

「……ロヴィス様、この人、何か勘違いしていませんか？　それにやっぱり、この人が入ったら、ギルドの方が大変なことになるんじゃ……」

「俺は困らないし、嘘も吐いていない。恨みを買うことはないはずだ。とにかく、早急に別れることにしよう。何か拗《こじ》れればこっちの身が危ない」

二人は小声で何かを話していた。

「ロヴィスさん？」

俺が声を掛けると、ロヴィスがびくっと肩を震わせる。

「おっと……すいません！　あ、あの、カナタ様、俺達はあまり領主から好かれている身ではないので、都市の門に近づくわけにもいかなくて……。名残惜しいのですが、この辺りで見逃し……解散というわけにはいかないでしょうか？」

「そうですね。ここまで、何から何までありがとうございました。ここからはどうにか一人で頑張ってみようと思います」

「いえいえ！　それでは、失礼しますね！　いや、カナタ様のような素晴らしいお方と会えて、とてもよかったです。またいずれ、縁があれば」

ロヴィスはそうっと後ずさりするように離れ、部下二人の背を押さえた。

「この地方での目的は果たしていないが仕方ない。とっとと逃げるぞ！　もう二度と会わないようにな！」

三人仲良く、俺の前から駆け去っていった。最後まで慌ただしい連中だった。

3

門より都市アーロブルクへと入った。建物が密集して並んでおり、人通りが多い。

街壁の外では魔物が湧くため、人口密度が高いのだろう。ロヴィスはこの都市を僻地だと口にしていたが、日本で暮らしていた都会よりもずっと騒がしく感じる。露店を勝手に開き、衛兵と揉めているらしい人もいる。

道の端では、黒ローブの連中が壁に魔術式を刻んだり、埋め込んだりしていた。魔術式を見るに、結界の効力を高める類のもののようだ。都市の外壁全体に魔物が近づきにくいように魔除けの結界を張っているようだったので、その補強工事なのかもしれない。

ローブの連中のせいで道が狭く、人を避けて歩くのが難しい。冒険者ギルドを探して歩いていたが、それらしいところは見当たらない。

「……っと！」

余所見をしていたら、前から来た大男が大きく横に動いて近づいてきて、衝突しそうになった。

俺は肩で受けつつ、背後に身体を反らして衝撃を殺す。

「すいません、ちょっと場所を探していまして……」

俺は釈明しながら頭を下げる。向こうも明らかに周囲を見ずに歩いていたようだったが、謝っておけば角は立たない。そのまま去ろうとしたとき、肩を摑まれた。

「いい度胸だな……ボウズ。この俺様にぶつかって、適当に頭を下げて逃げようとするなんて」

俺は振り返り、男の顔を見る。百九十センチメートル近くはあろうかという大男だった。顔に大きな傷痕があり、彫りの深い強面《こわもて》をしていた。年齢は四十代後半ほどだと窺える。

後を付いて、にやけ面の背の低い男が現れた。

「オクタビオさん、そいつどうしたんです？」

「俺様にぶつかってきておいて、逃げようとしやがったんだ。痛かったぜ、なあ、ボウズ」

ここでようやくわかった。この大男……オクタビオは、わざと俺にぶつかってきたのだ。周囲の人達は、俺達を避け、見ないようにしながら歩いていた。

「綺麗なローブだなぁ、魔法袋まで持ってやがる。パパに買ってもらったか？　俺様は、お前みたいに苦労なんて知らないって面の奴《やつ》が、大嫌いで、大嫌いで、ぶっ殺してやりたくなる」

厄介な人間に絡まれた。戦えばどうにかなるだろうかと、ふと考える。オクタビオは巨体で明らかに筋骨が太い。しかし、もしかしたら、ロヴィスと大差ないレベルかもしれない。

だが、そもそも、戦闘自体避けなければならない。俺はこの都市のこと、世界のことをよく知らない。変に大事になればここにいられなくなることだって考えられる。コストを払って揉め事を回避できるなら、そうするべきだろう。

「すいません……あまり手持ちはないのですが、お金で見逃していただけませんか？」

「物わかりのいい奴は嫌いじゃない、が……」

オクタビオがにやりと笑う。

「おいてけ、その腰の魔法袋ごとだ。俺様も欲しかったんだよなあ、それがよーお」

自分の表情が強張《こわば》るのを感じた。この魔法袋の中には、ルナエールからもらったものも入っている。《歪界の呪鏡》など危険物は時空魔法で持ち運んでいるが、薬や《アカシアの記憶書》はいつでも取り出せるように、こっちに入れているのだ。

彼女からもらったものを、想い出の品を、こんな男に易々《やすやす》と渡すわけにはいかない。

走って逃げきれるなら、そうするべきか。俺が一歩退き、《ステータスチェック》でオクタビオを確認しようとしたとき、背後から女の声が聞こえて来た。

「えっ、衛兵さん！　その、喧嘩《けんか》です！　片方の人が、刺されたみたいで……！」

刺されたという声に、周囲からどよめきが上がった。

「なんだ、殺傷事件か！　刺した奴はどこだ！」

離れた位置にいた、露店を取り締まっていた衛兵二人が向かって来るのが見える。刺されたのは何の話かと思ったが、どうやら衛兵を呼びつけるための方便らしいとすぐに気が付いた。

「オ、オクタビオさん、変に大事になるとまずいですよ！　次に問題を起こしたら、ギルド除名にすると脅されたところだったのに……！」

オクタビオについていた小男が慌てる。

「チクリやがったクソがいるな。ぶっ殺してやる……！」

オクタビオが歯軋《はぎし》りをして、衛兵二人を睨む。

「運がよかったなボウズ、だがこれで済んだと思うんじゃねえぞ！」

オクタビオが右腕を振り上げ、俺の肩を殴りつけて逃げて行った。

「……安心してください、オクタビオさん。この声は覚えがある、白魔法使いのポメラですよ」

最後に、付き添いの小男がオクタビオにそう言いながら、群衆を振り返って笑っていた。

俺は自分の肩を見る。手加減されたのか……全く痛くなかった。

オクタビオは立派な斧《おの》を背負っている。間違いなく魔物狩りを生業とする人間、冒険者だろう。それに、オクタビオは俺と交戦になることも覚悟していたはずだ。冒険者相手に喧嘩を売れるほどのレベルを持っていたはずだ。

オクタビオが見えなくなる前に、《ステータスチェック》で彼を確認した。

オクタビオ・オーグレイン
種族：ニンゲン
Lv　：28
HP　：112／129
MP　：106／106

俺は瞬きした。何か、見間違えただろうか。他の一般人をチェックしてしまったのかもしれない。これだとロヴィスの方がマシだ。いや、最早《もはや》そういう次元ではない。あれで冒険者としてやっていけているとは思えない。

「あの人……もしかして、ただの態度の大きい木こりか？」

いや、そんな馬鹿なことがあり得るのか。しかし、レベル28で冒険者としてやっていけているとは、とても思えない。あのロヴィスでさえレベル181もあったのだ。あのロヴィスでさえ。

ロヴィスが実は都市アーロブルク近辺において尋常ではない強者であったとしても、さすがにオクタビオのレベル28はあり得ない。

俺の中でロヴィス再評価説が浮かんだり消えたりしていた。後で、冒険者ギルドとやらについたら、他の人のステータスをこっそりと確認してみよう。

「おい、喧嘩をしていたというのはお前か？　血なんてないじゃないか」

駆けつけてきた衛兵が、苛立《いらだ》った調子で俺に質問をぶつけて来る。

「恐らく、見間違えたのではないかと……。でも、来ていただいて助かりました」

「チッ！　お前のせいで、違法露天商を取り逃がした！」

衛兵達は俺を睨みつけ、その場を去っていった。

この都市アーロブルクには、あまり心に余裕のある人間がいないのだろうか。脳裏に、俺のために魔導書に囲まれながら必死に魔法の基礎やコツを簡単に書き直してくれていたルナエールと、それをニヤニヤしながら眺めるノーブルミミックの姿が過《よ》ぎった。

「ルナエールさん……俺、《地獄の穴《コキュートス》》が恋しくなってきましたよ……」

俺が溜息を吐いていると、ふと群衆の中に、不安げにこちらをちらちらと窺う、小柄な少女の姿が目に映った。頭に青のベレー帽を深く被《かぶ》っており、そこからウェーブの掛かったやや短めの金髪が覗《のぞ》いている。手にした大きな杖《つえ》を、不安そうにぎゅっと抱きしめていた。

彼女が助けてくれたのだろうかと思ったが、目が合うとびくりと身体を上下させ、目を逸《そ》らして走って逃げて行った。

4

オクタビオの難が去った後も、結局肝心の冒険者ギルドが見つからずにいた。一度人から聞いたが、大雑把にしか教えてもらえなかった。

それにしても、街壁に魔術式を刻んでいるローブ連中を、妙に頻繁に目にする。かなり大規模な工事のようだ。衛兵とも会話をしていたようなので、怪し気な人物ではないのだろうが。

街を歩いていると、背中を弱々しく突つかれた。振り返ると、金髪の大杖の少女が立っていた。

先程、オクタビオに絡まれているときに衛兵を呼んでくれたらしい彼女だった。

「あ、あのう……もしかして、冒険者ギルドをお探しですか？」

深く被ったベレー帽から、恐々と上目遣いで俺を見る。目が合うと、びくりと肩を震わせて顔を逸らされた。咄嗟《とっさ》のことだったので不意を突かれて俺がしばし黙っていると、少女は後ずさりしながら首を振る。

「お、お節介でしたよね……」

人見知りなのか、随分とおどおどしているように見える。よく声を掛けてくれたものだ。

「場所を教えてくれるのは、ありがたいのですが……えっと、衛兵を呼んでくれた人、ですよね？」

「ご、ごめんなさい、ポ、ポメラのせいで、衛兵の方に絡まれてしまったみたいで……」

ポメラ、というのが彼女の名前らしい。

「いえいえ、凄く助かりました、ありがとうございます。……あれ、じゃああれから、ひょっとして後を付いてきていたんですか？」

結構俺は意味のない移動を繰り返していたが、同じところは何度も歩いていない。それに……この人通りで、偶然見かけて声を掛けられる位置にいた、ということもあまり考えられない。

「実は……あの前から、声を掛けるかどうか悩んでいたもので……ご、ごめんなさい、後をつけ回すような形になってしまって……」

そ、そうだったのか。しかし、つけ回されるような理由にあまり心当たりはない。ルナエールの手製ローブや、首飾りの《魔導王の探究》のためだろうか。

「それは問題ないんですが……何か、俺に気に掛かることでもありましたか？」

「え、えっと、その……ずっと、道に迷っていられるようでしたので……。ご、ごめんなさい、その、もっと早くに声を掛けられたらよかったのですけれど……ポメラは、その……あまり、人に声を掛けるのが得意ではないものでして……」

た、ただの滅茶苦茶《めちゃくちゃ》いい人だった。変な勘繰りをしてしまったのが恥ずかしい。

どうやらずっと声を掛けるタイミングを見計らっていたそうだ。道に迷っている人がいて声を掛けることはあっても、俺だとそこまで躊躇《ためら》ってしまったらきっとすぐに諦めてしまうだろう。

その後は、ポメラに連れられて冒険者ギルドへと向かうことになった。

「で、では、カナタさんはお一人でここに来られたんですか？」

「はい、まぁ……なんというか、旅の道中みたいなものでして」

「……それだと……かなり、できることに制限が掛かるかもしれません。最近、低級冒険者の死亡事故が続いていまして、決まりが厳しくなっているんです。このアーロブルクでは、F級冒険者が単身で受けられる依頼はあまりないかもしれません」

「そうだったんですか……」

俺はがっくりと肩を落とす。ま、まぁ、件数が少ないだけなら、どうにかできることを探してみよう。もしかしたら、仲間も見つかるかもしれない。

「ポメラの所属しているグループにカナタさんも入れてあげたいのですが……あまり、その、上手《うま》く行かないかもしれません」

ポメラが悲しそうに顔を伏せる。あまり仲間内で立場が強くないのかもしれない。

しばらく歩いたところで、赤と白の剣の紋章を扉の上に掲げる、大きな建物があった。見るからに武装した人達が中へと入っていく。ここが冒険者ギルドのようだった。

二人で入ってから、ポメラは周囲をおどおどと見回し、ほっと息を吐いていた。

「どうしました？」

「いえ、その……仲間と待ち合わせをしていたのですが、少しばかり遅れてしまいまして……。まだ他の人は来ていないようだったので、少し安心しました」

「お、遅れたんですか？　それって、俺の案内をしてくれていたせいなのでは……」

「いえいえ！　ポメラが勝手に声を掛け損ねていたせいですし……それに、いつもポメラ以外で集まってからギルドに来ているみたいなのですが、皆さん遅れることの方が多くて……」

……それは、仲間外れにされているのではないだろうか。俺の表情から考えていることを読み取ったのか、ポメラが慌ただしく首を振った。

「だ、大丈夫ですよ。皆さん、こんなポメラにも優しくしてくださる、良い方達ばかりですから」

本人がそう言っているのならば、余計な口を挟むべきではないだろう。口調から不穏なものを感じるが、人間関係の入り組んだ問題は第三者が余計なことをしてもいいようにはならない。

ポメラは入り口の付近で仲間を待つということだったので、俺は受付へと向かうことになった。

「最後に……気を付けてくださいね、カナタさん。カナタさんに絡んでいたオクタビオさんは……D級冒険者で、暴力事件を起こしてギルド側からも何度かペナルティを受けている人です」

や、やっぱり冒険者だったのか……。冒険者の最低級はFという話だったはずだが、オクタビオ程度でも下から三階級目になれるらしい。

本当に級制度はしっかり生きているのだろうか。

ルナエールはレベル４０００はないと安心して外を歩けないと言っていたが、どうにもそれが疑わしくなってきた。

「Ｃ級への昇格を逃したばかりで、最近は特に殺気立っているという噂《うわさ》です。できることなら、服装を変えたり、ローブで顔を隠したりした方がいいかもしれません」

「さ、参考にします……」

絡まれるのは面倒だし、揉め事はない方がいい。とはいえ、ルナエールが用意してくれたローブや装飾品を、オクタビオなどのために外す気にもなれないが……。

「ポメラさん、ありがとうございました。困っていたので、本当に助かりました。いつか、この恩は返させていただきます」

俺が頭を下げると、ポメラが呆《ほう》けたように瞬きをした。

「ポメラさん……？」

「え、えっと、ご、ごめんなさい、あまりお礼を言われたことがなかったので、どう返したらいいかわからなくて……ご、ごめんなさい！」

ほ、本当に大丈夫なのだろうか、この子は。見ていて不安になって来た。

5

「おかしい……」

冒険者ギルドの受付に並びながら、俺は一人零《こぼ》していた。不審がられないように気を付けながら

《ステータスチェック》で周囲を調べていたのだが、その結果がどう考えても妙なのだ。

既に二十人程確認したが……レベル8からレベル30までの間の人間しか見つからないのだ。俺の中でレベル181のロヴィス再評価説が出ていたが、レベル28のオクタビオ再評価説まである。

というか、今までの違和感が何となく理解できてきた。戦いを生業にしている冒険者でも、せいぜいがレベル30程度で、ロヴィスが最初あれだけ偉そうだったのは実力の裏打ちがあったからなのかもしれない。変な汗まで出てきた。ここで俺がレベル4122であることがバレたら、化け物扱いされて叩き出されるのではなかろうか。

俺は……本当に、ここまでのレベルが必要だったのだろうか。ルナエールは、何か俺に嘘を吐いていたのではなかろうか。それとも彼女も彼女で、長らく《地獄の穴《コキュートス》》に引きこもっていたのでちょっと基準がぶっ壊れていたのかもしれない。

ふと、ルナエールの言葉を思い出す。

『ど、どっちが危険というと、平均的にはここの方が危険だとは思いますが……中には恐ろしく強い人もいますし、別世界から来たということで目をつけられたりするかもしれません、いえ、されます！』

ルナエールの修行は、俺がこの先、何かしらの災いに巻き込まれることを見越してのものだったのかもしれない。結構、幅が広いのだろうか。ロヴィスも、俺が転移者だと知って納得しているようだった。

いや、でも明らかに桁が違うのはおかしくないか？

「あれ……？」

ギルドの壁に、ロヴィスの似顔絵が貼られているのが見えた。手配書、という奴だろうか。

【黒の死神ロヴィス】と描かれており、下には何やら【討伐報酬：八千万ゴールド】と物々しい額が書かれている。

ゴールドはこの世界の金額らしい。俺もまともに使ったことがないのでよくわからないが、だいたい一ゴールドと日本の一円は、そこまで大きくは乖離《かいり》していないようだった。

……あ、あの人、八千万円の懸賞首なのか？

「怖いよなあ、この都市で目撃情報があったから、目立つところに貼ってるらしいぜ」

後ろから声を掛けられ、俺は振り返った。細身の、俺と同年代の男だった。弓矢を背負っている。

「あの、あの人って、どういう人なんですか？　あんまりよく知らなくて……」

「ロヴィスを知らないのか？　強いけど表の舞台を追われたような、そういう冒険者を集めて、暗殺や交易妨害なんかを引き受けてるヤバイ奴だよ。何人もの権力者と繋《つな》がりが噂されてる。顔がいいし、別の犯罪組織と潰し合うこともあるから義賊だとか、悪のカリスマだとか持て囃《はや》す奴もいるが、ただの戦闘狂の外道だよ」

「悪のカリスマ……」

必死に引き攣った笑みで、揉み手をしているロヴィスの姿が脳裏に浮かんだ。

悪の、カリスマ？　とてもそんな大物には思えなかったのだが、もしかして、ロヴィスを名乗る贋者《にせもの》だったのだろうか？　い、いや、そんな風でもなかった気がするが、しかし……。

ロヴィスの手配書を眺めていると、その隣に真っ赤な手配書が貼られているのが見えた。

「あの……ロヴィスさ、ロヴィスの隣の、赤い手配書はなんなんですか？」

ローブを纏う、糸目の青年が描かれていた。討伐報酬がこっちは記されていない。ただ、【邪神官ノーツ】とだけ書かれていた。こちらも目に付くところに貼られているということは、目撃情報のあった人物なのだろうか。

「《人魔竜》も知らないのか？　世間知らずなんだな。人の形の魔竜で、《人魔竜》だ。人間にして竜と同等以上の力を得た化け物で、各地に災いと悲劇を齎《もたら》す、生きる災害だよ。報酬が書かれていないのは、そもそも人間のどうにかできる相手じゃないからだ」

そ、そんな化け物が、この世界にはいるのか。

「もっとも、邪神官ノーツの警戒はガセが発端だと思うがな。昨日、別の施設に何枚も貼られてたんだが、衛兵が剝がしてたよ。仮に本当にそんな化け物がいるなら、俺はこの都市からさっさと逃げさせてもらうぜ。みんなビビってるから、デマが多いんだ。本人は生きてるのか死んでるのかもわかんねぇのにさ」

男は笑いながら話してくれた。

受付で俺の番が回って来た。無事にロヴィスからもらった貨幣を用いて、登録を済ませることができた。簡単な情報の記された登録証を発行してもらった。しかし……俺の受けられる中で、まともな依頼がなかった。驚く程に安い、雑用に近いものばかりだった。

迷子の使い魔捜しから、荷物運びの手伝いなんかばかりだ。召喚魔法のための、下位精霊との契約方法の下調べなんかもある。それくらい自分でやれと思ってしまう。

森への薬草採取や、ゴブリンの間引きはＦ級依頼となっているようだが、それさえ俺は引き受けることができないようだった。

「多分、その、そこそこは戦えるかなと思うのですが……」

「あー……形だけでも二人以上のパーティーとして引き受けてもらわないと、F級冒険者の方に、魔物の絡む依頼は発注することができないんですよ」

受付の女の人が、面倒臭そうに応対する。荷物運びと召喚契約の手伝いでもしながら、気長に仲間を捜すしかないかもしれない。俺がそう考えていると、入り口の方から怒声が聞こえて来た。

「おいポメラ、なぜ約束の時間にいなかった？　俺達を舐《な》めているのか？」

「え、で、でも、今来たところなのでは……？」

「馬鹿か？　お前がいなかったから、先に備品を買いに行ってたんだよ。あのさ、こっちはせっかくお前みたいなゴミを仲間にしてやってるのに、わかってないよな、お前はさぁ！」

ポメラが青髪の男に怒鳴られて委縮しているところだった。彼女の言っていた、依頼のパーティーメンバーだろう。もう一人仲間に女がいるようだが、どうでも良さそうに欠伸を吐いている。

ポメラは仲間は良い方ばかりだと言っていたが、とてもそんなふうには見えない。男はポメラの遅刻を詰《なじ》っているようだったが、そもそもポメラが待たされることが常であったようだし、早々に彼女を待たずに別の店へ向かっている時点で怒りに正当な権利があるとは思えない。

「ま、また並び直します！」

ポメラの遅刻の理由は俺であるし、放っておくわけにはいかない。俺は受付の人に頭を下げ、登録証を摑んでポメラの方へと向かった。

「お前のちゃっちい白魔法なんて何の当てにもしてないし、何言っても逆らわないのと安くて扱《こ》き使えることだけがお前の取り柄なのに、時間さえ守れないんだったらお前マジで何の価値もないぞ、なぁ？　わかってるのか、ポメラ？」

青髪が、粘着質にポメラへと詰め寄っていた。ポメラは口をぱくぱくさせていたが、何を言えばいいのかわからないのか、言葉を発することはなかった。

「黙ってないで、なんか言えよ、なぁ？　何だ？　わかってないのか？」

俺は横から、二人の間へと分け入った。

「すいません、彼女が遅れたのは、道に迷っていた自分を助けてくれていたからなんです。それについて怒っているのでしたら、自分の方から謝罪させていただきます。ただ……今の怒鳴っている様子は目に余ったので、それについてはどうかと思います」

「カ、カナタさん？」

ポメラが驚いた顔で俺を見る。

「ああ？」

青髪の男が面倒臭そうに俺を見る。その後、鼻で笑ってポメラの方を振り返った。

「ポメラ、お前、そんなことまでしてたのか？　混じりもんは人間様に媚びを売るために必死だな」

「混じりもの……？」

「なんだ、知らなかったのか。まあ、そりゃそうか」

青髪の男は口端を吊り上げ、ポメラのベレー帽を摑んだ。

「あっ、や、やめてください！　ロイさん！」

ポメラが抵抗しようとしたとき、青髪の男ロイは、彼女のベレー帽を奪うと同時に突き飛ばした。

俺は素早くポメラの背後に回り、倒れないように身体を受け止めた。

「だ、大丈夫ですか？」

「……なんだ？　お前今、瞬間移動しなかったか？　見間違えか？」

ロイが目を細めて俺を睨んだ後、手の甲で瞼《まぶた》を擦っていた。

「ま……いいか。ほら、そいつの耳、見てみろよ。ポメラは、森荒らしと人間の混じりもんだ」

ポメラは隠すように自身の耳を押さえ、顔を青くしていた。手の間から、尖《とが》った耳が見えている。

「エルフ……ほど長くはないから、ハーフエルフか」

見たのはこれが初めてだが、ルナエールから知識としては教えられている。

エルフは耳の長い人種だ。種族として魔法に長《た》けており、精霊の力を借りて老いや穢《けが》れを遠ざけている。そのためエルフは、精霊の多い自然の中で生きることを好む傾向にある。

宙に浮かぶ天空大陸で生まれ育った者をハイエルフ、地上で生まれ森で暮らしている者をただのエルフと呼ぶ。ハイエルフは天空大陸の精霊の力を受けて千歳近くまで生き、地上の森奥で暮らすエルフは五百歳近くまで生きるのだそうだ。ハーフエルフで、都市内で生きているとなれば、寿命は二百歳くらいだろう。

森荒らし、と呼んでいた理由は察しが付く。自然を好み、発展した都市を嫌うエルフは、度々人間と衝突することが多い。時には殺し合いに発展することも決して珍しくないのだという。

「ご、ごめんなさい、そ、その、カナタさんを騙すつもりじゃなくて……ポ、ポメラ、その……ただ、カナタさんと、お友達になれたらいいなって思って……」

ポメラの目に涙が浮かんでいた。……妙に卑屈なところがあると思ったが、その理由がわかった。ハーフエルフであるポメラは、エルフの集落にも、人里にも、居場所がなかったのだろう。

「な？　わかっただろ？　森荒らしとの混じりものなんて、このくらい雑にこき使ってやって丁度いいんだよ。仲間にしてやってるだけ、俺なんて優しい方だろ？」

ロイが俺へとずいと顔を突き出してくる。段々と、ロイの言い草に腹が立ってきた。

「わかったら、とっとと下がってろ。世間知らずが、うだうだ俺に楯突《たてつ》いて来るなよ」

「……わかりました。あなたに何か言っても意味がなさそうなので、これ以上は止めにします」

俺はエルフと人間の対立については詳しくないので、ここの人達の意識や考え方がわからない。それに、これまでのやり取りで、ロイは話し合いでどうこうなる相手だとは思えない。

「ポメラさん、俺とパーティーを組んでくれませんか？　まだ勝手がよくわからない上に、一人だとまともな依頼を受注できないみたいで、困っているんです」

俺はポメラへと握手を求め、手を伸ばした。

「え、え……？　いいんですか？　ポメラ、ハーフエルフですし……それに、カナタさんのお役に立てるか……」

ロイが苛立った顔で俺を睨みつける。

「お、おい、あんまり勝手なこと言うなよ。こっちはその安くてこき使える奴隷がいなくなったら、大損なんだよ！」

「どうするのかは、あなたの都合ではなくポメラさんが決めることでしょう」

ポメラは戸惑っていたが、やがて意を決したように、そうっと俺の手を取った。握手に不慣れなのか、手が震えていた。

「よ、よろしくお願いします、カナタさん！　ふ、不束者《ふつつかもの》ですが、その、ポ、ポメラ、頑張ります！」

　俺がポメラを連れて受付へ行こうとしたとき、ロイが俺の肩を摑んできた。顔を近づけ、声を潜めて話しかけて来る。

「善人振るの止めようぜ、なあ、カナタとやら。わかるぜ、俺も森荒らしの混じりものだから魔法ができるかと思って優しくしてやっていたが、レベルは低いし、要領は悪いし、何の使い物にもなりはしない。何にも反抗しないから、ストレス解消と雑用には持って来いだが、お前の期待してるような働きはしねぇよ。さっさとそいつを返……」

　俺は軽く力を込め、ロイを振り払った。勢いでロイが床に倒れた。

「可哀想《かわいそう》な奴……」

　俺はそうロイへと零し、ポメラと共に受付へと向かった。途中、ポメラが立ち止まって、背後をちらちらと振り返っていた。

「あんな奴のこと、気に掛けなくてもいいと思いますよ」

「い、いえ、その……なんだか、ロイさんの様子がおかしくて……」

　俺もロイを振り返った。

「い、痛い！　助けてくれホーリー！　やられたっ！　肩を外された！」

　ロイは床に這《は》いつくばって目を剝《む》き、涎を垂らしながら、もう一人のパーティーメンバーの女へと泣きついていた。

　ち、力加減を間違えたかもしれない。つい、地球の頃と同じ感覚で、力を入れて振り払ってしまった。ほんの少し力を入れただけのつもりだったのだが、このレベル差問題は思いの外に厄介だ。

冒険者ギルドの受付へポメラをパーティーメンバーとして申請することで、魔物との戦闘が想定される依頼を引き受けることができるようになった。これで荷運びや召喚契約の下調べのような雑用を熟《こな》していく必要はなくなった。

俺達が引き受けた依頼は、都市の街壁のすぐ外でのゴブリンの間引きと、あまりパッとしないものではあったが、登録したばかりの最下級のＦ級冒険者の受けられる依頼はせいぜいこんなものであるらしかった。

この都市アーロブルク周辺に出没するゴブリンの強さの目安は大体レベル７であるらしく……恐らく、俺が苦戦らしい苦戦をすることはなさそうであった。俺がゴブリンの間引きを引き受けるのはレベルを鑑みると不毛な気もするが、冒険者ギルドには冒険者ギルドのルールがあるそうなので仕方がない。順当に依頼を熟していけば、ある程度までランクを上げることは容易《たやす》いはずだ。

「あ、あの……よ、良かったのですか？　本当に……その、ポメラなんかと組んでくださって」

依頼の受注が完了した後、ポメラがおどおどと尋ねてきた。

ロイのような輩《やから》からあんな扱いを受けていれば卑屈になる気持ちもわかるが、ポメラの言葉は聞いていて辛くなるときがある。彼女には、もう少し自信を持って生きて欲しい。

「他に顔見知りどころか、まともに話したことのある人もいなかったですし、ポメラさんが引き受けてくれて俺も凄く助かりましたよ。お礼を言うのは俺の方です。それに、ポメラさんとあって半日も経っていませんが、とても信頼のおける人だと思えたので」

ポメラは俺の言葉を聞くと、顔を赤くし、落ち着かない様子で自分のベレー帽をぺたぺたと押さえていた。

「ポ、ポメラは……その、カナタさんと仲良くしたかったですし、ハーフエルフだと知って、それでも態度を変えないでいてくれたことも凄く嬉《うれ》しかったです。ロイさん達と少しその……上手く行っていないこともあって、パーティーに誘っていただけたのはありがたかったです。ただ、カナタさんの足を引っ張ることにならないか、凄く不安で……」

「……少し？」

思わず声に出てしまった。ロイのポメラへの態度は最悪であった。あからさまにポメラを自分より下の存在であると見下し、都合よくこき使っていた。

「む、昔はその、凄く優しかったんです！　ロイさんも、ホーリーさんも！　ポメラがその……エルフの混血のせいでギルド内で敬遠されているのを知って、二人とも、笑顔で声を掛けてくれたんです。ポメラが……二人の期待に応えられなかったのがいけないんです」

ポメラががっくりと肩を落とす。俺は脳裏に、ロイが最後に肩を掴んで小声で話しかけてきた内容を思い返していた。

『わかるぜ、俺も森荒らしの混じりものだから魔法ができるかと思って優しくしてやっていたが、レベルは低いし、要領は悪いし、何の使い物にもなりはしない。何にも反抗しないから、ストレス解消と雑用には持って来いだが、お前の期待してるような働きはしねぇよ』

あまりに不憫《ふびん》すぎる。俺はポメラの言葉にどう返したものか戸惑っていた。元気付けてあげたいが、俺はどうにも口下手で、何と言ってあげればいいのかわからない。

「もしポメラが……もし、もう少ししっかりしていれば、ロイさんやホーリーさんと仲良くなれていたのでしょうか……？」

ポメラはもう、あの二人のことは綺麗さっぱり忘れてしまった方がいいような気がする。ロイはどう見てもなかなかいないレベルのクズだとしか思えないし、ロイがポメラに罵声を浴びせるのを前にただぼうっとしていたホーリーも、あまりいい性格をしているとは思えない。

もしもポメラがロイの求めていた力を有していたとしても、罵声を浴びせる機会は減ったとして、今の扱いと本質的には変わらなかったのではなかろうか。

「ポメラ、その……レベルはロイさんや他の冒険者の方には及びませんが、白魔法の第三階位までは使えるんです！　これだけは、母様が生きていた頃に教えてくれて……。で、ですから、傷の手当てはポメラに任せてください！」

……既に確認済みなのだが、ロイがレベル14で、ポメラはレベル7だった。彼らにとっては倍近い差だといえるのかもしれないが、どちらも正直、俺からしてみれば同じだとしか思えない。

俺は白魔法は一番苦手な魔法というか、ルナエールの錬金してくれた薬や《ウロボロスの輪》で事足りていたので、白魔法の習得を目的とした修行はほとんど行っていない。だが、第四階位までは操ることができる。このことはポメラには黙っておいたほうがいいかもしれない。

「ポメラ……その、カナタさんには失望されないように、凄く、すっごく頑張ってお役に立ちます！」

ポメラがぎゅっと拳を握り、大きな声でそう言った。周囲の反応で自分の声量に気がついたらしく、ベレー帽をぎゅっと引っ張って赤くなった顔を隠した。

……ギルドの依頼発注のルールに則《のっと》るためにもパーティーメンバーは必要であったし、冒険者としての活動やこの都市について知識のある人間の同行は今の俺に不可欠だったのだが、もしかしたら俺は流れでとんでもなく残酷な勧誘をしてしまったのではなかろうか？

これでポメラが俺のレベルが４０００以上だと知れば、俺が完全に同情だけでポメラを誘ったような空気になってしまう。

それは恐らく、ポメラは受け入れられない。足手纏いにしかならないといって俺の前から去っていくかもしれないし、第一彼女を更に深く傷つけることに繋がりかねない。

「ご、ごご、ごめんなさい、カナタさんにも恥を掻かせてしまいました……」

ポメラは俺が固まっているのを見て、ポメラの大声で周囲の目を引いたことを気にしていると判断したらしく、ぺこぺこと頭を下げてきた。

俺はポメラを宥《なだ》めつつ、どうするべきかに頭を悩ませていた。ポメラと二人で冒険者ギルドの入り口を出るとき、背丈の低い男とすれ違った。

小男は俺と、その隣のポメラを目にして、ニンマリと笑った。どこかで見た顔だと思えば……万年Ｄ級冒険者、オクタビオと一緒にいた人物だ。あまり関わって愉快な相手ではない。俺はポメラを急《せ》かし、早歩きで冒険者ギルドを出た。

冒険者ギルドを出た俺は、ポメラより冒険者の心得を聞きながら、冒険者の必需品とやらを買い集めに店を訪れていた。

「ここの雑貨店がオススメなんです。幅広く扱っていますが、基本的には冒険者さんを対象とした店なんです。水入れからナイフ、回復薬から松明《たいまつ》用の焔樹《えんじゅ》の枯れ枝なんかも売っているんです。裁縫道具は、ポメラが持っているので安心してください。裁縫の腕だけは……その、一度だけホーリーさんに褒めていただいたこともあるんです」

裁縫道具は最初聞いたときは何のために必要なのかわからなかったが、魔物との交戦後の衣類の修繕などに用いるらしい。身体を守る衣類が破損すれば外傷を受ける機会も増えるため、重要なアイテムであるようだ。

「回復薬はいくらか手持ちがあります。水入れもありますし炎魔法は得意ですから、高価な特別品はなくても大丈夫だと思いますよ」

俺は魔法袋を軽く持ち上げ、表面を叩いた。

「ま、魔法袋をお持ちなのですね……。身なりがいいとは思っていましたが、さすがカナタさん。ちょ、ちょっと気後れしてしまいます……」

ポメラが肩身狭そうに身体を竦める。

「ポ、ポメラみたいな役立たずは信用できないかもしれませんが、ロイさんやホーリーさんもよく来ていた店ですから、そこは安心してください。魔法にばかり頼ると、肝心な時に使えなくなってしまうかもしれませんし……ポーションも、随時買い足す癖をつけておいた方がいいはずです！」

……ここでロイ達の名前が出てくるところが辛い。大分蔑《ないがし》ろにされていたが、あの二人に恨みはないのだろうか。妙に勧めてくるが、恐らく彼らに雑に扱われていたせいで、少しでも役に立ちたいという気持ちが先行しているのかもしれない。

「正直……その、俺のレベルだと、そこまで気にしなくてもいいかなと」

「お、お金のことでしたら、ポメラが払っておきますから。その……っ、使わないかもしれないものですし……」

「いや、そこは俺が払いますよ！　知人からその、多めに旅の金銭を持たされていたもので、お金にはさほど困ってはいない、はずですから」

まだ貨幣の価値が上手く理解できていないので何とも言えないのだが……ロヴィスからもらった額は、どうやらそれなりにはあるようだった。

「そっ、そんな！　そこまで気を遣っていただかなくても……。大丈夫ですよ、ロイさんとのパーティーでも、こういう細かい金額はだいたいポメラが払わせていただいていましたから」

何も大丈夫な要素がなかった。

「俺が出しますから、ポメラさんは必要品だけ教えてください！」

ポメラとの押し問答を続け、どうにか折半という形で決着をつけることができた。ポメラが過度に気を遣ってくれるので、正直余計に心苦しくなってきた。

ゴブリンの間引きに必要な準備が終わり、街壁の外へと向かって歩き始めた。

「ロイさん達はあまりいい人には思えませんよ。……その、答えづらかったら申し訳ないのですが、恨みとかはないんですか？」

ポメラの思考が卑屈すぎて、俺の方が間違っているのだろうかと思い始めてしまっていた。

「……その、ポメラも色々と考えることはありましたが……仕方ない部分もあると思うんです。近隣の森に住んでいたエルフとこの都市アーロブルクで、長らく衝突があったそうなんです」

「仕方ないって……」

「ポメラの父はこの都市の人間で、母はエルフでした。母は人間を昔は恨んでいたそうですが……

父と出会って親交を深める内に、エルフの長が、集落のエルフ全体が人間に敵意を向けるように誘導していたんじゃないかと、そう気がついたそうです。結局はそれが原因で、森奥の集落を追われる原因になったのだ、と」

「エルフの長が？　どうしてそんなことを……」

「……エルフは、人里に居着きすぎると精霊の加護を失い、力を失ってしまいます。都市の開発が進めば居場所を減らされていくことにも繋がります。だから……馴《な》れ合うべきでないと、そういう考えがあったのだと思うと、母はそう言っていました」

そもそも、エルフ全体が人間に敵意を持っているのか。そうなると、その子孫である彼女が人里で敵視されることも、仕方ないとは言わないが、根深い問題なのかもしれない。

「……それから……父が言うには、この都市の領主ガランドにも、過度にエルフを敵視させようという動きがあったそうです。自身の領地であり、丁度いい狩場でもあった森の一角に他種族の部族が居着いていることが、面白くなかったのかもしれません。結局エルフの集落は、ポメラが物心がつく前に、嫌がらせや重なる衝突に屈する形で遠くへと旅立っていったそうです」

俺の想定していた以上に、泥沼の争いを繰り広げていたようだ。

「……ガランドは特に極端な人物だそうですが、王国全土として、エルフへの敵愾心《てきがいしん》を煽《あお》っている風潮にあるそうです。ポメラは悔しいんです。そんな思惑で動かされて、人間とエルフが故意に対立させられているのが。ロイさんはきっと、ポメラに力があれば、その力目当てであったとしても、対等に扱ってくれてはいたんだと思うんです。だから……最初はそうしたところからでも、ポメラが頑張ってお友達を増やしていけば……きっとこの都市に根付いている空気も、少しは変えられると思うんです！　それはきっと、ハーフであるポメラにしかできないことなんです！」

　ポメラが杖を握る手に力を込めて語る。ふと我に返ったように顔を赤らめた。

「ご、ごご、ごめんなさい……会ってまだ半日のカナタさんに、こんな話を一方的にしてしまって……。その、今まで、ポメラの話を静かに聞いてくれる人があまりいなかったもので……つい……。め、面倒臭いですよね、こんなこと急に話されても……」

「いえ……凄く良い目標だと思います」

　一方的に虐げられ、個人ではなく風潮自体を敵視するなんて、なかなかできることではない。ポメラは一見卑屈に見えるが、それは他者を恨むまいと自分を通した結果なのだ。そういう面で、ポメラはむしろ強く、前向きだ。ポメラ自身の根本的な心の良さの表れなのだと、俺はそう思う。

「俺にできることがあれば、お手伝いしますよ」

　元より、具体的な目標のない旅なのだ。次ルナエールに会ったとき、彼女が辛く思わないよう、彼女に話せる旅の想い出をたくさん持っておきたいとは考えているが、そのくらいである。ポメラの夢の手助けをするという目標は、彼女に話せる内容としても適している気がする。

　飼い猫であり、親友であったクロマルに会うためまたナイアロトプに交渉するという夢もあるが……こちらは正直、絶望的であった。俺は間違いなくナイアロトプから嫌われているし、上位存在である彼らと渡り合うことなどとてもできはしないだろう。

　それに、俺にはもう、ルナエールを置いて元の世界に帰ろうとは考えられない。クロマルには申し訳ないが、どこかで野良として生き続けてくれるよう願うことしか俺にはできない。

　ポメラは目を丸めて俺をじっと見ていたが、やがて大粒の涙が溢れ始めた。

「ご、ごめんなさい、本当に、嬉しくって……そんなこと言ってくれる人、誰もいなくって……その……つい、嬉し涙が……」

ポメラが袖で涙を拭う。

「……で、でも、あまりポメラのためにあれこれとしていただいても、ポメラにそんな価値があるとは思えませんし……返せるものもありませんし……」

も、もう少しポメラには、自信を持ってもらうというか、利己的になってもらった方が俺も話しやすいし、色々と動きやすいんだけどな……。

話をしている内に、都市の門へと辿《たど》り着いた。

しかし、ゴブリンの間引き……か。加減しないと妙なことになりそうな気がするし……空気を読みつつ、少し手を抜いた方がいいのかもしれない。

7

街壁の外周にて、俺とポメラはゴブリンと戦っていた。柄でゴブリンを弾きながら、どうにか時間を稼いで立ち回っている。ポメラは魔力を温存するためか、基本的に杖で殴って戦っていた。

「思いの外、数が多いですね……」

俺はゴブリンの棍棒《こんぼう》を回避しながら、柄で突いてゴブリンを背後へ押す。

一体倒せばギルドより二千ゴールド程度の対価が支払われる。一日の目標としては、二人で八体程度を目指したい、というのがポメラの話であった。

だが、平原を出てから早々に五体のゴブリンに囲まれることになっていた。
「もしかしたら近くに、ゴブリンの巣があるのかもしれません。だとしたら、その、ギルドに報告して……C級冒険者の方にこの付近を調査してもらった方がいい案件です。数を減らしたら、どうにかゴブリンを脅かして逃がした方がいいかもしれません……二人では、ちょっと厳しいかも……」
ポメラの言葉に、俺は頷く。俺が剣の刃を使わず、柄を使っているのには理由がある。

【英雄剣ギルガメッシュ】《価値：神話級》
攻撃力：＋3500
魔法力：＋2500
三千年前、最強の男として生まれ落ちた、ある国の王子が愛用していた剣。その輝きは、魔物や悪魔の生命力を直接断ち切る力がある。叙事詩の中では《金色の一振り》として語られる。この一振りに、栄えた王国の国力の三分の一が注《つ》ぎ込まれたとされている。
王子はこの剣を振るい、五体の最高位魔王による連合《悪夢の呪祭》を撃ち破り、二百年間の支配を終わらせて人々を救った。後に《暗黒時代の四英雄》の一人として数えられるようになる。
王子が奇病によって死んだとき、神の元へと返されるように王子の身体とこの剣が消えたとされている。

現在、俺が装備している武器である。ルナエールからもらったものの一つだ。黄金の刃に青い塗

装がなされており、独特の輝きを放っているのが特徴的な剣である。逸話にも気になるところは多いが、問題なのはそこではなく、この剣が強力すぎることにある。

最初は緩くゴブリンを突いたのだが、相手の魔力が低すぎたためか、ゴブリンが砂になって消えてしまい、いきなりポメラから不信感を抱かれるに至っていた。

消え失《う》せたのでポメラには見間違いだろうと言い聞かせることに成功したのだが、同じ手は通用しない。どうにかゴブリンの棍棒を柄で受けて相手をしている。

下手に片鱗《へんりん》でもルナエールの力を示せば、病的に気遣いをするポメラにとってはそれだけで解散の理由になりかねない。ずっとこのままでいるわけにもいかないだろうが、今回はひとまずこのスタイルで通して、ポメラとはゆっくりまた話をしようと考えている。

俺がゴブリンの攻撃を受け流しながらポメラの様子を確認していると、彼女の杖が、ゴブリンの棍棒に力押しで負けたのが見えた。

しまった、様子を見過ぎたか。これで彼女が余計な怪我《けが》でも負えば、本末転倒という話ではない。

俺は前のゴブリンを軽く足で押して引かせ、ポメラに棍棒を振るっていたゴブリンの額を剣の柄で突いた。

「大丈夫ですか！」

俺が声を上げたと同時に、俺の蹴ったゴブリンがバラバラになって吹き飛んだ。額を突いたゴブリンの頭部が、平原を真っ直《す》ぐに飛んで行ったのが見えた。

「は、はい、ポメラは、その、大丈夫です……」

ポメラは飛んでいくゴブリンの頭を眺めながら、口を驚きでぱくぱくとさせてそう言った。

お、思いの外、ゴブリンが脆《もろ》かった。能動的な動きはかなり気を配らないと駄目かもしれない。

ゴブリンの生き残りが二体いたが、どちらも手にしていた棍棒を落とし、走って逃げていった。

「ど、どうにか二体逃げてくれて、よかったですね。これで三体のゴブリンが片付いたので……」

俺は言いながら、ゴブリンの亡骸《なきがら》を確認する。

《英雄剣ギルガメッシュ》の突きを受けたゴブリンは砂になってしまったので、討伐したことをギルドに証明できそうにない。ゴブリンは左耳の部位を討伐証明として扱うので回収するようにと、冒険者ギルドからそう伝えられたばかりであった。

「に、二体のゴブリンが片付きましたので、あと六体が目標ですね」

俺はそう言い直した。もっとも額を突いたゴブリンの首は遠くへと飛んで行ってしまったが。

「……あまり詮索するのは、マナー違反なのはわかっているのですが……その、カナタさん……かなり高レベルの方なのでは……」

ポメラはゴブリンの頭が消えていった方へと目をやり、それから言いづらそうに口にした。

「あ、当たりどころが良かった、のかもしれないと言いますか……」

「当たりどころ……？」

ポメラと問答をしていたとき、遠くから複数の足音が聞こえてきた。振り返れば、ゴブリンの群れがこちらへ一直線に駆けてくるのが見える。ざっと見て、二十と少しはいる。

通常種だけではなく、赤い斑《まだ》らの入った個体も三体ほど交じっていた。事前にポメラから、赤斑のゴブリンを見たら逃げましょうと聞かされていた。上位種に当たる、ゴブリンリーダーだ。

ゴブリンの群れができれば、群れの中で力を持ったゴブリンが赤く染まり、群れの指揮を執るようになるのだという。

「モ、《モンスターパレード》！　こんなこと……この街近くでは、まず起きることはないはずなんです！　逃げても、いずれ囲まれます！　焔樹の枯れ枝を使いましょう！　ゴブリンは、火を恐れます。ないよりは、いくらかマシのはずです……！」

さすがにもう、力量を誤魔化している場合ではなさそうだ。俺が剣を構えたとき、ゴブリンの先頭に、人間が立っているのが見えた。

背の低い、鷲鼻《わしばな》の男だ。身を屈《かが》め、奇妙な翡翠《ひすい》色の角笛を手に、こちらへと疾走してきていた。

表情に笑みを浮かべ、陰湿な目でこちらを睨んでいた。ゴブリンの行列を率いているその男に、俺は見覚えがあった。冒険者ギルドを出るときに、すれ違ったばかりだ。

「ヒヒヒ……オクタビオさんに喧嘩を売った、お前達自身の頭の悪さを恨むことだ。素直にあのとき魔法袋を渡していれば、一生たかられるだけで済んだだろうにな」

小男が手でわざとらしく口許《くちもと》を隠し、声を上げて笑った。

こいつは……オクタビオの取り巻きだ。どうやらあのゴブリンの行列は、あの小男がわざと率いてきたらしい。ゴブリン達の異様な激昂《げきこう》具合を見るに、手にしている角笛に魔物を挑発する効果でもあるのかもしれない。

それにしても、手筈《てはず》が良すぎる。俺達が準備をしている間に、人脈を使って俺達の予定を暴き出し、先回りをしていたのだろうか。徹底している、というよりは明らかに手慣れている。

「この手が一番後腐れがない。単に依頼中に間抜けが死んだだけとして処理される。万が一証言があっても、悪意はなかったとシラを切り続ければ罪に問われることはない。雑魚は大人しく従っていればいいのに、変に逆らうからそういうことになる。オクタビオさんはお前達みたいな雑魚に反抗されるのが一番嫌いなんだよ」

小男は角笛を仕舞い、黄色い団子のようなものを取り出した。そしてそれを、ポメラへと向けて投擲《とうてき》した。

「《匂い団子》……発酵させた果実と腐肉を練り込んだ、俺のお手製だ。器用だろ？」

ゴブリンは、腐肉の匂いに集まって来ると聞いたことがある。恐らくあれは、魔物の意識を向けることを目的としたアイテムだ。あれを用いて、ゴブリン達の標的をすり替えて俺達へと擦《なす》りつけ、そのまま逃走する算段なのだろう。

「きゃあっ！」

「ポメラさん、屈んでください！」

俺はポメラの前に躍り出て、小男の投擲した団子を受け止めた。小男は俺達の近くまで来てからゴブリンを振り返り、そのまま横を駆け抜けて逃げていこうとした。

「チッ……まさか、綺麗に取られちまうとはな。保険のつもりではあったが、まあ問題ないだろう。お前達ひよっこ冒険者よりも、俺の方が遥《はる》かに足が速い！　先輩として教えておいてやる。レベルの違いによって、膂力《りょりょく》や魔力よりも一番明確に差として現れるものがある。足の速さだよ！　ゴブリンの標的は、お前達に移っ……」

俺は小男を追って横に移動し、軽く足を払ってその場に引き倒した。

「嘘だろ、いくらなんでも速すぎ……アガッ！」

小男が身体を派手に地面に打ち付けた。

「確かに……一番わかりやすい形で差が出るのは、移動速度でしたね」

小男の上げた顔と目が合った。顔を真っ青にして、呆然と口を開けていた。

「い、いったい、お前、何十レベルあるんだ……？」

……この小男としては、レベル１００に入っていないことが前提らしい。

まだこの世界のことはよくわかっていないが、ルナエールはやはり俺を鍛えすぎたのではなかろうか。長い地下迷宮暮らしで、少しばかり感覚がずれていたのかもしれない。

小男が引き連れてきた、二十体のゴブリンが迫って来る。《英雄剣ギルガメッシュ》でゴブリンを消し飛ばすところをポメラやこの小男に見られるわけにはいかない。俺は剣を鞘へと戻した。

「カ、カナタさん、諦めるのはまだ早いです！　ポメラも頑張りますし……こうなった以上、その方も協力するしかないはずです。三人で、どうにかここを凌ぎましょ……」

俺は前に出て、ゴブリンリーダーの棍棒を素手で受け止め、胸部を軽く蹴った。肉が千切れ、骨が折れ、赤斑の小鬼の上半身が地平線へと消えていく。

「は……？」

小男の顔から表情が消えたのが見えた。

蹴りは、力加減が難しいかもしれない。俺は逆側の小鬼の腹部を手刀で貫き、素早く引き戻した。

今回は、亡骸が遠くへ飛んで行かずに済んだ。

これでいいかもしれない。血が付着する前に引けば、それほどローブが汚れることもない。

乱戦の末、ゴブリンの骸《むくろ》の山ができあがっていた。時間にして一分も経ってはいないだろう。

今更ゴブリン程度であれば、百体が一斉に掛かってきたとしても怖くはなさそうだ。というより、魔法を解禁すれば、もっと多くても一発で仕留められそうではあるが。

「カ、カナタさん、いったい……」

ポメラが口をぱくぱくさせながら言う。さすがにもう、誤魔化しは効かなそうだった。

「み、みみ、見逃してくれっ！　違うんだ……お、俺は、オクタビオさんに脅されて……！」

小男は、真っ青になった顔から滝の如《ごと》く汗を垂れ流していた。

俺は屈み、小男から先程の角笛を奪い取り、宙へ投げて殴りつけた。角笛は粉々になった。

俺は正面から小男を睨みつける。彼は目を見開き、息を呑んだ。

「お、おお、俺は、この都市を出て行く！　二度とアンタ達の視界には入らないようにする！　だ、だから……だからっ！」

俺は目を瞑り、少し考えた。この男は、俺とポメラを殺しに来ていた。口振りからして、きっと初犯ではないのかもしれない。だが、命乞いをしている相手を殺す気にはなれなかった。

「……オクタビオに、伝えておいてください。次は絶対に容赦しません、と」

「わ、わわ、わかった！　オクタビオさんにも、必ず伝えておく！」

小男は息を切らしながら起き上がった後、俺に引っ掛けられた足を引きずるようにして都市へと懸命に戻っていった。

……これでオクタビオが、これ以上俺達に余計なことをしようと考えなくなればいいのだが。

8

　ゴブリンの群れを一掃した後、破損した亡骸から討伐証明のために耳を切断して布袋に詰めていく。あの小男が引き連れてきたのが二十体であったため、目標であった八体はとっくに超えていた。

　……もっとも、その内の二体ほどは頭部が見つからなかったため、討伐証明部位を回収することはできなかったが。

「……カナタさん、やっぱり、その……凄く強い人だったんですね」

　ポメラがしゅんとしたように口にする。わかっていたことだが、彼女にとって、狩りのパートナーが自分よりレベルが上であったことは、負い目にこそなれあまり嬉しくは思えないようであった。

「黙っていてすいません……あまり、負い目には感じて欲しくはなかったので」

「い、いえ！　カナタさんが、ポメラに気を遣ってくれたということは、その、凄くわかっていますから……！」

「他に信用できる人がなかなか見つかりそうにありませんでしたし……都市のことや、冒険者としての動き方についても色々と教えていただいたので、本当に凄く助かっていますよ」

「でも……これからずっと、カナタさんの足を引っ張り続けているわけには……」

　ポメラが俯く。

　ポメラからしてみれば、そう考えてしまうか。俺としては、冒険者業や都市の常識なんかを教えてくれるだけで助かっているのだが。

下手に俺のレベルや保有アイテムのことが知られれば、ルナエールが口にしていたような凶悪な神の特典を手にこの世界へ訪れた転移者や、単独で世界を敵に回す《人魔竜》達から目をつけられることになるかもしれない。

そういう面でも、気軽に新しい仲間を見つけるわけには俺にはいかない。上手く縁ができ、かつ人格面で信頼のおけるポメラは本当に貴重なのだ。

「まだまだこの都市や冒険者の仕組みについてわからないこともありますし、ここもあまり治安がいいとは思えないので、他に信用できる人が現れるか、どうか……。それに、ポメラさんとは仲良くしていきたいと思っていますので、できれば、今後もパーティーを組んでもらえればと考えているのですが……」

「…………」

ポメラは黙って、俯いてしまった。何か考え込んでいるようだった。

ポメラの本分は冒険者業だ。それに彼女は、冒険者業を続けて行く中で、他者の役に立ち、対等な仲間を作って行くことを目標に頑張っているようだった。

俺に付き合って依頼の非戦闘部分の補佐を行うというのは、彼女の目的からも外れることになる。こちらから金銭的に大きく譲歩するとしても、彼女はきっとそれを許容できないだろう。

「あ、あのっ、カナタさん！」

ポメラが顔を上げる。

「カナタさんは……その、本分は、魔術師なのですよね？」

俺は自分のローブへと目を落とす。ポメラは俺の恰好からそう判断したのだろう。威力も範囲も魔法の方が高く、距離を取って攻撃した方が安全なので、もしも同格以上を相手取るには魔法主体で隙を窺いつつ剣を使うことになる。どちらかといえば魔法タイプになるだろう。

「ええ、本分は魔術師ですね」

もっとも、魔法より素手の方が加減はしやすいはずなので、地上に出てからはあまり魔法を用いる機会はなかったが。

ポメラが俺へと頭を下げた。

「あ、あのっ！　もし、もしご迷惑でさえなければ、冒険者業の合間に、ポメラに魔法の修行をつけていただくことはできないでしょうか！」

「俺が、ポメラさんに……？」

「身勝手なことを言っているのはわかっているのですが……他に、頼れる人がいないんです。必死で頑張っているつもりではいるんですが、ずっと独学での限界を感じていて……きっとこのままだとポメラは、ロイさんの下にいた時のようにお荷物で居続けるのがせいぜいだと思うんです」

確かに、魔法は独学ではかなり厳しいものもあるだろう。俺もルナエールの魔導書と彼女の解説や助言、スケジュールを組み、《魔導王の探求》や《神の血エーテル》のおかげで、どうにか使える魔法の階位を伸ばして行くことができた。俺一人では千年掛けても今の段階まで辿り着けてはいなかったのではないだろうか。

俺もポメラが主体にしている白魔法や、エルフならば適性の高いはずである精霊魔法の心得は薄い方だが、ルナエールからもらった魔導書はある。それに階位を伸ばすには、自身の魔法力、レベルを上げる必要もある。きっと役立てることが色々とあるはずだ。

「もしも、ポメラが冒険者としてまともに戦えるだけの力を身につけたら……ロイさんやホーリーさんも、今度こそ本当のお友達になってくれる気がするんです」

あ、あの二人は止めておいた方がいいのではなかろうか……。

しかし、ポメラの目指している道はわかった。元より、俺のできることならポメラの夢を手伝うと、パーティーを組んでもらったときにそう決めていた。修行の手伝いをすることでパーティーを継続してくれるのであれば、俺にとってもそれはありがたい。

「わかりました。どこまで俺が、魔法の修練の役に立てるかは怪しいですが……改めて、これからもぜひ、よろしくお願いします」

俺が腕を伸ばすと、ポメラはおどおどと周囲を見回した後に、確認するように自分を指で示した。彼女の過去を鑑みるに、あまり握手を求められることがなかったのかもしれない。俺が頷くと、彼女は嬉しそうに笑みを漏らし、俺の手を取った。

「よ、よろしくお願いします、カナタさん！」

こうして、俺とポメラはパーティーを継続して行くことになった。今後、俺はポメラの師匠ということになるのだろうか。……そう考えると、少しむず痒《がゆ》い。

と、同時に、またルナエールのことを思い出した。

すぐにでも会いに行きたいが、あまり早くに会いに行けば、彼女の意思を無視することにもなってしまう。どれほど間を開ければ、彼女は俺の来訪を受け入れてくれるだろうか。

9

ポメラと二人で都市アーロブルクへと戻り、冒険者ギルドへ討伐証明部位を換金してもらいに向かった。

「こんなにたくさん……？　依頼を受注してから、まだ半日も経過していないのに……」

冒険者ギルドの受付の職員が、目を丸くして俺とポメラを交互に見ていた。

「お、お二人とも、Ｆ級冒険者ですよね……？」

職員がゴブリンの耳の数を確認して行く。途中で、手の動きが止まり、身体がぴくりと震えた。

「ゴ、ゴブリンリーダー……？　それも、三体分も!?　いくらなんでも……」

「……通常種と、そこまで何か違うんですか？」

直接戦ったが、見かけ以外の違いが一切わからなかったので、ついそう尋ねてしまった。職員が不審げな表情を浮かべる。

「あなた達……その、本当に戦ったんですよね？　何か、妙なことをしていませんか？　とてもではありませんが、Ｆ級の方二人でどうにかなる規模だとは思えないのですが……」

「あ……いや、何というか……」

俺が狼狽えていると、ポメラが慌てて俺の前に立った。

「は、はい！　え、えっと……その、カナタさんは登録したばかりなので、実力はもうちょっと上になると思います。それから、その……短時間で戻ってこられた理由なのですが、都市の南側に、ゴブリンの巣があるのではないかなと……」

ポメラが地図を広げ、職員へと説明を行ってくれた。

「……その近くは、確か他にも妙な報告が上がっていましたね。なるほど……それならばまぁ、納得もできます。情報提供、ありがとうございます」

職員はまだ納得しきってこそいないようだったが、これ以上追及してくる気配はなかった。

助かった……。しっかりわかっている人がいると違う。ポメラがいてくれてよかった。

「カナタさんは、どこかで私兵か、錬金術師として働かれていたのでしょうか？　この勢いであれば、実績さえ積めばD級……いえ、C級冒険者くらいまでは、簡単に上がることができるはずです」

級にそこまで拘《こだわ》りはないが、まあ活動の目標にもなるか。あまり級ごとの目安やメリットはわからないが、とりあえずC級冒険者を目的としていこう。

「奴らがC級だと？　ふざけるなよ……」

背後から声が聞こえ、振り返る。やや離れたところに、オクタビオが立っているのが見えた。顔に深い皺《しわ》を刻んで、俺を睨みつけていた。鼻が痙攣《けいれん》してぴくぴくと震えている。周囲に取り巻きの小男の姿はない。本当にあいつは、しっかりとオクタビオに警告を出してくれたのだろうか。

俺が睨み返すと、オクタビオは俺達に背を向けてどこかへ歩いて行った。何も仕掛けて来なければいいのだが……。

「今回の報酬金は……ゴブリンが十八体、リーダーが三体で、六万六千ゴールドですね」

「す、凄い……E級の依頼でも、ここまでもらえることって、なかなかありません！」

ポメラが報酬金を受け取り、感動の声を漏らしていた。

ほぼ一円と一ゴールドは等価だったはずだ。一日でこれだけ稼げるのなら、かなり順調なのではなかろうか。半分にして三万三千ゴールドと考えれば、一ヶ月二十日働くとして二十倍すれば六十六万ゴールドにもなる。準備費用を考えても充分な額だ。

もう少しシビアな生活になるかと考えていたが、これなら大分余裕ができそうだ。

「では、カナタさん、どうぞ」

ポメラが報酬金の袋をそのまま渡してくる。

「え？　えっと……ポメラさんの取り分は？　折半じゃないんですか？」

「そ、そんな！　ポメラは何もしていませんでしたし、いくらなんでも罰が当たります！　それに、これから色々と教わる身にもなってしまうのに……何もせずお金をいただくわけにはいきません！」

「こっちも色々と教えてもらっているし……そもそも、お金がないと生活できないんじゃ……」

「だ、大丈夫です！　ポメラ、外で寝るのには慣れていますし……それに、母が教えてくれたゴブリンワームのレシピがあるので、飢えることはありません！」

「余計心配ですよ！　それ、本当に食用なんですか⁉」

「エ、エルフの集落では、結構頻繁に食べられていたそうです。都市部で食べている人は、あまり聞いたことがありませんが……」

見たことはないが、ゴブリンワームという名前からして食欲がそそられない。微妙に外観が想像できてしまうのがいやだ。ともかく、せめて真っ当に生活できるくらいには報酬を受け取ってもらわないと、こっちの方が気を遣ってしまう。

　ポメラと問答を続けていると、別の受付から怒声が聞こえてきた。

「俺は確かに見たんだよ！　大きなひとつ目を持つ、蝙蝠《こうもり》のような化け物を！　あれは、召喚された精霊だ！」

「またあなたですか……。ですから、それがどうしたというのですか？」

「精霊召喚をして野放しにするのは、どこの都市でも重罪だろうが！　そんなことを、目的もなくやる奴がいるわけがない！　あれは、外を下手に歩けない《邪神官ノーツ》が、偵察のために放ったんだ！　それしかないだろうが！　だというのに……ノーツの目撃証言は誤情報だったから警戒態勢を緩めるとは、どういうつもりだ！」

　受付に突っかかっている男がいた。激昂する男に対して、受付は塩対応であった。

「領主様の決定ですから、我々に言われても……。見間違いでしょう。本当に見たとして、悪戯《いたずら》の可能性も否定できません。怯《おび》えているから、何でもそういうふうに見えるのでは？」

「なんだと……？」

　男は今にも摑みかかりそうな雰囲気であった。

《邪神官ノーツ》……《人魔竜》に認定されている、凶悪な人物だったか。確かに、ギルドの目立つところに貼られていたはずの手配書が既になくなっている。

　そのとき、入り口の方に二人の衛兵が現れ、一直線に受付へと歩き、騒いでいた男を両側から挟み込んだ。

「な、なんだよ、お前達！」

「またお前か……あれやこれやと、浅い考えで騒ぎ立てて、民を混乱させるのはやめろ。……と言っても、お前にはわからなかったみたいだな。付いてきてもらうぞ！」

男はそのまま衛兵に連れられ、冒険者ギルドの外へと移動させられていた。

「こ、後悔するぞ！　お前らも、おかしいと思わないのか！　《邪神官ノーツ》がいたら、こんな都市、あっという間に壊滅させられちまうんだぞ！　それなのに馬鹿領主のガランドは、早々に勘違いだと決めつけて何の対策も取らない！　こんなところにいたら全員殺されちまうぞお！」

男が叫ぶ。冒険者ギルド内が騒然とし始めた。俺も、少し不安になってきた。勘違いだろうと聞いて安心していたが、本当にここを《邪神官ノーツ》が狙っているのだろうか。

「黙れ！　そうやって不安を煽るのを止めろと言っているんだろうが！」

男が衛兵に殴り飛ばされた。立ち上がる前に衛兵に背を摑まれ、引きずられるようにして外へと連れ出されていた。

ポメラは不安を誤魔化すように、ぎゅっと大杖を抱きしめていた。

「……そんなに、ノーツっていう人はまずいんですか？」

ポメラが意外そうに瞬きをした。俺がノーツを知らないとは、思っていなかったようだ。

「《人魔竜》は……人間では、ありません。都市が滅ぼされかねないというのは、比喩でもなんでもないんです。さっきの人は対策と言っていましたが……都市にいるとわかったとしても、取れる対策なんてきっとないと思います。都市どころか《人魔竜》の中には、十万人殺したとされている者や、国ひとつ滅ぼしたとされている者もいます」

そ、そこまでなのか……。レベルに支配されたこの歪《いびつ》な世界では、個人の力の差が小人と巨人ほど異なることもあるはずだ。《人魔竜》とやらを甘く捉えすぎていたかもしれない。

10

俺は宿を取って都市アーロブルクでの生活の一日目を終えた後、ポメラと合流して彼女を宿の部屋へと招いた。他に落ち着いて魔法を教えられそうなところがなかったのだ。

「よ、よろしくお願いいたします、カナタさん！　えっと……ポメラ……その、物覚えとか凄く悪いですが……せいいっぱい頑張ります！」

ポメラが腕にぐっと力を込める。

「俺もあまり要領のいい方ではなかったと思うので、問題ありませんよ。とはいっても、今も白魔法に関しては、俺も心得はほとんどないのですが……」

俺は言いながら宙に魔法陣を浮かべる。

「時空魔法第八階位《異次元袋《ディメンションポケット》》」

魔法袋は空間容量の縛りが大きいので、使う機会の多そうなものしか入れていない。魔導書などは時空魔法による特異空間の中に保管している。こちらは使用者の魔力の高さで特異空間を押し広げられ、空間制限は魔法袋ほど厳しくはない。

「じ、時空魔法の……それも、第八階位を扱えるんですか!?　カナタさん、そこまで……」

ポメラが驚きのあまりか、口をぱくぱくとさせていた。《異次元袋《ディメンションポケット》》はロヴィス程度でも扱えていたので、そこまで大したものだとは思えないのだが……。

魔法陣の中央に手を入れ、中から一冊の魔導書を取り出した。

「ぶ、分厚い……この魔導書、凄く高価なものだったんじゃ……」

「師匠から譲り受けたものなので、あまり価値はよくわかりません……。ただ、想い出の品なので、なるべく丁寧に扱ってもらえると嬉しいです」

「は、はいっ！　気をつけます！　手を、しっかり洗ってから読まないと……。ただ、その……結構、魔法の奥義だとかに関わる部分について記されたものではないかと思うのですが、ポメラなんかに本当に理解できるでしょうか……？」

ポメラは魔導書を前に、自信なさげに呟《つぶや》く。

「えっと……あと、これと、これと……」

俺は《異次元袋《ディメンションポケット》》から次々に魔導書を引き抜いていく。積み重ねるごとに、ポメラの顔が強張っていった。

あっという間に十冊になっていた。とりあえずはこんなものでいいか。

ポメラに必要なのは、彼女の得意分野であり人の役に立つという目的にも適している白魔法と、種族として適性の高い精霊魔法だ。他は後回しでいこう。

少し教えるのに時間は掛かりそうだが、教えることで俺自身の理解の補完になるだろうし、空いた時間に《双心法》の鍛錬もできる。

「カナタさん、その量は、一体……？　その、カナタさんがやる気を出していただけるのは凄くありがたいのですが、ポメラには少し現実的ではなさそうな……。あの、これ、どのくらいの期間を前提としているんですか？　全て理解するにかなりの年数を要しそうな気がするのですが……」

「ああ、大丈夫ですよ。さすがに二日くらいは見ています」

「二日!?」

あまり長くだらだらとやっても仕方がない。結局レベルが低いと魔力が低く、そうであれば魔導書の知識を得ても上手く本質を掴めなかったり、肝心な部分を発動させられなくなったりすることが多いのだ。

しかし、魔法の技量が低ければ効率よくレベルを上げることは難しい。なので、魔法の修行とレベル上げは並行して行っていくことが望ましいと、俺はそう思う。少なくともルナエールはそうやって教えてくれていた。

俺に彼女ほど上手く教えられるだろうかと思うと、ちょっとわくわくしてきた。ルナエールが俺に教える際、少しだけ楽しそうだった理由が今ならわかる。

「師匠が持たせてくれた、集中力を強引に続かせたり、一時的に記憶力を上げたりする霊薬なんかも余っていますから、きっとできるはずですよ」

「集中力を強引に続かせる霊薬!?」

どんどんポメラの顔が青くなっていく。やはり不安が大きいのだろう。

俺も修行中、あまりの苦痛から『もしかしてルナエールは過剰に外への恐怖心を煽り、それにかこつけて修行のオーバーワークで俺の精神を潰して折れさせて《地獄の穴《コキュートス》》から出る気力を奪おうとしているのではないか』ととんでもなく失礼なことを一瞬とはいえ勘繰ってしまったこともあったくらいだ。

だが、当然ルナエールにそんな思惑があったはずがない。むしろ彼女は残ろうとした俺に対して『人間らしい人生を送って欲しい』と《地獄の穴《コキュートス》》から追い出したくらいである。

それに、人間、やってみれば意外と慣れるものだ。現に俺はどうにかなった。辛かった時も当然あった気はするが、喉元過ぎれば熱さ忘れるというか、今ではいい想い出である。

「ああ、そういえば、睡眠の代わりになる霊薬もあるんですよ。師匠曰く、連日使用は控えた方がいいという話でしたので、様子を見ながら使っていきましょう」

「睡眠の代わりになる霊薬!?」

どこから教えていくべきだろうかと俺は頭を悩ませる。最終的には対人必須技術である《双心法》も身につけてもらわなければならない。あまり肌身離したくはないが《魔導王の探求》もポメラに貸した方がいいだろう。

俺は《異次元袋》《ディメンションポケット》からポーションを出してその場に並べていく。

「あ、あの……カナタさん、その、その……ポメラから言い出したことで申し訳ないのですが、決心がつかないと言いますか……カナタさんとポメラの差が思ったよりも開いていそうなので、やっぱりその、ポメラなんかが教わろうとするのは失礼かもしれないと言いますか……」

「え……」

俺は両腕にポーションを抱えながら、ポメラを振り返った。

ポメラと目が合う。彼女の顔には、だらだらと汗が流れていた。……今、ポメラは、やっぱり止めたいと口にしていなかっただろうか。もう少し、段階を踏むべきだっただろうか。

「すいません、今ポーションを整理していたもので、ちょっとあまりよく聞こえなくて……」

「え、えっと、その、その……」

ポメラはおどおどと腕を動かし、俺から目を逸らす。

「い、いえ、その……そこまで準備していただいて、その本当に嬉しいです。ポ、ポメラ、命懸けで頑張らせていただきます……」

なんだ、ただの聞き間違えだったらしい。

11

予定通り、二日間をポメラとの魔法の特訓に費やした。魔導書の内容を霊薬ドーピングで覚え込み、理解してもらった。危険性の低い階位の高めの魔法を用いての発動練習も行った。

白魔法と精霊魔法に加えて、攻撃に用いやすい炎魔法もある程度身につけてもらうことに成功した。この三つの分野に関しては土台となる基礎はバッチリだと言えるはずだ。

この二日の間、俺もポメラに街のことや、簡単な外の常識なんかを教えてもらった。都市アーロブルクを訪れた最初の日は戸惑うことばかりだったが、以前のように戸惑いながら街を歩くことにはもうならなくて済みそうであった。

ひとまず、ポメラの魔法修行に関しては一旦ここで終えて復習に留《とど》め、レベル上げによって魔力を伸ばすべきだろう。俺とポメラは冒険者ギルドにて薬草採取のF級依頼を引き受け、都市からやや離れた平原を訪れていた。

レベルの高い魔物ともなれば、肉や毛皮、臓物、牙に高い価値のつく個体もいるらしい。そうした魔物の骸は、状態によっては冒険者ギルドの方で買取を行ってくれるそうだ。特に討伐依頼を受けていなくても、魔物によっては換金できる機会があるということだ。

納品した魔物のレベルや数によっては、そちらでの実績が認められての昇級もあり得るらしい。

今更ではあるが、そっちを狙って行った方が俺には適していそうであった。薬草採取で堅実に依頼実績を積みつつ、魔物の亡骸を買い取ってもらっての金銭稼ぎと昇級が今回の目的である。

「こ、こんな街外れにまで来てしまって、大丈夫でしょうか……？」

ポメラがおどおどと周囲を見回している。

「そこまで歩いていないと思いますが……」

「距離……というより、方角があまりよくないかもしれません。その……少し、引き返しませんか？　都市アーロブルクの近くにある《魔の大森林》は……一流の冒険者の方でも、あまり近づかないんです。この方面は、森から出てきた魔物と運悪く出会うこともあるかもしれません」

俺が出てきたところだ。確かに奥地に《地獄の穴》《コキュートス》の入り口があるくらいだ。ポメラ達にとっては《地獄の穴》《コキュートス》の魔物はとんでもない脅威になるだろう。俺が出てきたときには鉢合わせしなかっただけで、森にももっと危険な魔物がいたのかもしれない。

「では、少し戻りましょうか」

俺がそう口にしたまさにそのとき、遠くから狼《おおかみ》の声が聞こえてきた。

「アオオオオオッ！」

六体の、黒い狼の群れがこちらへと向かってくる。

「ダ、ダルクウルフです！　《魔の大森林》を住処《すみか》にしている魔物です！」

早速出てきた。戻るなら、もう少し早くに引き返すべきだったかもしれない。

いや、多少高レベルでも、《地獄の穴》《コキュートス》の魔物以上だとは思えない。ポメラを庇《かば》いながらでも対応できるはずだ。

俺は《英雄剣ギルガメッシュ》を引き抜いて構え、《ステータスチェック》で素早く相手のレベルを確認した。前の三体は、左から順にレベル22、レベル20、レベル21だった。俺はそっと《英雄剣ギルガメッシュ》を鞘へと戻した。

……このくらいだと、D級下位程度といったところだ。まぁ……うん、森外れの魔物はこんなものか。適当に素手で打ち倒して、亡骸を回収させてもらおう。

「き、気をつけてくださいカナタさん！　ダルクウルフは、連携を組むのが得意で……いくらカナタさんとはいえ、一歩間違えれば命を落とすことも……」

「このくらいなら、ポメラさんのレベル上げに丁度いいか」

「……ふぇっ？」

俺のつぶやきに対し、ポメラが目を丸くして俺の方を見た。

「カ、カナタさん……？　その……えっと、冗談、ですよね？　確かに魔法は教えてもらいましたけれど……ポメラまだ、レベル7なんですよ……？」

俺はポメラの斜め後ろへと跳んだ。

「土魔法第四階位《脆土の盾《クレイシールド》》」

俺は魔法陣を浮かべ、腕を前に突き出した。地面から土の塊が俺の手元へと集まり、大きな土の盾を象《かたど》った。

「す、凄い……一瞬で、こんな細部まで作り込まれた盾を……！」

「錬金魔法第十五階位《魔剛鋼《マナアルゴン》》」

続けて、魔法陣を展開する。土の盾に緑色の炎が灯《とも》り、土が変質化する。翡翠色の輝きを帯びた金属の盾へと変化した。

《魔剛鋼《マナアルゴン》》は、地中深くで地脈の魔力を受けた土が長い年月を掛けて変化するものだ。こうして錬金魔法で再現することもできる。

ポメラは呆然と俺の手元を見て、大きく口を開けていた。

「えっ……？　う、嘘……っ、土塊の盾が、こんな、魔法金属に……ど、どうして……」

「大丈夫です。攻撃は、俺が適当に凌ぎます。魔法で攻撃し続けてください」

俺は飛びかかってきたダルクウルフを《魔剛鋼《マナアルゴン》》の盾で弾き返す。何体同時に来ようとも、ダルクウルフ程度の速さなら余裕を持って対応することができた。

「きゃ、きゃあっ！　ひっ！」

「大丈夫ですポメラさん！　全部、俺が防ぎますから！」

「で、ですが……ですが……」

「攻撃しないとレベルが上がりませんよ！」

最初の方は怯えて動けなかったポメラも、どうにか途中から攻撃に出てくれた。時間は掛かったが、無事にポメラの魔法攻撃だけでダルクウルフの群れを全滅させることができた。

「ポ、ポメラは……ポメラは、もう、駄目かもしれません。一生分の《炎の球体《ファイアボール》》を撃ちました……。視界がぐるぐるします……なんだか、恐怖と疲労で吐き気が……」

ポメラも息を切らしながら、地面の上にへたり込んでいた。

防御面は全て俺が担当したとはいえ、攻撃面はレベル上のダルクウルフを相手にほぼポメラ単独でやり切ったのだ。ポメラの魔力はほぼ底を突いているようであった。霊薬も数本渡していたが、既に手持ち分は空になっているはずであった。

　ポメラは大杖を地面へと落とし、顔を手で覆った。

「……ごめんなさい、ごめんなさい、カナタさん。実は、先日カナタさんから色々と霊薬をいただいていたときから何となく違和感はあったのですが……その、ポメラ、冒険者に向いていないのではないかなって……。ポメラは、冒険者に対する認識が甘かったかもしれません。その、その……とても、耐えられる気が……」

「お疲れ様です、頑張りましたねポメラさん！　今回で、一気に六つレベルが上がっていましたよ。この調子でいきましょう」

　俺がポメラの肩を叩くと、彼女は顔を上げて俺の顔を見上げた。

　俺の《ステータスチェック》の存在に関しては既にポメラに教えている。修行のための、彼女のステータスの確認の許可ももらっている。

「ポ、ポメラ……ちゃんと、頑張れていましたか？」

「ええ、凄かったと思います。今思えば、俺は最初の頃、師匠に動けないゴーレムを用意してもらっていましたね。それでもへとへとでしたから……。なんだか、ポメラさんのレベルが上がると、俺も自分のことみたいに嬉しいです」

「え、えへへ……そ、そんな、なんだか、照れてしまいます」

　ポメラが頬を僅かに赤く染め、俺から目を逸らす。

「あ……さっき、言葉を遮っちゃっていましたね。すいません、つい、興奮しちゃって……」

　俺が尋ねると、ポメラは一瞬思案するように表情を硬くした。しかし、すぐにわずかに微笑み、落とした大杖を拾い上げ、口をぎゅっと固く結んだ。

「い、いえ、なんでもないです！　その、ポメラ、やれるところまで頑張ってみたいです！　ですから……その、カナタさんにはご迷惑をお掛けしますが、お手伝いしていただけると嬉しいです！」

ポメラが立ち上がりながら言った。俺も彼女の言葉に大きく頷いた。

「あ、とと……」

ポメラがよろめいて、その場で倒れそうになった。俺は咄嗟に彼女の身体を支えた。

「と……す、すいません！」

俺はそそくさと彼女の身体から手を引いた。

「い、いえ、ありがとうございます。ごめんなさい、身体に力が、なんだか入らなくて……」

そうだ、あれを渡さなければいけない。俺は魔法袋に手を入れ、中から霊薬を取り出した。

「ポメラさん、これをどうぞ」

「ありがとうございます、カナタさ……」

「それを飲んだら、奥へと向かいましょう。ポメラさんのレベルは上がりましたし、今のでこのやり方に少しは慣れたと思うので、次はもうちょっと上の敵を狙っていきましょう」

ポメラは瞬きをした後、俺から受け取った霊薬へと目線を移す。ポメラの顔にぶわっと汗が流れ始めた。

「も、もしかして……その、きょ、今日ですか……？」

「え……？」

予想外のポメラの問いに、俺は言葉に詰まった。

「い、いえ、なんでもありません！　行きましょう！　ポメラ、カナタさんについて行くって決めましたから！」

ポメラはぐっと霊薬を飲み干した。

「あの……精神的にしんどいとかでしたら、休憩とか……」

「大丈夫です！　ポメラは、カナタさんのご厚意を裏切らず、やりきってみせます！」

俺もルナエールはリッチであり、心の疲労などの感覚に疎いかもしれないと自白していた。

ルナエールもルナエールの影響を受けてちょっと疎くなっているかもしれないと思っていたが……まあ、本人がこう言っているのであれば、きっと大丈夫だろう。

俺とポメラはその後、キラーベアと交戦した。キラーベアはレベル30程度の、C級相応の魔物であった。毛皮が青白く、四つの大きな腕を持った一つ目の熊である。

最初は一体だったキラーベアだが、俺が《魔剛鋼《マナアルゴン》》の盾で攻撃を凌いでポメラに攻撃させている最中に咆哮《ほうこう》を上げて二体の仲間を呼び、呼ばれた熊がまた新たな仲間を呼び、気づけば七体のキラーベアに囲まれる結果となっていた。

俺はキラーベア達の前を飛び回りつつ、《魔剛鋼《マナアルゴン》》の盾で連撃を防いでいく。

「せ、精霊魔法第三階位《風小人の剣撃《シルフソード》》」

辺りに緑の光が走り、風の刃がキラーベアの一体を斬りつける。

ポメラは目に涙を湛《たた》えながら、震える声で必死に魔法を撃ち続けていた。

「精霊魔法は術者の魔力消耗を抑えられる代わりに、精霊を介する分、制御が複雑になります。もう少し落ち着いて撃たないと威力が安定しませんよ」

「でで、ですが……ですが……きゃあっ！」

ポメラに到達しそうだったキラーベアの一撃を、俺は彼女の前へと移動して盾で弾いた。キラーベアの大きな指が曲がり、その巨体が後退した。少し、弾きすぎたかもしれない。

「俺を信じてください。大丈夫です、キラーベアくらいの攻撃でしたら、防ぎ損ねることはありませんから！」

「は、はい……わかってはいるのですが……しかし、しかし……ひいいっ！」

魔法陣を紡いでいるポメラへと、三方向からキラーベアが襲いかかってきた。俺は手前へ盾を突き出し、またキラーベア達の攻撃を妨げた。

戦いが終わった頃には夕暮れどきだった。ポメラは死んだような表情でぐったりとしていた。

「ポメラさん、レベル22になっています！　やりましたね！」

俺が声を掛けると、ポメラの身体が地面の上へと崩れ落ちた。

「ポ、ポメラさん、大丈夫ですか？」

「カナタさん……今日の、今日の修行は……？」

「今日はもう、そろそろ都市へ引き返そうかと……」

「そう、ですよね……」

ポメラが生気の失せた表情を崩し、にっこりと微笑んだ。顔色がかなり悪い。

「い、急いで霊薬を……！」

「きょ、今日はもう、できれば飲みたくないです！　我儘《わがまま》を言ってごめんなさい……でも、もう修行がないんだったら、今日はもう飲みたくないです！」

ポメラが目を見開き、腕を伸ばして俺を止めた。

「そ、そうですか……？」

俺は霊薬を魔法袋の中へと仕舞い込んだ。

ふらふらのポメラと、二人で並んで帰路を歩く。

「正直……カナタさんの修行方法が凄すぎて、ポメラにはついていけないんじゃないかって、途中で凄く不安だったんです。でも……今日一日無事に終えられて、少しだけこんな自分に自信が持てました。どうにかやっていけるって、今はそんな気がするんです」

ポメラは力なく歩きながら、少しだけ笑ってそう言った。

「もう少しレベルが上がったら、《歪界の呪鏡》を試してみましょう」

俺の言葉に、ポメラの笑みが凍りついた。

「な、なんですか……その、不穏な響きの鏡は……？」

「ちょっとばかり危険でしんどいかもしれませんが、効率が桁外れに上がるはずですよ。俺も一番目の師匠はと聞かれたら別ですが、二番目の師匠はこの《歪界の呪鏡》と答えるくらいです」

ポメラがその場に足を止め、ふらりと膝から崩れ落ちた。

「ポ、ポメラさんっ!?」

「カ、カナタさん、ごめんなさい、やっぱり駄目かもしれません……」

ポメラとの修行を始めてから、一週間が経過した。魔物狩りと魔法修行を交互に繰り返し、彼女のレベルは38へと達していた。白魔法の技量的な面に関しては、ポメラは既に俺を上回っていた。もっと熟達させて、俺にわかりやすく教えてもらおうかと密《ひそ》かに企てている。

その日、俺とポメラは森浅くへ魔物狩りに向かい、予想外に早く目標に達したのでまだ日が昇りきるよりも先に冒険者ギルドへと帰還していた。

「まさか……こんなポメラが、レベル40近くになれる日が来るなんて、思ってもみませんでした。今なら、ロイさん達も、ポメラと対等なお友達になってくれるでしょうか？」

受付の列に並んでいる最中、ポメラが嬉しそうにそう口にしていた。ただ、俺は、そのポメラのレベルについて悩んでいることがあった。

「おかしい……ルナエールさんに俺が修行をつけてもらっていたときは、一週間でレベル１００へと引き上げてくれていたはずなのに、その半分にも到達していない。そればかりか、どんどん効率も落ちてきている……」

俺のやり方が悪いのだろうか。霊薬の消耗ばかり激しくなってきている。

そろそろ霊薬の残り本数も厳しくなってきたので、ルナエール製には劣るだろうが俺も作ろうと試みてみたのだが、全く材料が揃《そろ》わなかった。手に入るものから作る術《すべ》を模索しているが、ちょっと時間と開発費が掛かりそうだ。

良かれと思って俺の考えた修行の部分が全て裏目に出ている気がする。かといって俺のできることルナエールのできることは違うし、《地獄の穴《コキュートス》》とここの環境も全く異なる。俺とポメラの戦い方も同じではない。ルナエールが俺に課してくれた修行法を完全に模倣することはできないのだ。

俺なんかに、ルナエールほど上手くやれるとは端《はな》から思っていない。しかし、ポメラはそんな俺を信じて頼ってくれたのだ。彼女の夢の手助けにはなってあげたい。だが、俺のやり方では、これ以上ポメラを強くしてあげることはできないかもしれない。

「カナタさん、何を悩んでいるのですか……？　一週間でレベル１００って聞こえたのですが、何の話ですか？」

ポメラが恐々と尋ねてくる。俺はそれを苦笑いで誤魔化しつつ、そろそろ多少の無茶をしてでもアレを使うべきかと思い悩んでいた。

「……あなた達は、相変わらずですね」

俺が魔法袋から出したダルクウルフの毛皮やサーベルラビットの牙、アルミラージの角を見て、ギルドの職員は、はあと大きく溜息《ためいき》を漏らした。ダルクウルフとサーベルラビットはレベル20前後、アルミラージはレベル30前後の魔物である。

ポメラからの助言があり、《異次元袋《ディメンションポケット》》は極力人前で使わず、魔法袋を頼るようにしている。どうやら第八階位の魔法はどうしても目立ってしまうらしい。

彼女曰く、熟練の冒険者であるC級、B級の冒険者でさえ、第六階位の魔法に到達するのがせいぜいなのだという。おまけに、第六階位は大技すぎて、発動に無意味に時間がかかる上にどうしてもオーバーキルにしかならないので、使えても実戦では使わない人ばかりなのだそうだ。さすがに過言だと思ったが、とりあえずは納得した振りをすることにしている。

「お二人とも、先日にE級冒険者へと昇級したところなのでしたよね」

職員の人は、俺達の登録証を確認しながらそう言った。

「ええ、そうです」

「実はカナタさんとポメラさんを、特例でC級冒険者にしようという話が出ているのです。あなた達の実力は明らかにC級以上でしょうし、ギルドとしても実力のある人に相応の依頼を受けてもらえた方が助かりますからね。すぐに、ということではありませんが、頭に入れておいてもらえれば」

「本当ですか？」

俺としても、とっとと上位の依頼を受けられるようになっておきたかった。討伐依頼ではなく、ギルドに部位買取を行ってもらっているだけではどうしても効率が悪いのだ。

冒険者としての級が上がれば、登録証が身分証明書代わりになることもあるらしい。領主はなるべく自領に有望な冒険者を置いておきたいため、都市によっては領主直営の施設で特権を受けられることもあるらしく、とにかく級を上げておくに越したことはないそうだ。

「や、やりましたね、カナタさん！　ポメラは……なんだかカナタさんのおまけでもらった感じが強くて、申し訳ないですが……」

ふと、そのとき背後より殺気を覚えた。振り返ると、オクタビオが俺達の方を睨んでいた。

「なんで、あんなクソガキ共が……何か、卑怯《ひきょう》な真似《まね》をしやがったんだ」

オクタビオは、ぶつぶつと何かを呟いていていた。

……またあいつか。目が合うと、舌打ちを鳴らして別の方へと歩いて行った。

オクタビオは、万年D級冒険者であることを、えらくコンプレックスに感じているという話だった。連日好成績を修めてギルドから特別扱いされつつある俺とポメラを、どうにもあまり良く思っていないようだ。

オクタビオの取り巻きであったあの小男の方は、最近めっきり見なくなった。俺に怯えて、この都市を出て行ったのかもしれない。

「まだ、今日は時間がありますねカナタさん。午後から、魔法のお勉強でしょうか？」

修行を通して自信を身につけてきたのか、単に一緒にいるので俺に対しては心を開いてくれているのか、最近ポメラは、少なくとも俺に対してはあまり吃《ども》らなくなったように思う。

「そう……ですね。前にも言っていたものなんですが、実は試したいものがあるんです。一度宿に戻ってから、少しやってみましょう」

「ま、前にも言っていた、試したいもの……ですか？」

ポメラが不安そうに目を細める。ま、まあ……《ウロボロスの輪》もポメラに渡しておけば、万が一が起きることも避けられるだろう。

宿に戻ってから《異次元袋《ディメンションポケット》》より《歪界の呪鏡》を取り出し、中央へと置いた。鏡面に被せていた魔法陣の描かれた布を取り払う。

「こ、これは……？　なんだか、濃密な邪気を感じます……絶対によくないものです」

ポメラががたがたと身体を震えさせる。エルフは精霊の機嫌や気の流れに敏感なのだという。ハーフエルフであるポメラにもその力が備わっているのかもしれない。

「大丈夫です。ポメラさんに先ほど渡した《ウロボロスの輪》は、装備者の生命を強引に繋ぐ力を持っているんです。ですので、ポメラさんはちょっと死んだくらいでは死にません」

「ポメラ、ちょっと死ぬかもしれないんですか!?」

ポメラが悲壮な声で叫ぶ。しかし、ちょっと死ぬといっても大した問題はない。確かに魔力の消費は激しいし、体力が全回復するわけでもない。復活時に大きな隙を晒すことにはなるが、その辺りのデメリットは俺が補ってみせる。

「ポメラさん……俺は、ポメラさんの力になりたいんです。ポメラさんは、師匠以外で初めて、純粋な善意で俺を助けてくれた人でしたから」

「カ、カナタさん……」

ポメラは一瞬目に涙を湛え、嬉しそうな表情を浮かべていたが……しかし、それからすぐにはっと気がついたように目を見開いた。

「で、でも！　あの！　正直その、今のレベルで大丈夫なのではないかと！　その……！」

迷いがあるのだろう。ここ一週間でかなり緩和されたとはいえ、ポメラは今ひとつ自分に自信が持てずにいるようだった。しかし、《歪界の呪鏡》でなければ、俺はこれ以上ポメラを鍛えてあげることができないかもしれないのだ。

俺はポメラの手を取った。

「ポメラさんの……冒険者として活躍して、友達をたくさん作り、エルフと人間の架け橋になる夢……凄く、素敵なことだと思います。だから、絶対に叶《かな》えて欲しいんです！」

ポメラは顔を赤くし、どこかうっとりとした目で、じっと俺の顔を見つめていた。

「カ、カナタさん……ありがとうございます。その……母さん父さん以外に、ポメラのこと、今までそんなふうに応援してくれた人がいなくて……」

俺はポメラに笑いかけ、《歪界の呪鏡》へと向き直った。

「では、行きましょう。鏡面を潜り抜ければ、世界の歪《ゆが》みへと向かうことができます」

「あ、あれ!? あ、いえ……確かにそういう流れだったんですけど、えっと……その、何かが、何か大事なところが違うような気がするんです!」

ポメラはまだ脅えていたようだったが、俺が鏡面を潜り抜けようとすると、大慌てで後をついてきた。《歪界の呪鏡》の中へと侵入した。足場や壁が虹色に輝いており、背後には黒い大きな歪があった。ポメラが歪より現れ、俺の後を追いかけてきた。

「カ、カナタさん、こ、この、不気味なところは……?」

俺は《英雄剣ギルガメッシュ》を抜いた。もう片手には、錬金魔法で作った《魔剛鋼《マナアルゴン》》の盾を構えている。

「使うんですか? その剣、威力がとんでもなさすぎて、大変なことになるから使えないと……」

「使わないと、俺も死にかねませんからね。《ウロボロスの輪》もありませんし」

俺が笑いながら答えると、ポメラがさっと青褪《あおざ》めた。

そのとき、天井に人型の蠟燭《ろうそく》のような悪魔が十体程並んで現れたのが見えた。

全身は真っ白で、髪の毛は黒く、目と口は真っ赤だった。溶け出した白い肌が地面へと垂れている。真っ赤な目が、俺とポメラを捉えていた。

「いきなり嫌な奴が出てきた!」

俺は《魔剛鋼《マナアルゴン》》の盾を放り捨ててポメラを抱きかかえ、床を蹴った。

「きゃっ、きゃあっ！　カナタさん？」

「ボォォォオオオオオオオ！」

十体の悪魔が豪速で落下してくる。悪魔の突撃を受けた《魔剛鋼《マナアルゴン》》の盾が、背後で大きく窪んでいるのが見えた。

俺は近くの二体を纏めて斬って、体勢を整える。どちらも中央から綺麗に切断できた。

「カッ、カナタさん、カナタさん、な、なな、なんですか、こ、この、化け物は！」

ポメラががくがくと震えている。

「世界の歪みの中で生まれた悪魔達です。俺も、それ以上はよくわかりません」

「そんな、出鱈目《でたらめ》な……。で、でも、二体はもう片付いたんですよね？」

俺の斬った二体の悪魔の上半身が溶け出して合わさり形を変えて固まり、大きな白い頭へと姿を変えた。

「カナタさん、アレ！　アレ！」

「ここではよくあることです」

周囲に落下してきた蠟燭悪魔達が腕を伸ばす。指が真っ直ぐに伸び、俺達へと迫ってきた。俺はポメラを抱きかかえたまま、大量の指を回避しつつ、避けられないものを剣で叩き斬った。

「ポメラさん、魔法で奴らを攻撃してください！　ここには精霊はいませんので、精霊魔法は使えません！　炎魔法でダメージを稼ぎましょう！」

「無理です……無理ですぅ……！」

ポメラが涙を流しながら俺へとしがみつく。

「大丈夫です、適当に魔法を撃ち続けてください！　どんどん悪魔が増えていきますから、その内どいつかには当たるはずです」

「それも無理です！　ごめんなさい、ごめんなさい！　ポメラにこれは無理です！　カナタさんの期待に応えられない、駄目な子でごめんなさい！」

俺はルナエールのように、結界でこいつらを抑え込むことはできない。その分、どうしても俺の時に比べてポメラの恐怖心が強くなってしまうのだろう。しかし、逃げ回っていれば、ポメラもいずれこの悪魔達への耐性がついてくるはずだ。

「時空魔法第十七階位《空間断裂《フラクチャー》》」

展開した魔法陣を中心に、黒い根が広がっていく。空間ごとバラバラに引き裂く魔法だ。頑強なここの床も、黒い根に蹂躙《じゅうりん》されて罅《ひび》が入っていく。

指を伸ばしながら宙を飛んで追ってきていた蠟燭悪魔共が、《空間断裂《フラクチャー》》に巻き込まれて無数の断片と化していく。

「安心してください！　《ウロボロスの輪》は、万が一のための保険です。目を瞑って魔法を撃ち続けていてください。ポメラさんのことは、俺が守りきりますから！」

「カ、カナタさん……！」

そのとき、《空間断裂《フラクチャー》》で散らばらせた無数の残骸がくっ付いて変形し、数十という数の手へと変化した。四方八方から俺達へと迫ってくる。

「こんなこともできたのか……！　ダメージは通せているはずだけど、こいつに《空間断裂《フラクチャー》》は止めた方がよさそう……」

俺は《英雄剣ギルガメッシュ》で奮戦し、無数の腕を打ち砕いていく。

「おっと……」

ポメラに肘打ちを当てそうになり、俺はさっと剣を引いた。危ない、俺が彼女の頭を叩き割るところだった。

「あっ……」

ポメラの胸部を貫き、内側から白い腕が突き抜けた。俺が剣を引いた一瞬の隙を突いて、死角からやられた。

「カナ、タさっ……」

ポメラの口から血が溢れ、目から生気が消えた。

「ポメラさんっ！」

俺は一度外へと撤退することにした。外傷は死の淵《ふち》へ落ちた時に《ウロボロスの輪》で再生されたようだが、ショックから意識を手放したままのようであった。

俺はポメラをベッドに寝かせ、口に霊薬を注いで目を覚まさせた。

「ごほっ、ごほっ……！　あれ、ポ、ポメラ、生きてる……？」

ポメラが上体を起こす。

「カ、カナタさん、カナタさん、なんだか今、ポメラ、凄い悪夢を見た気がします……なんだか、悪寒が凄くて、ごめんなさい、カナタさん、手を握ってくださ……」

ポメラが部屋の中央に置かれた《歪界の呪鏡》を視界に入れると、表情が凍りついた。それからそっと毛布を退《の》け、自身の服の胸部に大穴が開いていることを確認すると、続いて目が死んだ。

「だ、大丈夫です！　きっとすぐに慣れます！　俺は慣れました！　次は絶対、もう少し長く持つようにしますから！　もう一回行きましょう！」

ポメラは窓の方を向き、青空へと目をやった。

「父さん、母さん、ごめんなさい……ポメラも、そちらへ向かうことになるかもしれません……」

13

《歪界の呪鏡》のレベル上げ開始より、四日が経過した。俺とポメラは四日連続で挑み続けており、今日も今日とて鏡の悪魔達へと挑んでいた。

ポメラを抱きかかえて駆ける俺の背後を、魑魅魍魎《ちみもうりょう》の群れが追いかけてきていた。膨れ上がった頭部と百の目玉を持つ子供に、腕を三十二本持つ巨大な骸骨など、今回も一目見ただけでヤバイとわかる化け物が勢揃《せいぞろ》いだった。ぶくぶくに肥大化した、真っ赤な腫瘍の塊がコートを着たような姿の悪魔もいる。出鱈目にもほどがある。

時間を掛けるとだんだんと増えてくるので、俺も機会を見て《球状灼熱地獄《インフェルノボール》》を放ったり、距離を詰めて剣で引き裂いたりして間引いていている。

ポメラもどうにかこの《歪界の呪鏡》に慣れつつあった。

「炎魔法第七階位《紅蓮蛍の群れ《フレアフライズ》》」

ポメラが俺に抱きかかえられながら、ゆっくりと魔法陣を紡ぐ。無数の真っ赤な光が、不規則な動きで後を追ってくる悪魔達へと迫り、爆発を起こしていく。

この広範囲攻撃であれば、ポメラでもあの悪魔達へと攻撃を当てることができる。元より、悪魔達は敵として見ていないポメラの攻撃をそこまで必死に避けようとはしないのだ。

「よし、そろそろですね……」

俺は魔法陣を浮かべ、《英雄剣ギルガメッシュ》を悪魔の群れへと向けた。

「時空魔法第十九階位《超重力爆弾《グラビバーン》》」

黒い光が広がり、悪魔達が一気に押し潰されていく。

二日目以降、逃走しながら《紅蓮蛍の群れ《フレアフライズ》》を撒《ま》き散らしてポメラの功績を稼ぎ、《球状灼熱《インフェルノ》地獄《ボール》》あたりで弱らせつつ、最終的に《超重力爆弾《グラビバーン》》で纏めて処分する戦法をよく取っていた。今できる範囲では、これが一番効率がいい。

「綺麗に倒れてくれましたね。今日は、いい感じで……ああっ！」

異空間の果てより四体の仏像が一列に並んで迫ってくるのが見える。仏像は各々、一色で全身をベタ塗りされている。あの悪魔は本当にまずい。色に応じた凶悪な広範囲魔法を連打してくるのだ。単騎ならどうにかなるが、複数だと多属性の魔法を一気にぶつけてくるので、結界魔法の弱い俺には対応手段がない。見えた時点で敵の攻撃の射程に入るので、こうなった時点でアウトだ。

「すいませんポメラさん、仏像です！　四体、三色です！　完全に詰みました！」

「そ、そんな……！」

直後、視界が雷と獄炎に包まれた。鋭利な無数の針のようなものが飛び交った後、再び地獄の炎が全てを包み込む。ポメラの身体が、黒焦げの穴だらけになるのが見えた。

俺は黒焦げになったポメラを抱えたまま、《短距離転移《ショートゲート》》を三度撃って仏像共の上を取った。

「撤退しますが、その前に八つ当たりさせてもらいます！」

俺は飲み干して、空になった霊薬の瓶を床へと投げつける。

「時空魔法第十七階位《空間断裂《フラクチャー》》」

黒い根が広がっていき、仏像共を引き裂いていった。仏像の残骸が消えていくのを見届けてから、俺はポメラと共に《歪界の呪鏡》より撤退することにした。

「今日は、半日潜って五回しか死にませんでしたね。ポメラさんもかなり慣れてきましたか？」

宿に戻ってから、ベッドで横になっているポメラへと声を掛ける。

「慣れません……」

彼女の衣服は、時空魔法第十四階位の《逆行的修復《リペアー》》によって再生している。因果を遡り、壊れた物体を元に戻すことができる魔法である。

「大丈夫です。その内きっと、慣れてくるはずですから」

「カナタさん、この感覚は、人として慣れてはいけない気がするんです……」

「俺は慣れましたよ」

「………………」

俺は《ステータスチェック》を用いて、ポメラのレベルを確認する。彼女はなんとレベル201へと上がっていた。

俺は安堵の息を吐いた。思うようにポメラのレベルが上がらず悩んでいたが、どうにか目標の一つであったレベル200へと持っていくことができた。ロヴィスよりは強いので、ある程度は形になったと思っていいのではなかろうか。未《いま》だに信じられないが、ロヴィスは大規模な闇組織のボスで、悪のカリスマと称されているという話であった。

「ポメラさん、レベル201まで上がっているみたいです」

「201ですか、思ったより上がっていましたね……」

毛布に包《くる》まっていたポメラが、上体をがばっと勢いよく起こした。

「え、レベル201ですか!? だ、誰がですか、カナタさんがですか？」

「ポメラさんがですよ」

俺がレベル200程度であったら、二人共既に《歪界の呪鏡》の住民達に殺されている。

「信用できないのでしたら、ポメラさんの魔法の上達度の確認のために購入した、《レベル石板》でも用いますか？」

《レベル石板》は、魔力を流せば、流した本人のステータスを表記してくれるアイテムである。

現地人用の、劣化《ステータスチェック》といったところだ。俺は他人のステータスはレベルやHPくらいしか見ることができないため、ポメラの魔法の上達度の確認用にこれを購入した。

「何度か経過を教えているはずですが……」

「そ、そうでしたっけ……。呪鏡の悪魔のショックで、聞き逃していたかもしれません……で、でも、ポメラなんかがレベル200なんて、そんな……とても信じられません……」

「最近《歪界の呪鏡》に籠もりがちでしたし……一度、街の外へ出て、どのくらい成長したのか確かめてみましょうか」

冒険者として、ここ最近あまり活動していなかった。これ以上期間をあけていれば、特別昇級の話もなくなってしまうかもしれない。そろそろ魔物狩りに向かうことにしよう。

「ポ、ポメラ、外に出ていいんですか……！」

ポメラが感動したような声を漏らす。

「勿論《もちろん》そうですよ。というか、そんな、別に俺の許可を取らなくても……」

早速宿を出て、冒険者ギルドでD級冒険者向けの討伐依頼を受けた俺とポメラは、二人で都市外の平原へと向かっていた。

よほど特別な事情でもない限り、大半の討伐依頼任務は街のすぐ近くであることが多い。討伐依頼自体が、都市周辺・他都市との行路の安全確保を目的として出されることが主であるためだ。

今回の討伐対象は、平原に出没するアイアンカウである。発達しすぎた巨大な金属質の角が顔全体を覆い、不気味な仮面のような形状になっている大牛らしい。仮面に守られた顔面に全体重を乗せた突進攻撃が強烈で、仮面ほどでなくとも身体も金属のように頑強であるのだとか。

鋼鉄牛、暴れ鋼鉄牛と冒険者達の間ではよく呼ばれているらしい。強さの目安は成体でレベル25前後であり、俺は無論のこと、今のポメラならまず苦戦することはないはずだった。

都市を出て一時間ほど進んだところで、三体のアイアンカウを見つけることができた。話に聞いていた通り、不気味な仮面だった。敢えて喩《たと》えるのならモアイ像に似ている。

討伐証明部位は、あの顔の仮面として設定されている。やや嵩張《かさば》るが、溶かして加工が可能らしく、有用なのだそうだ。他にも、肉の部位によっては食用として買取素材に設定されている。表面の方は硬くて料理に適さないが、内側の方は高価な食材になるそうだ。

アイアンカウは、こちらを見つけた瞬間に勢いよく突進してきた。

「久々の魔物との戦いですね」

俺はポメラへと目を向ける。ポメラにアイアンカウ達の相手を任せる、という意味である。ポメラがこくこくと頷き、杖を握り締めながら前に出た。

彼女にレベル上げの成果の実感を持って欲しかった。確かに頑丈な悪魔共相手では、レベルアップの成果を確認することなどできはしないだろう。レベル38がレベル201になろうとも、悪魔達のステータスからしてみればせいぜいどっちも同じ程度の擦《かす》り傷にしかならない。

ポメラが目を閉じ、息を吸う。精霊魔法を使うつもりらしい。精霊と息を合わせる必要のある精霊魔法は、高い集中力を要求する。

「でも、アイアンカウくらいだったら、素手でよかったのでは……」

ポメラが目を開き、襲い来るアイアンカウ達へと大杖を向ける。

「精霊魔法第八階位《火霊蜥蜴の一閃《サラマンダークロウ》》」

炎の爪撃が走る。大地に炎の一閃が走った。アイアンカウ達の身体が上下に引き裂かれ、炎に包まれながら地の上を転がった。ポメラは口を開けてアイアンカウの様子を眺めていたが、嬉しそうに俺を振り返った。

「カ、カナタさん！　ポメラ、できました！　ちゃんと、ポメラ、強くなれていたんですね！」

ポメラが精霊魔法で吹っ飛ばしたときにアイアンカウ達から剝がれていた、連中の仮面が地面へと落下した。地面との衝突の際、ガシャンという音が響いた。

ポメラがその音にびくりと肩を震わせ、そうっと前を見る。

……討伐証明部位の仮面はバラバラになっていた。ポメラの精霊魔法の一閃で上下に分かたれ、高熱で柔らかくなったところに地面へ叩きつけられたためだろう。肉の方も黒焦げになっている。

レベル25のアイアンカウに、レベル201のポメラが全力で精霊魔法を放てば、こうなるのは当然の結果だ。俺は欠片《かけら》を拾ってから、それをそっと地面へと置き直した。

「……別のアイアンカウを探しましょう」

「ご、ごめんなさい、カナタさん……つ、つい、その、試すのなら、最大火力の魔法でないと意味がないのかなと……」

ポメラと二人でアイアンカウを探して歩き、その途中に木の陰で休みながら食事を取ることになった。冒険者業間の食事は、雑貨店で購入した乾燥パンと干し肉が主であった。

「……今なら、ロイさん達もポメラと対等に接してくれるでしょうか？」

ポメラが革の水入れを手に、少し不安そうに呟いた。

「ロイさん達以外を狙った方がいいとは思いますが……」

しかし、状況を恨みつつ、人を恨むまいとするポメラの意志は、きっと尊重されるべきものだ。ポメラが目標の第一歩として、まずはロイ達と仲良くしたいと考えているのであれば、それを無理に止めはしない。無論、それが厄介ごとに繋がりそうであれば、話は別であるが。

「ここまでレベルを上げたのですし、今でも充分、彼らもきっと邪険にすることはないと……」

そこまで考え、ロイがレベル14だったことをふと思い出した。

「……レベル差がありすぎて、ちょっとギクシャクしそうですね」

「やっぱりそんな気はしてたんです！　そうですすよね？　やっぱりそうですよね!?」

「確かに、ロイさんと仲良くするにはもうちょっと低かった方が都合が良いかもしれませんが……冒険者業をこなしつつ安全に生きていくには、もうちょっとレベルがあった方がいいですよ」

「……レベル200でも足りないって……それは、どういった状況を想定しているんですか？」

「お、俺の師匠のルナエールさんが、そういうふうに……」

「その……ポメラ、いつも疑問に思っていたのですが、カナタさん、そのルナエールさんに、何か騙されていませんか……？」

そんなことは有り得ない。ルナエールが俺に嘘を教え込むメリットも理由も存在しないからだ。

それに、彼女の純粋さと優しさは、俺がよくわかっている。

俺が喉に引っかかったパンくずを水で流し込んでいると、ポメラがふと立ち上がった。

「……誰か、こちらに来ているみたいです。同じ依頼を受けた方でしょうか？」

俺も立ち上がり、周囲を見回した。一人の男が俺達の方へと向かって真っ直ぐに歩いてきていた。恰幅《かっぷく》のいい体型に、目立つ大斧。まだ距離はあったが、一目見て俺はそれが誰かわかった。万年D級冒険者オクタビオだ。

俺と目が合うと、オクタビオが笑う。悪意と敵意の込められた、嫌な笑みだった。

「よう……ボンボン貴族の馬鹿魔術師に、そいつに道楽で飼われてる森荒らしのゴミ」

ポメラは大杖を構え、オクタビオへと向けた。

「ポ、ポメラのことを悪く言うのはいいですが……カナタさんのことを悪く言うのは許せません！撤回してください！」

「人間擬きのゴミが粋がってるんじゃねえぞ。俺様に杖を向けるってことは、ぶち殺されたいってことでいいんだよなあ？」

オクタビオがポメラへと凄む。だが、ポメラは目を逸らさず、オクタビオを睨み返した。オクタビオはポメラの様子に更に殺気立ったように、顔の皺を深めた。

「ほう？　どうやら、本気で殺されたいらしいな、おい。森荒らしとの混じりもん如きが、随分と舐めた真似をしてくれるじゃねえか」

俺はポメラの前へと出た。

「何のお話ですか。あまり、友好的な態度とは思えないのですが」

「当たり前だろう？　道楽で冒険者やってるボンボン野郎は、頭と察しが悪いようだな」

オクタビオは鼻息を荒らげ、背負っている斧を手に取った。

「気に食わねえんだよ、お前がよお。オッフの野郎が急に消えやがったから、お前達に構ってる場合じゃねえと思って放っておいてやったが……お前らの行動があまりに癪《しゃく》に障るんで、同じ依頼を受注して尾《つ》けさせてもらったわけだよ」

オッフというのは、俺達にゴブリンの群れを嗾《けしか》けようとした、オクタビオの取り巻きだった小男のことだろう。

「俺達の行動が癪に障る、とは」

「誤魔化すんじゃねえよ」

オクタビオが大きく目を見開く。こめかみに青筋が浮いていた。

「お前みたいに、金で功績を買ってるようなクズがいるから、俺様のような真面目にやってる冒険者が割を食うわけだ。お前が裏で仕入れた魔物の亡骸をギルドへ流して功績点稼ぎしてるのはバレバレなんだよ。他の奴も、みぃんな言ってるぜ。ギルドは儲《もう》けが出ればいいと放置しやがってるが、俺達からすりゃ粗だらけなんだよ。馬鹿が、金に物言わせて下手なことしやがって」

確かにふらっと訪れた旅の冒険者がレベル7だったポメラを仲間に選び、順調に実績を積んで級を上げていけば、奇妙に映るのかもしれない。

しかし、今回においては、そこは大事なポイントではない。オクタビオは、俺とポメラが実績を積む前にも、オッフを送り込んで依頼中の事故に見せかけての暗殺を目論《もくろ》んでいた。

もっともらしい理由をでっち上げてはいるが、要するにこいつは、俺とポメラが気にくわないから追いかけ回してきているだけなのだ。

「……あの小柄な人……オッフさんからあなたへの警告を出してもらったつもりだったのですが、彼はあなたに伝える前にこの都市を去ったのですか？」

「なにやらごちゃごちゃ言ってたが……お前が買収しやがったんだろう？　いい身分だなあ、いや、お遊びで冒険者やってる、魔法袋持ちのぼんぼん野郎は違うなぁ」

「聞いてから来たと言うことは、覚悟して俺達を狙って来たと、そういうことでいいんですよね」

次は容赦しないと、俺はオッフに確かにそう伝えた。俺は人間を手にかけたことがない。その覚悟も俺にはできていない。だが、オクタビオがここまで執拗《しつよう》に俺達を狙っているというのであれば、こっちもこれ以上は甘い考えではいられない。

「覚悟だと？　それをするのは貴様らの方だ。都市外での殺しは、どうせ滅多なことがねぇ限り犯人が裁かれることはないからよお。どうせ、低レベルで役立たずな混じりもんのゴミに、おぼっちゃんとは言え親元から離れてフラフラ遊び歩いているような野郎だ。貴様らが死んでも誰も気に留めやしない。ペットと飼い主諸共、仲良くぶち殺してやるよ」

オクタビオの言葉に、俺も苛立って来た。俺に突っかかってきた言い分も滅茶苦茶だが、ポメラへの見下し意識が凄まじい。ここまでオクタビオが殺気立っているのは、俺のことより、下に見ていたポメラがC級冒険者候補になっていることもあるのかもしれない。

ポメラはオクタビオの言葉を聞き、辛そうに唇を噛《か》んでいた。俺はそれを見て、余計に苛立ちが募った。俺はポメラの、自分を顧みずに見ず知らずの俺を助けてくれた人間性を信頼し、互いに利があったからこそ仲間に選んだのだ。彼女は決して役立たずではない。

俺にとってもそうであるし、ロイもポメラを手放すことになった際には俺に抵抗しようとしていたくらいだ。本当に彼女が役立たずであれば、そんなことをするわけがない。

ポメラはいつだって人の役に立てるように頑張っており、行動力も勇気もある。そんな彼女が、多少ロイのレベルから劣っていたくらいで本当に役立たずであったとは思えない。

それにオクタビオはポメラを低レベルというが、今ではポメラの方が遥かに上のレベルになっている。

「……わかりました。でしたら、オクタビオさんの言い掛かりが誤りであることを証明しましょう。それで、引き下がってもらえるんですね」

「なに……？」

オクタビオが不可解そうに顔を顰める。

「ポメラさんと、一対一で戦ってください。それであなたが敗れたら、二度と俺達に関わらないで下さい。もし彼女が敗れたら、この魔法袋でも、俺の命でもなんでも差し出しましょう」

「ポ、ポメラがですか？　どうして、そういうことに……別に証明なら、カナタさんが出ても……」

「俺はポメラさんがここまで言われて悔しいです。ポメラさんは、悔しくありませんか？」

「そ、そういう気持ちは、ないこともありませんが……」

ポメラが自信なさげにオクタビオの方を向く。レベルで圧倒していることは本人もわかっているはずなのだが、対人戦の経験自体がないため不安があるのだろう。

「ぶっ飛ばしてやりましょう。今のポメラさんなら、充分にそれが可能なはずです」

「わ、わかりました。ポメラ、やってみます！」

ポメラが大杖を握る手に力を込め、オクタビオへと近づいた。

「まずは、この女から殺せってことか？　どの道二人共ぶっ殺してやるつもりだったが……いいだろう。お前の目の前で、この人間擬きをバラバラにしてやるよ！」

ポメラが魔法陣を展開したと同時に、オクタビオは斧を振り上げてポメラへと飛びかかった。

「ハッ！　お前がしょっぱい白魔法しか使えないってことは知ってるんだよ！」

ポメラがオクタビオへと大杖を突き出す。

「炎魔法第五階位《紅蓮蛍《フレアフライ》》」

魔法陣の中央に、赤い光が灯った。俺はそれを目にして焦った。

「ポ、ポメラさん、別に、魔法は使わなくてもいいんじゃ……！」

大杖で殴り飛ばすだけで、ポメラはオクタビオを完封できるはずだった。何せ、文字通りレベルの桁が違うのだから。第五階位の魔法とはいえ、これだけレベルの差があるとオクタビオが蒸発して焼失しかねない。

「そ、そうでした！　緊張すると、つい……！」

ポメラは咄嗟に大杖の先端を落とす。魔法陣から出た真っ赤な光の球は、宙を舞った後、オクタビオの足元に着弾した。

「第五階位の魔法を使えるだと……!?　だ、だが、少しばかり驚かされたが……どうやら、まだロクに制御の方はできないらしいな」

オクタビオがニンマリと笑う。だが、違う、外れていない。元々《紅蓮蛍《フレアフライ》》は火の玉で攻撃する魔法ではなく、その爆風で攻撃する魔法なのだ。

オクタビオの足元が爆《は》ぜる。

「ぶほぉっ!?」

オクタビオの巨体が爆風に押し上げられて大きく宙へ上がった。彼は呆気《あっけ》なく地面へと叩きつけられる。

「おばぁっ、あ、熱、痛い……!」

オクタビオは足を抱えながら地面の上をのたうち回る。ズボンは焦げ落ち、露出した足は大きく肉が抉《えぐ》れ、周辺は赤黒くなっていた。仮に直撃していれば即死していたところだっただろう。

「そ、そんな、バカな……お、俺様が、こんな、雑魚エルフ相手に、負けるわけが……!」

オクタビオが激痛に呻《うめ》きながらそう言った。

大分、足の肉が削《そ》がれている。高位の白魔法か、霊薬の類を手に入れなければ、あの足を完全に治療することはできないだろう。

「……これで、わかってくれましたか?　もう二度と、俺達には拘《かか》わらないでください」

「こ、この、クソどもが……!」

オクタビオは斧を握りしめる腕を震わせながら持ち上げようとしていたが、ポメラから杖先を向けられ、腕をがっくりと地面へ落とした。

「お、俺様が、間違っていた……。許してくれ……こ、これからは、心を入れ換える……」

オクタビオは頭を擡《もた》げ、苦悶《くもん》の声でそう言った。その直後、鬼の形相をポメラへと向けた。

「えっ……」

ポメラはオクタビオの表情を見て、困惑げに身を引いた。オクタビオは無事な方の足で地面を蹴って自身を宙へ跳ね上げ、ポメラの頭へと斧を振り下ろす。

「引っかかったなクソ共が！　ここで死ね！」

オクタビオがポメラの頭へと斧を振りかざす。オクタビオの顔が笑う。だが、直後に困惑へと変わった。振り終えたとき、既に彼の手から斧は消えていたからだ。

俺はオクタビオが跳んだのと同時に、彼の背後へと回り込んで宙へ跳び、斧を手から奪っていた。

「き、消えた……？」

「……片足がまともに動かなくなっても、そこまでやってくるとは思いませんでした」

俺は斧を振り上げ、オクタビオの腕を肩から切断した。

「あ、ああ、あああああああ！　あづい、痛えええええ！」

オクタビオが切断面を押さえながら、地面へと落下した。

魔物を切るとは違う、嫌な感触だった。できればこんなことはしたくなかったが、オクタビオは警告を無視し、彼の言い分に則った約束さえ反故《ほご》にした。

領主や衛兵が、冒険者同士の争いにどこまで関与してくれるかはわからない。俺は流れ者の身であるし、この都市ではハーフエルフであるポメラの扱いもあまりよくはない。オクタビオを五体無事で帰せば、また何らかの形での報復を試みて来るのは明らかであった。

「痛え、痛えええええ！　な、なんてこと、してくれるんだ……片腕だと、片腕だと、冒険者としてやっていけないだろうがああああ！　お、俺の腕……俺様の腕がぁ！」

オクタビオが切断された自身の腕をもう片方の腕で抱き、おんおんと涙を流し始めた。

「……片腕だけで済むと、本気でそう思っているんですか？」

「ひ、ひいっ！」

俺が斧を地面に投げ捨てて《英雄剣ギルガメッシュ》を抜くと、オクタビオは悲鳴を上げて切断された腕を投げ捨てた。蹌踉《よろ》めきながら立ち上がり、足を引き摺《ず》りながら逃げていく。

これでさすがに、オクタビオはもう俺達に何かをしようとは考えないだろう。俺は《英雄剣ギルガメッシュ》を鞘へと戻した。

オクタビオとの騒動が片付いてから、俺とポメラはアイアンカウ狩りを再開した。無事、日が暮れるまでに五体のアイアンカウを狩ることができた。

冒険者ギルドに五つの角仮面を納め、その分の肉を買い取ってもらうことができ、ついに俺とポメラは晴れてC級冒険者へと昇格することができた。C級冒険者にもなれば、熟練の冒険者として認められる域になるらしい。

冒険者ギルドの方でも昇級を言い渡された時にギルド内が少しざわつき、離れたところから見ていたロイが大口を開けてぽかんと俺の方を見ていた。

俺とポメラは少し奮発して、酒場《狩人《かりゅうど》の竈《かまど》》にて昇格の祝いを行うことにした。この酒場は持ち寄った食材を調理してくれるため、自分で狩った獲物を食べられるというのが売りなのだそうだ。

今回狩ったアイアンカウの肉を、一体分食用にするために魔法袋の中へと残しておいたのだ。皿からはみ出すほど大きなアイアンカウのステーキを見たときは、確かに達成感があった。ポメラからのお薦めだったが、ここは本当にいい店だ。

店内の内装も、魔物のなめし皮や頭部の剝製を飾っており、いい雰囲気があった。

「えへへ……ロイさんとホーリーさんがたまに二人で来ていたそうだったので、ポメラも一度、来てみたかったんです」

ポメラが嬉しそうに口にする。俺は少し返事に困ってしまった。

「しかし、まさか、お酒が一緒について来るとは思っていませんでした」

テーブルに置かれた二つのコップには麦酒が入っているようであった。この店では、一杯目の麦酒はサービスとなっているらしい。というより、お通しのようなものだろうか。

あまり俺は酒が好きな方ではない。すぐに気分が悪くなるばかりで、あまり酔うのが楽しいと思ったことはない。こっちの世界のお酒がどういったものなのかは興味がないこともないが、味見できればいい、程度である。

ポメラは恐らく二十にはなっていないと思うのだが、店主は特に確認することもなく麦酒を置いていった。こちらの世界では、飲酒に関する年齢制限が異なるのだろう。

「ポメラ、酒場に入るのも、お酒を飲むのも初めてなんです！　なんだかわくわくします！」

「そんないいものではありませんよ。少しずつ飲んで、合わないと思ったら残した方がいいです」

俺は苦笑しながら、ポメラと麦酒で乾杯した。

第三話 ■ 邪神官ノーツ

1

都市アーロブルクの中央部には、領主であるガランドの豪邸があった。

この都市の中で間違いなく一番巨大な建造物である。ガランドは民に家を眺められることを嫌っていたため、豪邸は高い壁に覆われており、周辺には常に衛兵が徘徊《はいかい》している。

そのガランド邸の地下室にて、ガランドは二人の部下を連れ、一人の青年と対峙《たいじ》していた。

青年は青黒い髪をしており、整った顔立ちをしている。一見、穏やかな細目が印象的な、優し気な美丈夫であった。ただ、何か見る者を不安にさせる、独特な妖しい雰囲気があった。

「ノ、ノーツよ……儀式の準備は、できたのだな？」

ガランドが聞けば、青年は静かに頷《うなず》く。

彼は王国中を騒がせる《人魔竜》の一人、《邪神官ノーツ》本人であった。ガランドに取り入り、現在彼と協力関係にあった。

「星辰《せいしん》は揃《そろ》った。上位界の瞳は遠い。子羊は群れ、精霊達《たち》は明けを待たずに唄《うた》いだす。砂を呑《の》み、枯れ枝を抱いた少女は、眠るためにまた目を覚ますのだろう。醜き冠の錆《さび》は、イデアによって継がれるものであると知っていたのに？　返す刃には、誰の顔が映っていたのだろうか？　否、それが我らの悲願であるのなら……」

ノーツはその美声で言葉を紡ぐ。それは何かの詩のようなものであったのだろうが、ガランド達には全く意味がわからなかった。

ノーツはガランド達へと目を向けて薄目を開け、彼らの困惑している素振りを観察しているようであった。視線を受けた三人は、ぞっとするものを覚えた。ノーツに見られているだけで、身体《からだ》が内から冷え、得体の知れない不快感が込み上げてくる。

部下の一人が、恐々とガランドへと耳打ちする。

「ガランド様……この男は、少し不気味過ぎます。今からでもお考えを……」

「今更降りることなどできるものか！　それにワシは、この男の力を借りて王になるのだ！」

ガランドは脂肪の垂れた醜い顔を青褪《あおざ》めさせ、強欲な笑みを浮かべていた。

「ご安心を、領主殿。準備は整ったということです。この都市アーロブルクという大きな祭壇を用意してくれたことに、感謝いたします。これで私は……代々の悲願であった主を呼び戻し、真の信仰を忘れて権威を貪る、愚かな豚共を滅ぼすことができます」

ノーツは口を小さく開き、ガランドへと笑みを向ける。

「私は権力が欲しいわけではない。ただ、世界を……恐怖神の御力《おちから》により、あるべき姿へと戻したいだけなのです。ですから、約束通り、貴方《あなた》を王にして差し上げますよ」

「そ、そうか、ならばよいのだ、ならば！　フフ……このワシが、王か！」

ガランドが低い声で笑う。その笑いを、部下の二人は不安気な顔で眺めていた。

「領主殿よ、主の帰還を前に、貴方に一度聞いていただきたい話があります。遥《はる》か昔……今より五千年前、今の世とは比べ物にならぬ程に、魔物や魔王による被害が凄惨でありました」

ガランドの笑い声が落ち着いてから、ノーツはゆっくりと語り始めた。

「人々は救いを求めて祈り続けました。か弱き者達の何代にも続く祈りの果て、その声に応じ、海より偉大なる巨人が現れました。巨人は恐ろしい鬼の仮面をつけており、いくつもの腕を持った姿で壁画や石板にその姿を残しています。巨人は恐怖神ゾロフィリアと、その名で語られております」

ノーツが淡々と語る。

「ゾロフィリアは数多《あまた》の魔王を滅ぼし、人々に平和を齎《もたら》しました。それだけでなく、平和になった世界で人同士が争うのを止めに入ることもありました。そう、魔王という敵がいなくなれば、いずれ人同士の争いが起きることをゾロフィリアは知っていたのです。そしてそれは、きっと綺麗《きれい》ごとだけでは通らないことも。そう、その恐ろしい仮面は、愚かな人々を、恐怖という鞭《むち》によって諌《いさ》めるためのものでした」

ガランドはノーツの信仰する神に内心興味はなかったが、作り笑いを浮かべてその話を聞いていた。機嫌を損ねれば、何をするかわからない男だった。

「しかし……ああ、なんと愚かなことか。平和ボケした国々は、やがて、ゾロフィリアを疎むようになったのです。私の祖先に当たるゾロフィリアに仕える神官の一族は、かつて救ったはずの国の王族の騙《だま》し討ちによって滅ぼされ、ゾロフィリア自身も封印されてしまったのです……」

ここまで無感情な語りであったが、言葉に段々と怒りが込められるようになってきた。不穏なものを感じ始めてきたガランドの顔には、脂汗が浮かび始めていた。

「それだけに飽き足らず、奴《やつ》らは歴史を歪《ゆが》め、我が一族らに汚名を着せ……ついには救世の神であったゾロフィリアを邪神と宣《のたま》うようになった！　それから二千年……今なおゾロフィリアを信仰する者は、どの国においても惨《むご》い拷問の末に殺されるのです！」

ノーツの腕に力が込められ、彼の手にしていた杖《つえ》がへし折れた。憤怒のためか顔に深い皺《しわ》が寄せられ、悪鬼のような形相と化していた。目からは、血の涙が滲《にじ》み始めていた。

「奴らの罪……何代跨《また》ごうとも薄れるわけがない！　この歴史も、二度と繰り返してよいものではない！　過去は間違いだった！　甘かったのだ！　人間は知らぬ痛みと恩に鈍感な、欲を貪るだけの豚に過ぎない。選ばれた特別な人間にのみ権利を与え、それ以外は家畜として管理すべきなのだ！　それだけが豚に永遠の啓蒙《けいもう》を与えて人間たらしめ、世界を導くための唯一の方法なのだ！　封印より目覚めたゾロフィリアは、真の恐怖を持って世界を支配するだろう！」

声を荒らげるノーツを前に、ガランドは呆然《ぼうぜん》と大口を開けて硬直していた。ガランドも、ノーツがよからぬものを呼び出して殺戮《さつりく》を齎すであろうことはわかっていたが、ここまでぶっ飛んでいるとは理解していなかったのだ。

ノーツは折れた杖を床に捨て、ローブの袖で血の涙を拭い、温和な笑みを浮かべる。

「わかってくださいますね……領主殿？」

ノーツの問い掛けに、ガランドは固まった顔のまま二度、糸人形のように頷いた。

2

オクタビオとの一件から一日が経《た》った。俺はポメラと冒険者ギルドで落ち合い、掲示板に張り出された依頼を確認しつつ、他の冒険者達から情報収集などを行っていた。

噂《うわさ》によれば、どうやらオクタビオはこの都市を出たとのことだった。元々オクタビオは俺との一件以外にも問題を起こし、恨みを山ほど買っていたらしい。オクタビオに脅《おび》えて動かなかった連中が、オクタビオが片腕を失ったことで報復のために闇討ちに出たそうだ。

オクタビオはどうにか命からがら生き延びたそうだが、自身に恨みを抱く人物の多いこの都市では、今の身体ではとても生きていけないと判断したようだ。

特に俺達についての話は出回っていないようだった。片腕を失った状態で逃げ帰って来た、何かに酷《ひど》く脅えていたようだった、というところまでしか出て来なかった。

「し、C級の依頼は……その、やりがいのあるものが多そうですね、カナタさん！」

ポメラがちらっと、俺の様子を窺《うかが》うように視線を投げて来る。

「そ……そうですね」

俺はつい、目を逸《そ》らしてしまった。

「ど、どうして顔を合わせてくれないんですか、カナタさん！　ポメラ、その……昨日の記憶が、食事の途中から何もなくて、気がついたら宿のベッドにいたのですが……ポ、ポメラ、何かその……失敗してしまいましたか？」

「覚えてないんですか……」

俺の言葉にポメラはびくりと肩を震わせ、恥ずかしそうに大杖を握り締めた。

「ご、ごめんなさい……や、やっぱりポメラ、何か……」

「いえ、そっちの方がいいと思います」

「ポメラ何しちゃったんですか!?」

ポメラは……あまり、酒癖はよくないようだった。というより、多分、最悪の方に入る。

ポメラが麦酒を立て続けに三杯ガブガブ飲みだしたところで『この子いつもとキャラ違う気がするぞ』と不穏に感じていたのだが、あそこで止めなかったのがきっと悪かったのだろう。

俺は麦酒に少し口をつけて放置していたのだが、ポメラは途中でそれを何の恥じらいも見せずに『カナタしゃーん、飲まないなら、ポメラ、もらいますねー』と飲み干した。遅くともあの時点で俺は彼女を連れて店を出るべきだったに違いない。

なぜか酔ったポメラに頭を撫《な》でられ『カナタしゃんが酔ったとこみたいですー』と割としつこめにアルハラを受け、抱き着かれ、最終的に色々あって彼女が大杖を持ち出して魔法陣を紡ぎだしたので、これはまずいと魔法で眠らせてお開きにしたのだ。

「……その、俺も上手《うま》く言えませんが……すいませんでした」

「本当に何があったんですか!? お、教えてください! ポメラ、何をしてしまったんですか？」

ポメラが不安げに俺へと尋ねて来る。俺は必死に苦笑いを浮かべて誤魔化そうとしたが、ポメラの顔が更に青褪めた。とにかくポメラは、もう二度と三杯以上は酒を飲むべきではないだろう。

そのとき、外から悲鳴が聞こえて来た。何事かと思っていると、一人の男がギルドへと飛び込んできた。

「おい、空の色が変だぞ！　なんというか……赤紫なんだ！」

その報告を聞き、ギルド内にも騒ぎが広がっていく。

「……この辺りでは、その、よくあることなんですか？」

俺がポメラに聞くと、彼女はぶんぶんと首を振った。俺とポメラも外へ出ることにした。

外では、確かに空が赤紫色になっていた。夕焼けだとか、そういった感じではない。明らかに異様な色をしていた。皆、空を見上げてざわついている。どうにも、ただことではなさそうだ。

ふと、空遠くに鳥が見えた。妙な赤紫色の掛かり方をしている。

「空……というより、この都市周辺が、光の壁に囲まれている……？」

俺が首を傾《かし》げていると、周囲の人間の騒ぐ声が段々と小さくなっていった。目をやって確認すれば、壁や床に凭《もた》れ掛かっている者が出始めていた。何が、どうなっている……？

ちょっとしたこの世界の自然現象のようなものなのではないだろうかと甘く考えていたのだが、この異様な光景を見て、俺もようやくただごとではないらしいと気が付いた。

「く、苦しい……う、腕が、上がらない……」

「なんだか、寒い……」

苦し気に呻《うめ》くものも出始めていた。

「これは……？」

「カ、カナタさん……何も感じないんですか？　なんだか、体力が吸われているみたいです……」

まさかと思い自分のステータスを確認すると、ＨＰとＭＰが若干減少していた。全体からすれば微量であったため、気が付かなかったらしい。

俺は息を呑んだ。ルナエールのローブの護《まも》りを、貫通している。

空を改めて見上げて、ようやく気が付いた。

「結界魔法……」

都市全体に、ＨＰとＭＰを吸い上げる結界が施されている。しかし、こんな大規模の結界魔法となると、ルナエールでさえ事前準備がなければ不可能なはずだ。

この結界を展開した主がどこかにいるはずだ。都市を丸ごと相手取る自信を持っている時点で、かなりの強者であることは間違いない。ロヴィスのようななんちゃってではなく、本物の高レベル魔術師だ。目撃情報があったという、赤い手配書の男なのだろうか。

「一刻も早く、この都市から避難しないと……」

俺がそう声に出したとき、子供が壁に凭れ掛かっているのが目に付いた。苦し気にぐったりとしており、母親らしき人物が泣き叫びながら抱き上げていた。

このままであればレベルの低い一般人から順番に大量に衰弱死していく。早く止めなければ、取り返しのつかないことになる。

避難の手助けを行うにしても、範囲はこの都市全体だ。全員が逃げ切る前に、この都市は死人の山になる。結界を止めるにしても、恐らく都市中に結界を補助するアイテムが隠されている。一部の結界の効力を無力化することができても、全体は間に合わない。

完全に止めたければ、発動者を直接叩《たた》くしかない。

「大丈夫……やれるはずだ」

俺は息を呑み、覚悟を決める。

ルナエールは、俺が転移者だからと危険人物に目を付けられることを想定し、本当に危ない人間と渡り合える術《すべ》を俺に教えてくれていたはずだ。《双心法》だって、そのために身につけたものだ。人の領域を脱したという《人魔竜》とだって、きっと戦えるかもしれない。

少なくとも、この都市アーロブルクの冒険者ギルドに所属している人間の中で一番強いのは、間違いなく俺だった。俺だけが都市の人達を見殺しにして逃げるなんて、そんなことが許されるはずがない。やってみせる。

結界の発動者は、俺が叩く。だが、不安なのは、それまでの都市への結界の影響であった。

「……ポメラさん、こうした異常事態が起きた際に、人が集まりそうなところはありますか？」

俺はポメラへと尋ねる。

「え？　ひ、人が集まりそうなところですか？」

「災害だとか、魔物が押し寄せて来ただとかのときに、真っ先に避難に向かいそうなところです」

「でしたら、教会堂……でしょうか？」

俺は魔法袋から地図を取り出して広げる。教会堂は都市アーロブルクの中央寄りにあった。避難場所として選ばれることが多そうだ。

俺は魔法袋の中から、別の魔法袋を取り出した。魔法袋の容量はそこまで大きくないため、こういった整理を行っている。この魔法袋の中には主に体力や魔力を回復させる霊薬が詰まっている。

俺は魔法袋をポメラへと手渡した。

「カ、カナタさん……？」

「ポメラさん、お願いがあります。教会堂周辺の結界を解除し、そこを中心に動きながら重症者の治療をお願いします」

ポメラは元々、白魔法使いである。修行の際に一番重点的に伸ばしたのはそこであった。扱える白魔法の階位だけ見れば、俺より遥かに高い。

時間さえ掛ければ、魔力次第でほぼ全ての病魔を完治させられる第十一階位の白魔法、《大天使の涙《ラファエルテアー》》まで発動することができるほどである。

ポメラであれば、第七階位の《癒しの雨《エリアヒール》》で、この結界によって衰弱された人を纏《まと》めて回復させることができる。レベル２００はあるため、走り回って《癒しの雨《エリアヒール》》を使えば、それなりに広範囲のカバーができるはずだ。魔力が足りなくなるだろうが、霊薬でドーピングして補ってもらう。

「ポメラが、ですか……？　ポ、ポメラなんかに、そんなこと……できるでしょうか……？」

ポメラが不安を口にする。

ポメラは自分に自信がなく、性格もあまり強く出られるほうではない。効率的に人を助けて動いてもらうためには、ポメラ自身に大声を張って周囲の人達を指揮し、自分で判断して臨機応変に動いてもらう必要がある。一見、ポメラの性格には合っていないように思える。

だが、ポメラは、人のためならば、勇気を振り絞って前に出られる人間である。俺を助けてくれたときもそうだった。横暴で暴力的なオクタビオを退かせるために自分が目をつけられる危険を顧みず衛兵を呼んでくれたし、普段言いなりになっているロイとの約束を遅らせて道に迷う俺を助けてくれた。彼女は、本当に強い人間だ。

「ポメラさんなら、できますよ。俺はそう信じています」

おどおどしていたポメラが、俺の言葉を聞き、覚悟を決めたように息を呑んだ。

「わ、わかりました……。ポメラ、やります！　やってみせます！」

ポメラが大杖を強く握り締める。

「俺は……結界の発動者を、捜して叩きます」

とは言ったものの、結界の発動者がどこに潜んでいるのか、まだ見当もつかない。せめて目的さえわかれば絞れるかもしれないが……。

「あ、あの、カナタさん……で、でも、結界の部分解除って、どうすればいいのでしょうか……？

ポメラ、その、結界魔法は全然ですし……」

「恐らく、どこかに結界の発動を補助するアイテムがあるはずです。都市内に、一定間隔でかなりの数があるはずですから、時間さえ掛ければ、見つけるのは難しくない……と、思います。もし見つからなければ、結界内でどうにか人を誘導して頑張ってもらうしかありませんが……」

「そ、そんなにいっぱいですか？　結界魔法を使った人は、一体どうやってそんな準備を……衛兵さんだっているのに……」

確かに妙だった。この都市を動き回って一人でそんな準備を行っていたら、どう足掻《あが》いたって噂になるはずだ。地面に埋めるとしても、これまで騒ぎにならなかったわけがない。

「あ…………」

いた。都市内の壁や床に、魔術式を刻んだり、何か石のようなものを埋め込んだりしていた、黒ローブの連中が。都市に施されている、魔物を遠ざけるための結界の強化の一環だと考えていたが、アレ以外にあり得ない。

「ここ最近、黒ローブの魔術師達が、最近床や壁に細工を行っていたはずです！　あれを、片っ端から叩き壊してください！　他の人にも、そう伝えてください！」

「あ、あの魔術師さん達は、領主のガランド様に仕えている人です！　ポ、ポメラがそんなこと言ったって、誰もきっと聞いてくれませんよ！」

ポメラが慌てふためく。

しかし、アレしか考えられない。判断が遅れれば死亡者も出る。普段は皆ポメラの言葉を聞き入れないかもしれないが、彼女が治療した後であれば話を聞いてくれるはずだ。

「悪いですが、俺はもう行きます！　発動者の潜んでいる場所に心当たりがつきました！」

俺はもう一度地図を広げる。領主であるガランドの魔術師が結界の準備を行っていたのだ。衛兵も、それを明らかに無視していた。そうであれば、この事件にガランドが絡んでいることは明らかである。ともなれば、彼の館で匿《かくま》われている可能性が高い。

今思えば、《人魔竜》用の赤い手配書を回収していたのは、ガランドからの命令があったからだったのかもしれない。全てが繋《つな》がった。

3

俺は単身でガランドの館へと向かった。街を走り、豪邸を囲む柵を跳び越え、扉を蹴破って中へと押し入る。

どうやら俺の予想は当たっていたようだった。地下の方から禍々《まがまが》しい気配を感じる。それに、結界の効力が俺でもわかるくらいに強まっていた。補助の術式で拡張されたものではなく、元々の効果範囲内なのだろう。

だが、予想外なことがあった。俺はてっきり、館内は結界を妨げる何らかの仕掛けを用意していると思っていたのだ。部屋の中には、干からびて黒ずんだ衛兵が何人も転がっていた。既に、生命力を吸い尽くされて死に至っている。領主仕えの魔術師である、黒ローブの連中の亡骸《なきがら》もあった。

「どうなっているんだ……この人達は、結界の発動者と組んでいたんじゃ……」

屋敷内を捜し回っていると、壁に偽装されていたらしい隠し扉が、半分開いた状態で放置されているのが見えた。奥には地下へと続く階段があった。恐らくこの先に結界の発動者がいるはずだ。

俺は地下への階段を降り、扉を開けて部屋の中へと飛び込んだ。中は大部屋となっており、壁や床のあらゆるところに魔術式が刻まれていた。

そこに、二人の男がいた。いや、片方は既に死んでいる。太った豪奢《ごうしゃ》な服を着た男ではあったが、髪は抜け落ちて目玉は飛び出し、皮膚は黒ずんでゴムのような質感になっていた。恐怖の顔で固まったまま、地面にへたり込んでいた。結界により、生命力を引き抜かれた結果なのだろう。

「この都市の領主であった男です」

もう一人の男が声を掛けて来る。

手配書通りの、温和そうな糸目の美青年であった。単独で国や世界を相手取り、災害として恐れられる、人にして竜を超えた存在《人魔竜》の一人。《邪神官ノーツ》に違いなかった。

青黒い髪をしており、緑と赤で彩られた奇抜なローブに身を包んでいた。手には、髑髏《どくろ》のような形状の水晶を持っている。

「まさか、私の結界《人身贄餐》《サクリファイス》の中を突き進み、ここまで辿《たど》り着けるような人間がいるとは思いませんでした」

俺は《英雄剣ギルガメッシュ》を抜き、刃をノーツへと構えた。

「……ガランドとは、協力関係だったのではなかったのですか？」

「協力には感謝しておりました。彼がいなければ、この星辰でのこの座標と、ゾロフィリアへの供物は手に入らなかった」

ノーツが薄く目を開け、ガランドへと冷たい視線を送る。

「ですが、権力に溺れて自領の民を差し出す裏切り者に、王の資格があると思いますか？」

ノーツは薄く笑い、ガランドの死骸の腹部を踏み抜いた。彼のローブがガランドの血肉で汚れる。

「ああ、なんと憐《あわ》れなことか。彼は最期のその時まで、そんな簡単なことにも気が付かなかった。ですから私は、彼の愚鈍さに見合った救済を施して差し上げたのです。欲によって肥えた豚は、殺すことでしか救えない」

背筋がぞっとした。この男が何の話をしているのかはあまりよくわからないが、それ以前に考え方が人間離れしすぎていて会話が通用すると思えない。

俺はノーツへ意識を向ける。話とガランドの死体に集中している今なら、《ステータスチェック》を安全に通せるはずであった。

その瞬間、ノーツが俺へと髑髏の水晶を掲げた。

「死霊魔法第八階位《心臓喰らい《ハートイーター》》」

黒い靄《もや》が集まって大きな口を持った化け物を象《かたど》り、俺の身体を突き抜けてくる。だが、俺はそれを避けなかった。

「何かしようとしていたようですが、無駄なこと。ゆっくりとお眠りください……そう、永久に」

黒い靄は、俺に当たったところで四散する。ノーツが目を大きく開けて俺を見る。

「《心臓喰らい《ハートイーター》》を自動防御だと？　私の魔法を完全遮断など、あり得ない」

「俺のローブには、低位の攻撃魔法を撥《は》ね除《の》ける力があります。もう、諦めてください」

「八階位以下の魔法への完全耐性など、そんなアイテムがこの世界にあったとは……。そうか……予定より遥かに早く《人身贄餐《サクリファイス》》によるエネルギーが溜《た》まったのは、貴方がこの館まで踏み込んできたからだったのですね……！」

ノーツが髑髏の形をした水晶を地面へと落とし、腕を掲げる。

「時空魔法第八階位《異次元袋《ディメンションポケット》》」

魔法陣が展開され、ノーツの手許《てもと》に翡翠《ひすい》色に輝く大杖が現れた。

「久々に、本気を出すことになりそうですね。上位界の瞳を掻《か》い潜《くぐ》ったつもりでしたが……大義を成す前には、相応の試練が訪れるもの……！」

続けてノーツは俺目掛けて大杖を振るう。

「死霊魔法第十階位《死の体現《デス》》」

広間の中央に大きな魔法陣が展開される。その上に紫の光によって象られた髑髏が浮かび、膨張していった。ガランドの死体が腐り果て、床や壁も表面が急速に老朽化していった。

「かつて私は、この魔法一つで百の兵を殺した……！」

ノーツは息を荒らげながら叫び、その端整な顔に険しい皺を寄せていた。

「だというのに……なぜ……なぜ、平然と立っている！」

「俺のローブは、低位の魔法を撥ね除ける力があります」

ノーツの言葉に、俺は先程と同じ言葉を返した。

ルナエールが俺のために作ってくれたこのローブは、超位魔法に満たない第十階位以下の攻撃魔法を完全に遮断する力がある。ノーツの結界魔法《人身贄餐《サクリファイス》》は第十一階位以上のものだったはずだが、事前準備がなければその階位のものをノーツは扱えないのだ。実戦で使いこなせる魔法と、本人の一応は使用できる最高階位には、一、二段階程度のズレがあるものだ。

俺は《英雄剣ギルガメッシュ》を構え、ノーツへと駆ける。さっき《ステータスチェック》を行った時点で、ノーツとはまともな戦いにならないことはわかっていた。

ノーツ・ニグレイド
種族：ニンゲン
Lv　：375
HP　：1613／1613
MP　：944／1800

ノーツは、レベル400にさえ満たなかったのだ。

「こ、こんな、こんなことがっ！　わ、私には、ゾロフィリアに仕える者として、世界を導く役目が……！　こんなところで、終わるわけには……！」

俺は《英雄剣ギルガメッシュ》を振るい、ノーツの落とした水晶を打ち砕いた。衝撃で床に罅《ひび》が入った。《人身贄餐《サクリファイス》》が消えていくのがわかる。この髑髏型の水晶が、結界維持の心臓部となっていたようだった。これで、都市アーロブルクの住人から生命力を吸い上げられることはなくなったはずだ。

「こんな、はずでは……新世界はすぐそこで……私が、ニグレイドの最後の末裔《まつえい》だというのに……」

ノーツはその場に転倒して地面に手を突いた。息を荒らげながら俺を見上げる。

「……この都市ではきっと、あなたを拘束しておくことはできない。何のためにこんなことをしでかしたのかは知りませんが……その首を、落とさせてもらいます」

俺は《英雄剣ギルガメッシュ》を構える。

ノーツはあまりにも危険過ぎる。彼は《人身贄餐《サクリファイス》》によってこの都市アーロブルクの人間の皆殺しを企てていたばかりか、その先にまだ何かを計画していたようであった。

「何のため、ですか……フ、フフ、フフフフ……」

「この状況で、何を……」

「私がここで死に、神官としての役目を全うできないのは残念ですが……しかし、既に私の命など、些事《さじ》なのですよ。《人身贄餐《サクリファイス》》は、更なる高階位の魔法を行使するための、魔力補充を行うための結界に、過ぎないのですから……」

自分が死んでも構わないと、ノーツはそう言っている。

ただの、強がり、なのか？　いや、ノーツは、そんなことを口にするような人間だとは思えない。

「私は……貴方がここに来る前に、《人身贄餐《サクリファイス》》の魔力を用いて、《封神解放の儀《ニルヴァーナ》》を終えている。

魔力の塊のような貴方が結界の最深部に近づいて来てくれたおかげで、予定よりずっと早くに魔力が満ちました。人の愚かさとその業により封じられていたゾロフィリアは、既にこの世界に再臨している……」

ノーツが目を見開き、口端を大きく吊《つ》り上げた。その表情は、憎悪と悪意に満ちていた。

《人身贄餐《サクリファイス》》の目的は、都市への攻撃ではなかったのだ。集めた魔力を用いて《封神解放の儀《ニルヴァーナ》》を発動し、ノーツの信仰する神、ゾロフィリアとやらの封印を解くことが目的であったらしい。

「もう、誰にも止められはしない……ゾロフィィリアは今度こそ、一片の容赦もなく、この世界の全てを恐怖で染め上げるでしょう。フ、フフフ……じきに、封印から解き放たれたゾロフィリアが目を覚ます……！　ああ、ああ、古来より継がれてきた、我が一族の悲願が果たされる時が来たのだ！　世界は今日を境に、その在り方を変えるであろう！　そこに私の生死など、なんと小さき事……！」

丁度その時、地下室全体が揺れ始めてきた。最初に俺の感じたこの広間に漂っていた不吉な気配は、ノーツのものではなかったのだ。他に、既にこの場所には何かがいたのだ。

「おお、おお、おおお！　来る、来る来る来る来る来る！　来る来る来る来る来る来る来る来る来る来る来る来る来る来る！　我らが神、ゾロフィリアが来る！」

ノーツが大声で笑い始める。

「……ソ、ボ」

何か、声が聞こえて来た。地の底から響いているかのような、不気味なものだった。

「ア……ソ、ボ……」

俺の背後に何かが現れた。俺は尻目に、そっとそれを確認した。

巨大な緑と赤の仮面が浮かんでいた。仮面には何重にも螺旋《らせん》の模様が入っており、左右に空虚な目がぽっかりと開けられている。

仮面は高さ三メートル近くある。裏側からは仮面と同じく翡翠色の、何か植物と動物を掛け合わせたような不気味な肉塊が張り付いており、そこから何本もの触手が伸びていた。その触手も、植物のようでありながら、どこか人間の手足を思わせる生々しい形状をしていた。

仮面を被《かぶ》る緑の臓物の塊と、そう形容するのが一番適しているだろう。

「な、なんですか、この化け物は……」

俺は背筋が冷たくなるのを感じた。

「おお、おおおおおおお！　ゾロフィリア！　我らの神！　おお、なんと美しい！　この目で、見ることができるとは！　なんと……なんと！　おお、父よ、母よ、遠き日に屈辱の中で絶えた偉大なる祖らよ！　私は、私はついに、成し遂げたのです！」

ノーツは身体を起こして腕を組み、涙を流して異形の化け物へと祈る。これが、こんなグロテスクなものが、奴の信仰する神、ゾロフィリアだというのか。

俺がノーツの異様な興奮振りと、何よりゾロフィリアという異形に呆気《あっけ》に取られていると、ゾロフィリアから伸びた無数の触手が俺へと襲い掛かってきた。

反応が、遅れた。俺は身体を反らしながら、《英雄剣ギルガメッシュ》を振るってゾロフィリアの触手を切断し、背後へと飛ぶ。だが、すぐに別の触手が俺の足を搦《から》めとった。

「ア……ソ、ボ…………ア、ソ、ボ…………」

「うぐっ！」

ゾロフィリアが、触手で俺の身体を振り回す。俺の背に、広間の壁が当たった。石壁を削りながらも、ゾロフィリアは俺を振り回し続ける。そのまま、広間の壁四面を一周させられた。俺が身体を捻《ひね》って《英雄剣ギルガメッシュ》で触手を切断しようとしたとき、ゾロフィリアは俺を離して壁へと投げ付けた。石壁一面に罅が走り、崩壊し、土砂崩れが俺を襲って来る。

「アハハハハハハ！　寸前のところでしたがこれで私も助かった！　おお、ゾロフィリア、偉大なる愛《いと》しき恐怖の神よ！　私は、私が生まれて来た意味は、今日このためにあったのだ！　ゾロフィリアよ、愚かな人の手で歪められた世界を、在るべき姿へと導いてください！」

ノーツの笑い声が聞こえて来る。俺は壁の残骸を退《の》け、外へと這《は》い出た。

「ア……ソ、ボ………………」

ゾロフィリアの巨大な仮面が、すぐ目前へと迫ってきていた。

「……レベル２０００前後って、ところですか」

俺はそう呟《つぶや》き、思い切り《英雄剣ギルガメッシュ》を横薙《よこな》ぎに振るった。仮面に英雄の刃が走る。大きな溝ができて表面が削れ、腕のような触手が引き千切れていた。

「アアア、アアアアアアアアアアア！」

ゾロフィリアが絶叫を上げながら、斬撃の衝撃で上へと飛んでいった。天井を突き破って大穴を開ける。辺りに、ゾロフィリアから千切れた触手や肉塊の残骸が散らばった。

「アハハハハ、アハ…………は？」

ノーツはゾロフィリアを追って天井を見上げ、それから呆然と口を開けながら俺を見る。

不意を突かれて初撃をもらうことにはなったが、それだけだ。ゾロフィリアは俺よりも弱い。外見にちょっと驚かされたが、《歪界の呪鏡《わいかい》》でもたまに見るグロテスクさだ。

「もっと強い魔物なら《地獄の穴《コキュートス》》で何度か見て来ました。こんな程度で、世界の支配になんて届くわけがない。恐怖神というのは、名前負けもいいところですね」

上の階層で、ゾロフィリアが苦し気に蠢《うごめ》いているのが見えた。

「ア、アゾ、アゾ、ボ……ア……」

あれでも、都市アーロブルクの住人の人達からすれば充分すぎる程の脅威となるだろう。逃がせばこの都市を滅ぼしてしまいかねない。早くトドメを刺さなければならない。

ゾロフィリア
種族：夢幻の心臓
Lv　：1800
HP　：3211／8100
MP　：8100／8100

ついでに、俺は一応ゾロフィリアのレベルを確認しておいた。やっぱり、レベル2000くらいだったか。すぐに片付け……。

「なんだ、あの種族名……？」

「驚かされましたよ……本当に。まさか、ゾロフィリアが枷《かせ》を外して、恐怖の神以外の姿を取る必要が生じるなんて……！　五千年前でも、一度しか記録に残されていないことだ……」

「オ、オオオオ、オオオオオオオ……」

上の階層で、ゾロフィリアが仮面を残したまま膨張し、巨大化していく。

「縛り付ける民としてではなく、ましてや蹂躙《じゅうりん》の対象としてではなく、自身を脅かし得る敵であると、たった一人の人間をそう認識するとは！　だが、ゾロフィリアのお遊びもここまでということ！　フフ……なまじ強いがばかりに、貴方は恐怖を知ることになる……！」

ゾロフィリアは……一体、なんなんだ。悪魔ともまた違う。だが、神というには、ナイアロトプの同族だともとても思えない。

しかし、ここまで来て退くわけにはいかない。

俺は地下室の床を蹴って跳び上がり、ゾロフィリアの開けた大穴を潜って地上階層へと出た。

どうやらここはパーティールームであったらしい。天井にはシャンデリアが輝いており、前方には音楽家でも招くことがあるのか、ちょっとした舞台がある。

ゾロフィリアの面が小さくなり、代わりに身体の部分が二十メートル近くにまでなっていた。臓物の塊だったような身体が、ドラゴンを模したような姿になっていた。背中からは大きな翼が伸びており、手には禍々しい爪がある。この部屋の天井は五メートル以上あったが、それでも巨大化したゾロフィリアには天井すれすれの高さとなっていた。

「姿が変わったところで、ステータスは……」

ゾロフィリア

種族：夢幻の心臓
Lv　：2141
HP　：4746／9635
MP　：6952／9635

レ、レベルが、上昇している!?
確認している今も、レベルが上がり続けている。ゾロフィリアの体表は、常により分厚く、強靱《きょうじん》に変異し続けている。

こんな、経験値取得以外の要素でレベルが上昇するわけがない。

いや……ルナエールから、こんな話を聞いたことがあった。この世界では、他者を殺《あや》めることで、その魂の一部を力として継ぐことができる。それが、レベルと経験値の正体である、と。

仮にその魂の力を自在に操ることができるのであれば、レベルが上昇したとしてもおかしくはない。どこまで上がるのかわからないが、早く倒さないと手が付けられないことになる。

「オオオオオオオオオオオオオオオオオ！」

ゾロフィリアが爪を振るう。俺は身体を引いてそれを躱《かわ》す。床が容易《たやす》く砕ける。部屋全体が揺れ、絵画やシャンデリアが落ちてくる。

縦に、横に、爪撃が放たれる。どんどん攻撃の重さが増している。

俺は引きながら《英雄剣ギルガメッシュ》の一閃《いっせん》を放ち、ゾロフィリアの腕を斬り飛ばした。しかし、すぐに新しい腕が生えて来る。

同時に、斬り飛ばしたゾロフィリアの腕が萎《しぼ》み、虹色の砂へと変わるのが見えた。

ゾロフィリアが、大きく振りかぶった一撃を放ってくる。俺は正面から受けて立ち、刃で応じた。

ゾロフィリアの腕に、縦に大きな傷が走った。

この再生力とリーチの前では、決定打を与えにくい。ゾロフィリアのどこが弱点なのかもわからないが、魔法の間合いまで離れた方がよさそうだ。

ゾロフィリアはその勢いで身体を回し、二又の巨大な尾を俺へと打ち付けて来た。意表を突かれ、俺は《英雄剣ギルガメッシュ》で防ぎ、身体への衝撃を抑えるために宙へと飛んだ。尾の衝撃を受け、俺は後方へ弾《はじ》き飛ばされた。

「時空魔法第十二階位《低速世界《スローワールド》》」

魔法陣が展開され、直径三メートル程度の紫の光の球が俺を包み込んだ。この光の中では、あらゆる速度が遅くなる。これで自分への衝撃を抑えることができる。俺は壁に足から着地し、《低速世界《スローワールド》》を解除した。

ノーツがよろめきながら部屋へと入ってきた。ゾロフィリアを見上げ、口をぱくぱくさせている。

「そ、その姿は……まさか、《始祖竜ドリグヴェシャ》!?　ゾロフィリアよ、この男は、そこまでせねば倒せない相手ということなのですか……?　なぜ、なぜだ……なぜ、ゾロフィリアと互角に戦える……?　《始祖竜ドリグヴェシャ》は、最強の生命体のはず……」

どうやら、ノーツはゾロフィリアのこの出鱈目《でたらめ》な能力を最初から知っていたようであった。

「オオオオオオオオオオオオオオッ！」

ゾロフィリアが俺へと追撃を仕掛けて来る。だが、この間合いなら、魔法を叩き込める。図体《ずうたい》が大きくリーチの長い相手には、剣で戦うよりこっちの方がよさそうだ。肉の鎧《よろい》を削ぎ落としてやる。

「炎魔法第二十階位《赤き竜《アポカリプス》》」

俺はゾロフィリアへ剣先を向けた。赤黒い炎の竜が魔法陣より生じた。豪邸全体が火に包まれる。

赤い竜は床を、壁を蹂躙しながら、ゾロフィリアへと襲い掛かった。

「オ……ゴッ！」

ゾロフィリアが火達磨《ひだるま》になり、膝を突いた。俺は《双心法》で二発目の魔法を準備していた。

「時空魔法第十九階位《超重力爆弾《グラビバーン》》」

黒い光が広がり、急速に萎んでいく。その光の縮小に巻き込まれるように、炎に包まれるゾロフィリアが中心へ押し潰される。俺はそこへ距離を詰め、右斜めと左斜めに、二発の剣撃を放った。

ゾロフィリアの竜の身体が、バラバラになって地面へと落ちた。薄れて消えていき、虹色の砂へと変わっていく。仮面も宙に浮かび、どんどんと小さくなっていく。

「そん、な……《始祖竜ドリグヴェシャ》だぞ？　なぜ、なぜ……あれが敗れては、もう、打つ手が……い、一族の使命が……悲願が、新世界が……あ、あ、あ、ああああああああ！　わ、私は、私は、何のために……こんな、こんなはずでは……！」

ノーツが頭を抱え、床に蹲《うずくま》った。目から涙を零《こぼ》していた。

何かが、妙だ。

ゾロフィリアとは一体、何者だったのだろうか。俺は虹色の砂を手で掬《すく》い、魔法袋から《アカシアの記憶書》を取り出して捲《めく》った。

【夢の砂】《価値：神話級》

五千年前、王族に仕える錬金術師の一族が造り出したもの。ある転移者が神から授かった盾を溶かし、材料の一部にしているという。万物を生み出す、錬金術の究極の触媒。また、《夢の砂》は人の想《おも》いに呼応し、ありとあらゆる願いを叶《かな》える力を持っている。

しかし、人間が自分の想いを制御できないように、《夢の砂》を完全に使いこなせるはずがなかった。富を求めた商人は自身が金塊へと、力を求めた勇者は醜い化け物へと変異したという。

こ、これが、ゾロフィリアの正体……？

しかし、《夢の砂》は《アカシアの記憶書》によれば、制御不能であったはずだ。だが、ゾロフィリアが俺に合わせ、原型の存在するドラゴンを模したというのであれば、それは明らかに矛盾している。そもそも……《夢の砂》が願いを叶える力だとすれば、このゾロフィリアは何の願いによってこの力を……。

ふと、ゾロフィリアの種族名を思い出した。《夢幻の心臓》と、そうなっていた。恐ろしい仮説に行き着き、俺は血の気が引くのを感じた。

「まさか……！　《夢の砂》を制御するために、人間を核にしているのか！」

「……正確には、人間を素材にした、錬金生命体《ホムンクルス》……。言い伝えでは、恐怖の神として生きるように、呪いによって、思考能力と人格を破壊している」

部屋の隅で、ノーツが蹲りながらそう漏らした。

「そんな、恐ろしいことを……」

「私達は……そこまでやったのに、仕えた王と、守った民に裏切られ……幾千の時を超え、ようやく陽《ひ》の目を見たその日に、こんな、こんな……こんなことが……！」

ノーツが額に血管を浮きあがらせて顔に皺を寄せ、目からは捻り出すように血の涙を流していた。

そのとき、周囲に、また一度引いたはずの邪気が立ち込めて来た。

「まさか、まだ生きているのか……！」

ゾロフィリアの身体が朽ち果て、ノーツが泣き崩れた時点で、勝敗がついたと油断してしまった。あのドラゴンが、ゾロフィリアの最後の手ではなかったのか。

「え……？」

部屋の中央に、ゾロフィリアの仮面を被った俺が立っていた。腕を振ると、手に《英雄剣ギルガメッシュ》が握られた。

「ゾロフィリアよ……外敵を排除するための最強の生物として、その男を認識したのか！」

ゾロフィリアが俺へと斬りかかってくる。俺はそれを剣で受け止めた。だが、五手目で俺は、ゾロフィリアの剣を斬った。ゾロフィリアが背後へと引く隙を突き、両手首を斬り上げた。

剣技も、ステータスも、俺の方が上だ。剣の強度も《英雄剣ギルガメッシュ》に及ばない。ステータスはさっきよりも上がっている。だが、所詮は紛《まが》い物だ。

「あ、あ、あ……」

ゾロフィリアが、手首のない腕へと目を落としながら呻く。

「もう、眠ってください。これ以上、苦しめたくはない」

「ああああああああああああああ！」

ゾロフィリアの腕が再生し、指先を俺へと向けた。

「《超重力爆弾《グラビバーン》》……」

ゾロフィリアが魔法陣を展開した。まさか、俺の魔法まで使えるとは思わなかった。だが、自分自身の弱点は、俺が一番よくわかっている。

俺は《超重力爆弾《グラビバーン》》を、まだ完全には使いこなせていない。魔法陣が複雑すぎて、発動の一瞬前に隙が生じる。便利な魔法なので多用しているが、ここを突いて来るような相手が敵であれば、発動できる機会はきっと回ってこない。

俺はゾロフィリアの目前へ移動し、《英雄剣ギルガメッシュ》を振り抜いた。ゾロフィリアの上半身を完全に切断した。自分を斬っているようで、少し嫌な感じがした。

ゾロフィリアが虹色の砂になって消えた。これで終わったかと思ったが、俺の周囲に、四人の仮面を被った俺が現れていた。

「分身までできるんですか……」

三人が剣で斬りかかってくる。俺は防ぎ、避け、壁や床を蹴って逃げつつ、安全に反撃できる隙を探っては攻撃に転じた。残りの一人が、遠くから俺へと指を向けた。三人を纏わりつかせ、《超重力爆弾《グラビバーン》》を当てるのが狙いだったらしい。

俺は息を整え、魔法陣を紡ぎながら三人相手に剣での猛攻に出た。《双心法》の利点は魔法を並行して紡げることだけではない。魔法陣を紡ぎながらも剣に集中できるという利点もある。俺は剣の刃を何度か受けながらも、どうにか三人を一か所に固めることができた。

遠くの四人目のゾロフィリアが魔法陣を浮かべていた。来る、《超重力爆弾《グラビバーン》》だ。発生までのラグが長めなので、タイミングを合わせることは難しくない。

「時空魔法第十二階位《低速世界《スローワールド》》」

俺は迫ってくる三人を《低速世界《スローワールド》》の紫の光の中に閉じ込め、自分は背後へと跳んで光から逃れた。周囲を、ゾロフィリアの放った《超重力爆弾《グラビバーン》》の黒い光が漂い始める。

「時空魔法第四階位《短距離転移《ショートゲート》》」

俺は魔法陣を浮かべ、《短距離転移《ショートゲート》》の制限いっぱいまでその場から離れた所へと転移した。三人のゾロフィリアが、《低速世界《スローワールド》》のせいで《超重力爆弾《グラビバーン》》に抗《あらが》えずに押し潰されていく。

ゾロフィリア
種族：夢幻の心臓
Ｌｖ　：３１２２
ＨＰ　：２７４６／１４０４９
ＭＰ　：９５２／１４０４９

さすがにゾロフィリアも限界らしい。剣を構えてはいるが、肩で息をしている。隙だらけだった。恐らく、魔力や体力を分身体と共有していたのだ。

「せめて……安らかに消えてください」

俺は魔法陣を紡ぐ。あまり使ったことのない魔法ではあったが、今のゾロフィリアにならば当てられそうだ。

「時空魔法第二十階位《因果破断《カルマブレイカー》》」

俺は《英雄剣ギルガメッシュ》をゾロフィリアへと向ける。ゾロフィリアが真っ白な光に包まれていく。《因果破断《カルマブレイカー》》は、因果に干渉して対象の強化魔法や呪いを切り離すと同時に、聖なる光で対象を攻撃する魔法だ。

ゾロフィリアは呪いで人格を奪われ、恐怖の神に仕立て上げられ、本人自身がずっと恐怖と混乱の中にいただろう。ノーツの言葉からして、その状態で数千年もの間封印されていたようだ。人間に戻してあげられるわけではないが、せめて最期くらいは穏やかであってほしい。

光の中で、ゾロフィリアの手足が溶けるように消滅していく。その中で仮面が割れた。顔自体は俺のものであったが、無垢《むく》な、子供のような表情をしていた。

「あ、そ、んで……」

そう呟きながら、眠るようにゆっくりと目を閉じて行った。光が消えると、ゾロフィリアの姿もなくなっていた。

「お、おお……ゾロフィリア、ゾロフィリアアアアア！　ゾロフィリアアアアア！　我らの愛しき、恐怖の神よぉおおっ！」

ノーツが地面に突っ伏して泣き叫ぶ。そのとき、とっくに限界を迎えていたらしい、ガランドの豪邸が一気に崩壊を始めた。

「逃げないと……」

俺が窓へと跳んで、それから豪邸内を振り返ったとき、ノーツはまだ床に伏せたままだった。豪邸が崩れるのに気付いていないのか、気付いていてそのままなのかはわからない。

「……あなたも、可哀想《かわいそう》な人でしたね」

俺はノーツから顔を逸らし、彼を置き去りにして豪邸より脱出した。

4

《邪神官ノーツ》騒動終結より一日が経った。都市は昨日の大混乱から回復しつつあった。

「冒険者ギルドは、今はまともに機能してねえぞ？」

冒険者ギルドを訪れると、入り口付近で、スキンヘッドの男からそう声を掛けられた。筋骨隆々で、オクタビオ並みにガタイがいい。

「ありがとうございます。ただ、知人と逸《はぐ》れて、こっちにいるかもしれないと考えていまして……」

俺は小さく頭を下げ、礼を言った。俺の後をついてきていた幼い少女も、俺を見てから動きを真《ま》似《ね》るように頭を下げた。

「ありがと、ございますっ！」

強面《こわもて》のスキンヘッドが、少女の可愛《かわい》らしい礼を聞いてニッと破顔した。

「おいおい兄ちゃん、今は実質停止中とはいえ、冒険者ギルドにこんないたいけなガキを連れて来るもんじゃねえぞ」

「すいません……この騒動で迷子になった子みたいで、目を離せなくて……」

俺は苦笑いしながら、冒険者ギルドの中へと向かった。

ゾロフィリア討伐後にポメラと合流できず、そのまま夜になってしまっていた。宿にも戻っていないようだったので、冒険者ギルドに顔を出すかもしれないと来てみたのだ。

ポメラは冒険者ギルドの休憩所で、生気のない顔をしてテーブルに突っ伏していた。

……一夜で少し、痩せたように見える。

「カ、カナタしゃん……」

俺を見つけたポメラが、少しだけ目に光を取り戻す。

「お、お疲れ様です……」

……どうやら昨日は随分と忙しかったらしい。この様子だと、寝られていなかった可能性が高い。

俺一人、少しポメラを捜した後、諦めて宿に帰ってしまったのが申し訳ない。

俺はポメラの前へと座った。

「あ、あの……昨日、あれから何があったんですか？」

「外に出回っている話と変わりありませんよ。《邪神官ノーツ》が領主の館に匿われていました」

ノーツと聞くと、ポメラがびくりと肩を震わせる。

「ほ……本当に、《人魔竜》のノーツが、この都市にいたんですね……。そ、それで……」

「それで……というか、えっと、倒しましたよ。余波で屋敷が、崩れてしまいましたが……」

ポメラが目を丸くする。驚きのせいか、一瞬顔から疲労の色が消えていた。

「カ、カナタさん、その……結構、余裕がありそうですね……」

後で調べたのだが、《人魔竜》は個人によってレベルがバラバラらしい。本人の推定レベルにもよるが、被害規模やその思想によっても《人魔竜》として認定されることがあるそうだった。ノーツは多分、レベルより危険思想派だったのだろう。

俺は思ったより周囲のレベルが低かったので、もしかして外では自分が規格外な高レベルなのではなかろうかと考えていたが、この都市に来て数週間でレベル３０００のゾロフィリアと戦うことになった辺りと、どうやらそれは思い上がりだったようだ。

ルナエールはやはり正しかった。俺より強い人間やら魔物やらは、きっとこの世界にはゴロゴロと潜んでいることだろう。俺も気を抜かないようにしていかないといけない。

「そ、そんな、あっさりと……」

ポメラが俺を見ながら、口をぱくぱくさせる。それからちらりと、俺の背後へと目をやった。

「それで……あの、その子供は……どうしたんですか？」

俺は自分の隣へと座る少女へと目をやった。

彼女は螺旋状に不規則に巻いた、特徴的な髪をしていた。髪の色は、色素の薄いピンクと、黄緑に左右で分かれている。外見年齢は、十歳前後といったところである。

俺はその髪を見ながら、ゾロフィリアの奇妙な螺旋模様が入った、赤と緑に左右で色が分かれていた仮面を思い出していた。

「遊ぼ！　遊ぼ！」

きゃっきゃと俺の腕に抱き着きながら、落ち着かない様子でギルドの中を見回している。その天《てん》真爛漫《しんらんまん》な笑顔に、冒険者の強面の連中も思わず笑顔で手を振っている。

「どうしたっていうか……どうしよう……」

俺は顔を手で覆い、溜息《ためいき》を吐《つ》いた。

ぶっちゃけた話、彼女は五千年前にノーツの先祖によって《夢の砂》を制御するために造られたらしい《夢幻の心臓》であり、《恐怖神ゾロフィリア》そのものである。

崩壊したガランド邸を出た後、気がついたら後ろに立っていたのだ。《ステータスチェック》の結果、レベル１８００であることがわかったので間違いない。

ゾロフィリアは、神に仕立て上げるためにノーツの先祖の呪いによって人格を破壊されていた。最後に俺が《因果破断《カルマブレイカー》》によって呪いを破壊したため、元の素の人格が表に出ているのだろう。

俺も《因果破断《カルマブレイカー》》で倒しきったと油断していたが、慣れない時空魔法の第二十階位を背伸びして使ったため、思ったより威力が出ていなかったらしい。

かといって、今更純粋な人格を取り戻したゾロフィリアを殺し直すわけにもいかない。彼女が特大の危険物であったとしても、である。

ゾロフィリアの頭を撫でると、心地よさそうにテーブルの上に伸びて目を瞑《つぶ》った。頭を触られるのが好きらしい。もっとも、この身体はゾロフィリアが《夢の砂》で造ったものであるはずだが。

「ま、迷子の子供を、保護している……んですよね？」

ポメラが恐々と尋ねて来る。

「そうなんだけど……そうじゃないというか……」

「ずっと連れ歩くわけにもいきませんし……落ち着いたら、教会堂に預けたらどうですか？　この騒動で迷子になった子供を、何人も今、預かっているみたいなんですよ」

そうしたいのはやまやまだが、何かあったとき、もしもゾロフィリアが癇癪《かんしゃく》を起こすとこの都市が吹っ飛びかねないのだ。ゾロフィリアにとっては遊びのつもりでも、周囲にとっては殺戮になりかねない。誘拐されでもしたら、《夢の砂》を悪用されかねない。

「……そこの神父さんって、レベル３０００くらいあったりしませんか？」

「あるわけないじゃないですか！　大丈夫ですかカナタさん、ノーツに変な魔法でも掛けられていませんか？」

「そうですよね……」

俺はがっくり肩を落とした。とりあえず、親代わりになってくれそうな高レベルの人物が見つかるまでは、俺がゾロフィリアを見張っておくしかないかもしれない。彼女の中身はまだ子供なのだ。

俺はフィリア（ゾロフィリアでは少し物々しいので、彼女のことをそう呼ぶことにした）の頭を撫でてあやしながら、ポメラの話を聞いていた。

「本当に、昨日は大変でした……」

ポメラは白魔法での治療や住民誘導やらで随分と奔走していたそうだった。ノーツの結界魔法《人身贄餐《サクリファイス》》が解除された後も、その場の流れで混乱の後処理を行うリーダーになってしまい、休む間もなく働き尽くしだったたようだ。

まだ混乱は収まっていないが、とにかく俺と連絡を取りたかったので、周りの人に頭を下げてどうにか抜けて来たようであった。

「街の人達は、結局ここで何が起こったのかわからず終《じま》いなんです。ポメラも、ノーツがいたということも、噂では少し聞きましたが……カナタさんから聞いて、ようやく確証が持てたくらいです」

ポメラが溜息を吐きながら語る。

俺も昨日、今日と情報収集を行った限り、ノーツと領主ガランドの間でどのような話になっていたのかは、あの屋敷が崩れてしまったこともあって有耶無耶《うやむや》になってしまったようだ。

ノーツの指示を受けていたガランドの部下達も、全員屋敷の中にいたらしい。そうであれば、《人身贄餐《サクリファイス》》の影響を強く受けて皆死んでしまっているだろう。

領主の死に伴い、この冒険者ギルドも最小限の機能を残してはいるものの、ほぼ事実上の休業状態となっている。代理の遠縁の領主が来るはずであるが、まだその目処《めど》も立っていないという。

依頼が受けられず、他の都市への移動を計画している冒険者もいるようであった。

「昨日はほとんど眠れませんでした……。まさか、カナタさんのいないところで、自発的に不眠の霊薬を飲むことになるとは思っていませんでした」

「でも、それだけ頑張ったなら、ポメラさんを見る周囲の目も変わったんじゃないですか？」

「…………そう、ですね」

ポメラが複雑そうな表情を浮かべる。

「少し……贅沢《ぜいたく》なことかもしれませんが、何かが違うような気がするんです。ポメラは……その、対等なお友達ができたら嬉《うれ》しいなと、そう考えていたんですが……」

「駄目だったんですか？」

「なんだか、異様に機嫌を窺われているような、それはそれで、どこか居心地の悪いような。……すいません、特訓に付き合ってもらったカナタさんに言うことではなかったかもしれません」

「異様に、機嫌を……？」

「ええ……その、霊薬で魔力を底上げして《癒しの雨《エリアヒール》》を撃ちながら弱っている人を捜していたのですが、それを見た人が……その、ポメラの魔力が底知らずだと思ったみたいで、凄い持ち上げられてしまって。挙句の果てにはその、結界を打ち破ったのもいつの間にかポメラのやったことみたいな空気になっていて、神の遣いだとか、聖女だとか……」

ポメラが真剣に困ったように首を竦《すく》める。俺は苦笑した。

「なんだか……その、凄く両極端で。結局本当のポメラのことは、誰も見ていないんじゃないかなって思ってしまって……。そんなことを考えていると、なんだかどうすればいいのかわからなくなってしまいました……」

ポメラがしゅんと身を小さくする。

「きっと、そういうものなんだと思いますよ。あまり知らない大勢の人間から好かれたって、いいことはありません。大事なのは、そういう切っ掛けを元に、ポメラさんが本当に仲のいい、大切な人を見つけていくことなんじゃないですか？」

「本当に仲のいい、大切な人…………。そう、なのかもしれませんね」

ポメラが少し顔を赤らめ、小さく頷いた。

「ここだと……仲良くなろうとしても、ポメラさんのことなんか実際にはどうでもよくて、表面的な部分にだけ関心があって寄って来る人間は多いかもしれません。周囲に便乗してエルフだからとポメラさんに理不尽を強いたいだけだったり、逆に極端に持ち上げてポメラさんから何らかの恩恵を受けたいだけだったり。時にそういう人が魅力的だとか、善良な人に思えたりするかもしれませんが、実際には、ポメラさんが思い悩む価値もないような、しょうもない人間だと思いますよ」

俺はそこで水を飲んだ。ポメラはその間も、少し困ったような顔で俺をじっと見ていた。

「どちらにせよ、あんまり最初から偏った目で見られるのが嫌なら、この都市から離れてみるのもいいかもしれませんね。ポメラさんはこの都市のエルフ差別を緩和したいと言っていましたが、元々の元凶であった領主のガランドは死にましたたし、ポメラさんの今回の活躍でかなり和らいだと思います。ここに拘《こだわ》る必要は、もうあまりないのかもしれません」

「ありがとうございます……少し、考えてみます」

　ポメラがこくこくと頷く。

　これまでの言動を見るに、ポメラはとても人間関係に恵まれた方だとは思えなかった。急に力をつければ、おだてられて乗せられ、いいように使われることもあるかもしれない。他に知り合いがいなかったせいか、どうにもあのロイを神聖視していた節があった気がするので、このことはしっかり言っておいてあげた方がいいだろう。

「ポ、ポメラ……いや、聖女ポメラ！　やっぱりだ！　冒険者ギルドで待っていれば会えるんじゃないかと、思っていたんだ！」

　と……二人で話し込んでいると、急に声を掛けられた。顔を上げれば、正にそのロイであった。

　俺は自分の顔が険しくなるのを感じていた。

「ロ、ロイさん……お久し振りです」

　ポメラが小さく頭を下げる。

「すまなかった……ポメラ！　お前を無下《むげ》に扱っていたこと、本当に申し訳ないと思っている！　俺達が馬鹿だった……許してくれ！　お前が昨日、街の人達を護ろうと必死に走り回っていたと聞いて、俺は自分のしていたことの愚かさに気が付いたんだ！」

ロイは瞳に涙を湛《たた》えながら頭を深く下げた。ポメラが冷たい目でロイの後頭部を眺めていた。

俺も多分、ポメラのような目をしていることだろう。俺が先程ポメラに言った『表面的な理由を言い訳に彼女に理不尽を強いたいだけの人間』はロイのつもりだったのだが、『持ち上げて何らかの恩恵を得たいだけの人間』も綺麗に当て嵌《は》まるとは思っていなかった。

ポメラは何かと理由をつけてロイを庇《かば》っていたが、本当にこの男はしょうもない人間だと思う。

「別に…………その、どうでもいいですよ。本当に、ポメラ、何とも思っていませんから」

「おお、なんて優しいんだ！　俺はあんなに酷いことをして来たのに！　いや、だが、ポメラ、それだと俺の気が済まないんだ！　贖罪《しょくざい》をさせてくれ……！　また一緒に、冒険に行こう！　今度は、本当の仲間として……！」

「その……結構です」

「なんだ……？　やっぱり、本当は怒っているのか？　お願いだ、俺はポメラと一緒に冒険がしたいんだ……！　許してくれ……！　俺はお前に償いをしないと、前に進めそうにないんだ！」

ポメラが無言でいると、ロイの様子に苛立《いらだ》ちが見え始めて来た。

「それに、ほら、ポメラ、お前、俺のこと好きなんだろ？　だからあんな従ってたんだろ？　なぁ！」

ポメラは困ったように周囲を見た後、少し躊躇《ためら》う様子を見せてから、俺の腕へとぎゅっと抱き着いて来た。

「ポメラさん？」

「今……ポメラは、カナタさんとパーティーを組んでいます！　ですから、結構です！　ポメラ、ロイさんのこと、何とも思ったことはありません！」

ポメラは、そうロイに言い放った。

「な、なな、な……！」

ロイが顔を大きく歪める。

「行きましょう、カナタさん。合流できたら、もうここに用はありませんから」

そのままポメラが俺の腕を引いた。俺は慌ててフィリアの肩を叩いて起こし、ポメラに連れられるままに冒険者ギルドを出た。ロイは俺達が扉を潜るそのときも、真っ赤にした顔をじっと俺達の方へと向けていた。

5

——カナタが《邪神官ノーツ》との決着を終えたのと同じ頃、《地獄の穴《コキュートス》》の地下九十階層にある小屋の中にて。ルナエールは山積みにされた魔導書の横で、暗色の布に細かく赤い魔術式を記していた。

部屋の隅で寝ていたノーブルミミックは目を開いて軽く身体を伸ばし、前方の少女へと声を掛ける。

「……主ヨ、ソロソロ休ンダラドウダ？」

ルナエールはノーブルミミックにカナタに恋人ができるかもしれないと脅されてから数週間、文字通り不眠不休で冥府の穢《けが》れを抑える方法を探し続けていた。魔導書を読み漁《あさ》り、研究のために

《地獄の穴》の他階層にいる魔物を狩り漁り、アイテムを回収して回っていた。

あまりにルナエールが魔物を狩っていたため、ノーブルミミックは《地獄の穴》《コキュートス》の魔物が数割程度減少したのではないかと危惧しているほどであった。

ルナエールは毎日浴びるくらいの量の霊薬を飲み漁り、強引に集中力を保って作業に当たっていた。疲れ知らずのリッチの身体とはいえ、さすがに限界はある。ここ最近は目の下に隈《くま》ができ始めており、疲労と恋しさのためかカナタを幻視しているかのような言動を取ることさえあった。

深い考えなしにルナエールを煽《あお》ったノーブルミミックも、少し反省していた。それと同時に、ルナエールの執着振りを見て、少し怖いものを感じ始めていた。

何せルナエールは、ノーブルミミックにカナタのことで少し脅されただけで、不死者である自分は倫理観を狂わせるので外の世界に出るべきではないという、千年守ってきた信念をその場でへし折ったくらいである。仮にカナタに恋人ができていれば、そのショックで世界を滅ぼしかねない勢いである。

ノーブルミミックはずっとルナエールに付き従ってきた。できればルナエールの恋を成就させてやりたいという想いはあるが、その反面、ルナエールが暴走したときには自分が身体を張ってでも止めなければならないという義務感を抱いていた。

「理論ハアルトハイエ、千年造レナカッタモノナンダロ？　ソウ焦ッテモ、仕方ガナイ」

ルナエールは既に、冥府の汚れを抑え込むための理論を開発していた。ただ、人里に戻りたかったわけではない。カナタと会うまでのこれまで、ルナエールは無理に外の世界に出ようという考えはなかったからだ。理論を編み出したのはただの研究、悠久の時間を持て余した彼女の暇潰しのようなものだった。

ただ、それは基本的な理論を編み出すのみに留《とど》まっていた。元々暇潰しであったため熱意がなかったこともあるが、単純に行き詰って投げ出したのだ。

だから、それを必要性が生じたからといって、一日でも早く実現しようと不眠不休で研究に当たるのは、ノーブルミミックからすれば無意味に思えた。開発は、もっと長い時間を見て行わなければならないものなのだ。根を詰めても仕方がない。如何《いか》にルナエールとはいえ、千年とはいわずとも、数か月は覚悟しなければならない。

ルナエールはノーブルミミックへと顔を向け、小さく頷いた。

「ヤット、ワカッテクレタカ。ユックリ休メバ、別ノ方法モ……」

ルナエールは暗色の布を手に持ち、それを広げた。

「か、完成してしまいました」

ルナエールは、震える声でそう言った。

「……エッ」

「こ、この布で《穢れ封じのローブ》を作れば、冥府の穢れを八割方は抑えられるはずです。魔力そのものを抑えているので、力もあまり出せないかもしれませんが……とにかく、これでカナタに会いに行くことができます……」

声には、興奮と困惑が滲んでいた。ルナエール自身もこんな短期で完成させられるとは思っていなかったのだ。

何せ、千年間形にできなかったものである。ルナエールのカナタへの想いと執念の賜物《たまもの》としかいいようがなかった。

「ど、どうしましょう……？　完成はしてしまいましたが……私が追いかけてきたら、カナタは迷惑ではないでしょうか？」

　ルナエールはそわそわとノーブルミミックへ目をやる。いかにも背中を押してほしそうな様子であった。ここまでやって今更悩むな、作る前に悩めと、ノーブルミミックは心中でそう考えたが、どうにか口には出さずに呑み込んだ。

「別ニ、迷惑ニハナラナイダロウガ……」

「ほ、本当にそうでしょうか？　冥府の穢れも完全に抑え込めたわけではありませんし……」

　ルナエールが不安げに口にする。

　ノーブルミミックは口からぴゅう、と息を吐いた。結局自分の中で答えは決まっているのであろうに、面倒臭い。

「ジャア、止《や》メタ方ガ、イインジャナイカ？」

　ノーブルミミックの予想外の言葉に、ルナエールの瞳に涙が滲む。

「な、なぜそんな酷いことを言うのですか！　わっ、私……カ、カナタに会いたくて、こんな、苦労して……作ってきたのに。だ、大丈夫です！　八割方抑えられれば、常人なら、少し違和感や不快感を覚える程度です。こ、これ以上抑え込むのは無理なんです！　研究を続けていけば、いつかは性能を上げられるかもしれませんが、何年掛かることか……。き、きっとその間に、カナタは私のことを忘れてしまいます！」

　ルナエールは白い顔を赤く染め、腕をぱたぱたと慌ただしく振って猛反論を始めた。

「ソウダロ、主？　止メニスルナンテ選択、主ニハナインダカラ、行クシカナイダロ」

ルナエールはノーブルミミックの言葉を聞いて、ハッとしたように目を見開いた。

「ノ、ノーブル……！」

その様子を見て、ノーブルミミックは安堵《あんど》を覚えた。こと恋愛ごとにおいては最弱のルナエールも、さすがにこう言えば決断を固めざるを得ないと考えたのだ。

ルナエールは魔術式の書かれた布をぎゅっと摑《つか》み、肩を窄《すぼ》めた。

「……で、でも、今更カナタに会って、なんと声を掛ければいいのですか。あんな……一方的に、追い出してしまったのに。や、やっぱり、会いに行かない方がいいのではありませんか？」

ノーブルミミックはルナエールの言葉にずっこけて、側面を床に打ち付けた。まさか、ここまで言ってもまだルナエールが決心できないとは思わなかったのだ。そもそも悩んでいるようなことを口にはしているが、最終的に行くことになるであろうことは火を見るより明らかであった。であれば、うだうだと悩むだけ時間の無駄である。

「それに……カナタにその……恋仲の相手ができてしまっていたら、どうすればいいのでしょうか。私は、そんなものを見てしまったら、とても正気ではいられないかもしれません！　わ、私はやっぱり、ずっとこの《地獄の穴《コキュートス》》深くにいるべきなのではないでしょうか……！」

ルナエールはせっかく作った魔術式の書かれた布を、強く摑んで皺だらけにした。

「放セ主ッ！　破レル！　ソレ破レル！」

そんなにヤワではないだろうが、見ていて不安になったノーブルミミックは、慌てて近づいてルナエールを止めた。

「大丈夫ダ。カナタニ、イズレ相手ガ出来ルトハ言ッタ。ダガ、一年ソコラデ、情ヲ忘レル奴ジャナイ」

「ほ、本当ですか？」

「アア、カナタヲ信ジラレナイノカ？」

「そういうわけではありませんが、ですが、ですが……」

「……ソンナコトデ悩ンデ止マッテタラ、イズレ手遅レニナルカモナ」

その言葉が効いたのか、ルナエールは大慌てで布を用いて《穢れ封じのローブ》を造り上げた。

さっきまで悩んでいたのが嘘《うそ》だったかのように、一時間もしない内にローブは完成していた。

ルナエールは《異次元袋《ディメンションポケット》》にローブを仕舞い込むと、そのまま小屋を出ようとした。今度はノーブルミミックが焦る番だった。

「マ、待テ！　小屋ノ荷物、ドウスルンダ！」

「整理している時間はありません。カ、カナタが、小屋を整理している間に、カナタが他の女に取られたらどうするのですか！」

ルナエールが顔を赤くして叫ぶ。

「落チ着ケ主！　一日、二日デ変ワルモノカ！」

「その一日が境目になるかもしれません」

ルナエールは真剣な顔をして、そんなことを言う。ノーブルミミックはその表情を見て、ルナエールを止めるのは不可能らしいと腹を括《くく》った。今の彼女は冷静ではない。

「ワカッタ、十分クレ！」

ノーブルミミックは小屋の中にある価値の高いアイテムを、片っ端から自身の口の中へと収納し始めた。

目ぼしいアイテムを一通り詰め終えた後、ルナエールとノーブルミミックは地下百階層へと向かった。ルナエールは向かってくる魔物達を、一切容赦なくダンジョンの壁の染みへと変えていく。

普段は好戦的な魔物達も、こいつだけは本当に不味《まず》いと、ルナエールには近づかなくなっていった。

ルナエール達は半日と掛からない内に地下百階層へと辿り着いた。虚空が広がっており、クリスタルでできた大きな通路が一直線に延びている。

そしてその先で待っている、《地獄の穴《コキュートス》》の番人、サタンと対峙した。

「我が名はサタン。この《地獄の穴《コキュートス》》を司《つかさど》る、神に近しき悪魔なり。過去一万年で、ここまで到達した人間はお前で六人目だ。だが、生きて我が《地獄の穴《コキュートス》》より出られた者は、一人しかいない……」

サタンの威容を前に、ルナエールは一切足を止めることなくずんずんと前に進む。サタンは自身を前に一切引かない人間を目にして、これは何かがおかしいぞと察し始めていた。

「お、おい、止まれ、止まれ！　聞こえていなかったのか？　我はこの《地獄の穴《コキュートス》》を司る、神に近しき悪魔……」

「死ニタクナキャ、退ケ馬鹿悪魔ー！　殺サレルゾォー！」

ノーブルミミックの忠告を聞き、ようやくサタンは相手が誰であったのかを思い出した。

「まままま、まさか、ルナエール様!?　おっ、お許しください！　ささ、どうぞ！　お通りなさってください！」

サタンは慌ててクリスタルの足場の端っこに立ち、道を譲った。だが、判断が遅かった。

「《超重力爆弾《グラビバーン》》」

ルナエールは走りながら魔法を放つ。サタンの近くに、黒い光の塊が生じた。黒い光の重力に吸われ、周囲の空間が歪んでいく。

「うおおおおおおおおおおっ！」

サタンは《超重力爆弾《グラビバーン》》から逃れるべく、クリスタルの足場を蹴って虚空へと飛び立った。それに遅れて、空間の暴縮と爆発が起こる。判断が遅れれば、サタンが消し飛んでいたことは間違いなかった。

だが、避けられた代償に、サタンは虚空へと落ちていくことになった。

「うがあああああああああああっ！」

サタンの絶叫が響き渡る。

ノーブルミミックは途中で止まり、闇の中に消えていくサタンの姿を見つめた。

「……頑張ッテ這イ上ガレヨ」

「急ぎますよ、ノーブル。この先に、外に繋がる転移魔法陣があるはずです」

6

カナタをロークロアの世界へと送り込んだ神ナイアロトプは、上位世界の真っ白な空間に浮かんでいた。ナイアロトプの周囲にはいくつもの魔法陣と、次元の裂け目が展開されている。

「頑張っているねぇ……僕のお気に入りの、転移者達は。フフッ、いい感じに育って来ているよ。イジュウイン君の身勝手さはカリスマの域だね。オトギノ君は、つまらない奴だったけど、僕の天才的なテコ入れのお陰でまた話題性が上がって来たし……」

カナタの送られたこの世界ロークロアでは、世界の調整のためにナイアロトプのような神達が暗躍し続けている。様々な役目に分かれており、世界の記録を面白おかしく編集する者や、上位神の間の流行《はや》りを調査して世界造りに反映させる者、その全てを指揮する者等、様々である。

ナイアロトプの役割は、転移者を送り込んだり、魔王を生み出したり、重要人物に天啓を与えたりと、ロークロアにドラマを齎すことである。あるときには優れた剣士や魔術師に不幸を齎して破滅の道へと唆し、叡智《えいち》を授けて人為的に転移者の敵となる《人魔竜》を生み出すこともあった。

元を辿れば、現地の人間が世界を制御しようと試みて造った《恐怖神ゾロフィリア》を、王族を唆して封印させたのもナイアロトプであった。魔王や《人魔竜》を狩るために現地の錬金術師が造った人造神など、邪魔でしかなかったのだ。

「タカナシちゃんは……本当に、退屈だなあ。まあまあ人気は稼げてるけど、僕はあんまり好きじゃないし……この先大きく盛り上がることはないだろうし……せっかく僕が色々お膳立てしてあげたのに、本当に何もわかってないよね……。もう少し、こっちの意図を汲《く》んでくれないと、楽しく暮らさせてあげる意味がなくなっちゃうっていうのに」

ナイアロトプは溜息を吐いた。

「ま……いいか、彼女のことはもう。そろそろ大きなイベントを作りたいと思っていたところだし、《人魔竜》を誘導して処分させようかな。ふふっ、せいぜい死に際に盛り上げてくれよ？」

ナイアロトプが次元の狭間《はざま》を開いてあちらこちらを監視していると、声が響いて来る。

「我が眷属《けんぞく》よ」

「主様でございましたか、なんでございましょう？」

ナイアロトプの主の上位神である。上位神にとって、時間や空間はそれほど大きな問題ではない。あらゆる世界、あらゆる次元に声を届かせることができる。

「もしや、この僕の功績が認められ、神としての位階を上げる話が……」

「我が眷属よ、お前の手腕には期待していたが、残念なことがある。お前は、カナタ・カンバラを覚えているか？」

「ふむ、カナタ・カンバラ……誰でしたかね？」

ナイアロトプが首を傾げる。

「お前が《地獄の穴《コキュートス》》送りにした男だ。あの、猫を飼っているから帰して欲しいと言った」

「ああ！　しょうもないニンゲンでしたねぇ！　でも、《地獄の穴《コキュートス》》に送って、必死に足掻くも魔物にあっさり食べられる様は、スプラッターコメディとしてはまあまあ受けたのでは？　少々手垢《てあか》が付き過ぎている感は、否めなかったと思いますが……」

ナイアロトプは口許《くちもと》を隠して笑う。

「残念なことがあると、そう言ったであろう。お前は奴が腕を喰《く》われたところから見ていないのであろうが……カンバラ・カナタは、あの後リッチの娘に拾われて一命を取り留めている」

「……どういうことですか？　あそこに、ニンゲンを助けるような魔物はいないはずですが……」

ナイアロトプの顔から笑みが消えた。

「お前は……イレギュラーを封じ込めるための《地獄の穴《コキュートス》》の管理を怠っていたな。あそこで長い年月を掛け、番人サタンを遥かに凌《しの》ぐレベルを得たリッチの娘がいたらしい」

「ま、待ってください！　確かにそういうリッチの娘はいたかもしれませんが、重度のニンゲン嫌いであったはずです！　助けるわけがない！　何かの間違いでは？」

ナイアロトプも、一応ルナエールのことは把握していた。

しかし、ナイアロトプが観察している限りでは、彼女はニンゲンに裏切られた過去を持っており、重度のニンゲン嫌いであった。何度か魔物相手にも、そんな話をしているのを聞いたことがある。ニンゲンを助けるわけがないのである。だからこそ、ナイアロトプも彼女を軽視していた。

「あんなわかりやすい上辺のポーズに騙される者がいるとはな。まぁ、お前は、ロクに調べもしていなかったのであろうが。油断したな、あんな危ない小娘を、何百年も野放しにしていたとは」

ナイアロトプの顔が段々と青褪めていく。

「し、しかし、そこまで問題視することではないでしょう。リッチの娘はどうせ《地獄の穴《コキュートス》》から出て来ませんし……カナタ・カンバラは、適当な事件に巻き込ませて処分します。何も、問題は……」

「そうだな。お前の目を盗み、《人魔竜》の一人であるノーツが《恐怖神ゾロフィリア》を復活させたことは知っているか？」

「ゾ、ゾロフィリアを!?　奴め……妙な行動をしていると思ったら、この僕の監視の目に気が付いて、欺けるタイミングを計っていたのか！　今あの化け物を復活させられたら、苦労して整えたロークロアのバランスがパアになってしまう。いい当て馬だと思って、あの一族の末裔を残してやったのが間違いだった！」

ナイアロトプが、額に青筋を浮かべて怒りを露《あらわ》にする。厳密な調整の上に、何人もの転移者が物語を紡ぐロークロアの世界が保たれている。監視を逃れ、外の世界のパワーバランスを引っ掻き回されては迷惑この上ないのだ。

「いいか、我が眷属よ。ゾロフィリアは既に、地上に出たカナタ・カンバラに討たれている」

「……はい？　そんな、ゾロフィリアは、最低レベルで２０００近くあったはずです。なぜ、カナタ・カンバラがそんな力を……？」

「別の眷属が、既にカンバラ・カナタの経緯を《メモリースフィア》に纏めている。確認しておけ。それと……リッチの娘、ルナエールも、既に《地獄の穴《コキュートス》》を出ている。我の言いたいことは、わかるか？」

「……は、こ、この僕の不始末により、異常事態が起きているということは……！」

「ああ、そうだ。とんだ恥を掻かされたものだ。このお前のヘマは、すぐに我のヘマとして上位神の間で笑い者になることであろうよ」

主の声を聞いて、ナイアロトプは頭を抱え、その場に蹲った。ナイアロトプのような下位神にとって、上位神から失望されることほど恐ろしいことはなかった。

「でで、ですが、お任せください、この失態、直接僕がロークロアに出向いて、二人を殺してすぐに収拾を……！」

「ならぬ！　わかっているだろう？　これは究極のリアリティーを売りにしたエンターテインメントなのだ。過度な世界干渉はご法度……もし破れば、異世界ロークロア自体、他の神々からの関心が離れてしまう。そうなれば、お前の役目もなくなってしまうと思え」

「う、うぐ……ぐぐ……」

「少しでも早く、この二人を排除せよ。我々のルールで、できる範囲のことを尽くして、かつ極力尾を引かない形で、だ。これ以上、我を失望させてくれるな。いいな？」

「は、はい……主様。すぐに二人を始末し、以降は管理の手を緩めず、やらせていただきます……このようなことが二度となきように。ですので、どうか、この僕には寛大な処置を……！」

ナイアロトプは脂汗を垂らしながら、その場に両膝を突いて頭を垂れた。

「お前のこの件の対応次第だ。もししくじれば……そのときは、相応の覚悟をしておくことだ」

「わ、わかっております……」

そこで主の声は途切れた。ナイアロトプは顔を怨嗟《えんさ》で満たし、握り拳を作った。

「カナタ・カンバラ、玩具如《ごと》きがよくもこの僕に恥を掻かせてくれたな！　ただ死ぬだけでは、済まないと思え！」

あとがき

どうも作者の猫子です。この度は『不死者の弟子』第一巻をお買い上げいただき、ありがとうございました！

表紙はカナタ、フィリア、ルナエール、ノーブルミミックですね。カナタとルナエールのみに絞ろうかなとも考えていたのですが、第一巻の表紙は作中の賑《にぎ》やかな空気を前面に出したいということで今の形に落ち着きました。

ちょっとした裏話ですが、挿絵はだいたいメインキャラがなるべく均等になるようにしつつ、派手なシーンか、日常の象徴になるようなシーンを選ぶことが多いです。後は気持ち、挿絵の間隔が一定になるように多少考慮します。前半に挿絵ぎっちりで後半ゼロ、みたいなことになったらちょっと寂しいですからね。まあ、そこまで意図してばらけさせなくても、なんとなくである程度は均等になるものだとは思いますが。

ただ、そういう意味では今回、ちょっと型破りな挿絵があります。ロヴィスですね。今巻ではサブキャラとしてワンシーンでの登場のみでしたが、なんと例外的に挿絵が二枚あります。さすがロヴィス様……！

シリアスな状態とカナタに泣きついている必死な様子でできれば二枚欲しいということで、現在の形になりました。

今後の巻でも彼らはちょくちょくと登場する予定となっております。活躍するのかはちょっと怪しいですが……。

また、本作『不死者の弟子』ですが、オーバーラップ様のWEB漫画配信サイト、コミックガルドにてコミカライズが決定しております！

漫画を担当してくださるのは、かせい様です。女の子を可愛《かわい》らしく描くのが得意な方ですので、お楽しみに！

不死者の弟子はヒロインであるルナエールを前に出すように書いていたので、そういう面でも漫画版は楽しんでいただけると思います。

漫画版の配信開始日は２０２０年秋頃予定となっております！

不死者の弟子 1

～邪神の不興を買って奈落に落とされた俺の英雄譚～

発　　行　2020年5月25日　初版第一刷発行

著　　者　猫子

イラスト　緋原ヨウ

発 行 者　永田勝治

発 行 所　株式会社オーバーラップ
〒141-0031
東京都品川区西五反田 7-9-5

校正・DTP　株式会社鷗来堂

印刷・製本　大日本印刷株式会社

ISBN 978-4-86554-664-4 C0093

【オーバーラップ　カスタマーサポート】
電　　話　03-6219-0850
受付時間　10時～18時（土日祝日をのぞく）

作品のご感想、ファンレターをお待ちしています

あて先：〒141-0031　東京都品川区西五反田 7-9-5 SGテラス5階　オーバーラップ編集部
「猫子」先生係／「緋原ヨウ」先生係

スマホ、PCからWEBアンケートにご協力ください

アンケートにご協力いただいた方には、下記スペシャルコンテンツをプレゼントします。
★本書イラストの「無料壁紙」　★毎月10名様に抽選で「図書カード（1000円分）」

公式HPもしくは左記の二次元バーコードまたはURLよりアクセスしてください。
▶ **https://over-lap.co.jp/865546644**
※スマートフォンとPCからのアクセスにのみ対応しております。
※サイトへのアクセスや登録時に発生する通信費等はご負担ください。

オーバーラップノベルス公式HP ▶ **https://over-lap.co.jp/lnv/**

OVERLAP NOVELS
異世界でスロ～ライフを願望
いせかいで すろーらいふを (かんぼう)
I have a slow living in different world (I wish)
シゲ[Shige]
イラスト:オウカ[Ouka]
スローライフのカギは、美少女奴隷と『お小遣い《固有スキル》』!?
シリーズ絶賛発売中!